Petra Schier

Zwei Hunde feiern Weihnachten

atb aufbau taschenbuch

Petra Schier, Jahrgang 1978, wohnt mit ihrem Mann und einem Schäferhund in der Eifel. Sie hat bisher mehrere sehr erfolgreiche historische Romane veröffentlicht.

Im Verlag Rütten & Loening sind ihre Romane »Ein Weihnachtsengel auf vier Pfoten« und »Vier Pfoten und das Weihnachtsglück«, im Aufbau Taschenbuch »Ein Weihnachtshund für alle Fälle« lieferbar.

Mehr Informationen zur Autorin unter www.petralit.de

Suche Weihnachtsmann – biete Hund
Julia ist das Alleinsein satt. Am Heiligabend, nimmt sie sich vor, möchte sie endlich nicht mehr einsam sein. Also gibt sie eine Anzeige auf: »Suche Weihnachtsmann für gemeinsame Zukunft.« Doch alle Schreiben, die sie erhält, beziehen sich auf einen Hund, der ein Herrchen sucht. Will sie da jemand zum Narren halten? Julia macht sich daran, das Rätsel zu lösen – und erlebt eine riesige Weihnachtsüberraschung.

Vier Pfoten unterm Weihnachtsbaum
Tessa Lamberti, alleinerziehende Mutter eines neunjährigen Jungen, ist genervt. Nicht nur, dass ihr Sohn Lukas ihr seit Wochen in den Ohren liegt, dass er sich einen Hund wünscht. Er fragt auch immer öfter, weshalb er keinen Vater hat. Sie versucht ihm zu erklären, dass sein Vater vor seiner Geburt nach Amerika gegangen ist. Lukas beschließt, selbst auf die Suche zu gehen – nach einem Hund und einem Mann für seine Mutter. Kurz vor Weihnachten scheint er den Hund gefunden zu haben, einen echten Wildfang, der für heftige Tumulte sorgt – und ein lang gehütetes Geheimnis ans Licht bringt.

Petra Schier

ZWEI HUNDE FEIERN WEIHNACHTEN

Zwei Romane
in einem Band

atb aufbau taschenbuch

ISBN 978-3-7466-3274-2

Aufbau Taschenbuch ist eine Marke der
Aufbau Verlag GmbH & Co. KG

1. Auflage 2016

Die Originalausgabe von »Suche Weihnachtsmann – biete Hund«
erschien 2009 bei Rütten & Loening; die Originalausgabe von
»Vier Pfoten unterm Weihnachtsbaum« erschien 2010
bei Rütten & Loening.
Rütten & Loening ist eine Marke der
Aufbau Verlag GmbH & Co. KG
Umschlaggestaltung www.buerosued.de, München
Gesetzt in der Goudy Old Style durch die LVD GmbH, Berlin
Typografie Julia Koslowski, Berlin
Druck und Binden CPI books GmbH, Leck, Germany
Printed in Germany

www.aufbau-verlag.de

SUCHE WEIHNACHTSMANN – BIETE HUND

Prolog

»Autsch! Verflixt noch eins.« Der weißbärtige Mann rieb sich den Hinterkopf, der soeben schmerzhafte Bekanntschaft mit der Schreibtischkante gemacht hatte. Umständlich stand er auf und klopfte sich ein paar Papierschnipsel von seinem Arbeitsoverall, die vom Verpackungsmaterial seines neuen Computers übriggeblieben waren. Den größten Teil des Abfalls hatte seine Frau bereits entsorgt, doch solange er hier noch herumwerkelte, wollte sie ihn nicht auch noch mit dem Staubsauger stören. »Jetzt müsste es doch eigentlich funktionieren«, murmelte er vor sich hin und schaltete das Gerät ein. Als er ein Geräusch an der Tür vernahm, hob er den Kopf und lächelte dann erfreut. »Ah, du bist es, Elf-Eins. Wie sieht es aus, sind die Verpackungsmaschinen repariert?«

»Aber ja, Santa, alles fertig.« Der kleine Kerl an der Tür nickte so heftig, dass seine spitze Mütze wackelte. »Ich wollte fragen, ob die Server-Verbindung zur Fabrik jetzt endlich steht. Du weißt, es ist schon November, und wir haben nicht mehr viel Zeit.«

»Ich bin gerade dabei, den neuen Computer einzurichten«, antwortete Santa Claus – auch als Weihnachtsmann bekannt – und rieb sich erneut den schmerzenden Kopf. »Eine ziemlich knifflige Angelegenheit. Vielleicht hätte ich doch Elf-Dreizehn bitten sollen, mir dabei zu helfen. Aber er ist schon so damit beschäftigt, die Inspektion an meinem Schlitten durchzuführen, dass ich ihm diese Arbeit nicht auch noch aufhalsen wollte.« Er lächelte breit. »Ich glaube, ich habe es trotzdem geschafft, Elf-Eins. Du kannst also drüben in der Geschenkfabrik Bescheid geben, dass sie die Maschinen einschalten sollen.«

Elf-Eins, der dienstälteste Elf und Oberaufsicht über die Geschenkfabrik des Weihnachtsmannes, lächelte erfreut zurück. »Alles klar, bin schon unterwegs!«

Santa Claus blickte dem quirligen Elf-Eins amüsiert hinterher, dann warf er einen Blick auf den Bildschirm und nickte zufrieden. »Na bitte, das Programm läuft«, brummelte er vor sich hin. Er richtete ein neues Passwort ein und probierte dann ein paar der neuen Funktionen aus, die Elf-Dreizehn speziell für ihn programmiert hatte. Alles funktionierte vorschriftsmäßig, und mit dem größeren Arbeitsspeicher in dem neuen Computer lief das Programm auch viel schneller.

Die Gegensprechanlage neben ihm knackte. »Santa?«, hörte er die Stimme von Elf-Sieben, seinem Geschenkmaschinen-Ingenieur. »Wir sind jetzt soweit, die Maschinen laufen.«

»Na, dann mal los«, antwortete Santa, fuhr mit dem Mauszeiger über den Bildschirm und klickte den Button an, mit dem die Serververbindung aufgebaut werden sollte.

Im nächsten Moment summte es laut, und das Licht fiel aus.

1. Kapitel

»So, das wäre erledigt.« Mit einem zufriedenen Grinsen klickte Christine auf den Senden-Button des Online-Formulars, dann stieß sie sich von der Tischkante ab und drehte sich mit dem Schreibtischstuhl, auf dem sie saß, einmal um sich selbst.

Ihre um anderthalb Jahre ältere Schwester Julia hingegen kauerte mit eher kläglicher Miene auf dem Küchenstuhl, den sie sich an den Schreibtisch herangezogen hatte. Sie konnte Christines Begeisterung nicht so recht teilen. »Glaubst du wirklich, diese Anzeige ist eine gute Idee?«

»Aber sicher doch!« Christine grinste noch immer, rollte jedoch ein Stück auf Julia zu und umfasste ihre Hände. »Mensch, wir haben das doch lang und breit besprochen. Du brauchst dringend einen Mann. Und damit du dir diesmal jemanden aussuchen kannst, der wirklich zu dir passt, versuchst du es eben mit dieser Partnerbörse. So richtig altmodisch mit Briefen, beigefügten Fotos und und und. Da kannst du dann ganz entspannt vom Küchentisch aus wählen, wer dir zusagt. Und glaub mir, die Art, wie ein Mann einen Brief schreibt, sagt eine ganze Menge über ihn aus. Wenn ich nur an Olivers Liebesbriefe denke …« Sie verdrehte schwärmerisch die Augen.

Nun musste auch Julia lächeln. »Das ist ja auch was anderes. Oliver ist ein ebenso guter Werbetexter wie du. Natürlich wusste er genau, mit welchen Worten er sich bei dir anpreisen musste.«

»Na und?« Christine kniff Julia leicht in den Oberarm. »Immerhin hat er mich auf diese Weise vor den Traualtar gebracht.« Sie drehte sich zum Bildschirm ihres Computers um und wies auf die Versandbestätigung des Online-Anzeigenformulars. »Und diese Anzeige wird dich ebenfalls mit deinem Traummann bekanntmachen. Das habe ich im Gefühl.«

Julias Miene verzog sich wieder skeptisch. »Ich weiß nicht. Mit solch einem Blödsinn?« Sie griff in das Ablagefach des Druckers und zog die Kopie des Anzeigentextes hervor, an dem Christine zuvor über eine Stunde gefeilt hatte. »Gesucht«, las sie vor. »Vorzeigbaren Weihnachtsmann – vorzeigbaren?« Sie schüttelte den Kopf.

Christine lachte. »Du willst doch keinen Quasimodo, oder?«

»… vorzeigbaren Weihnachtsmann zwischen fünfundzwanzig und vierzig, Nichtraucher, der meine Leidenschaft für fröhliche Familienfeste nicht nur teilt, sondern selbige mit seiner Anwesenheit auch dauerhaft bereichert. Wenn du bereit bist, zukünftig jedes Weihnachtsfest mit mir, 28/175 cm/blond/schlank/selbständig, zu verbringen und auch die Zeit dazwischen mit Zweisamkeit zu füllen, so melde dich bitte mit Foto unter Chiffre …« Julia ließ den Ausdruck sinken. »Ist das nicht ein bisschen dick aufgetragen?«

»Auf gar keinen Fall«, widersprach Christine energisch. »Du suchst doch einen Mann fürs Leben und keinen windigen Schlawiner. Und das machen wir mit diesem Text ganz deutlich klar.«

»Aber einen Weihnachtsmann?«

»Mensch, Julia, in knapp acht Wochen ist Weihnachten. Und dass du Phantasie hast, wollen wir doch auch durchblicken lassen, oder nicht?« Christine zwinkerte vergnügt. »Nun komm schon, mach ein anderes Gesicht! Du wirst sehen, wenn die Anzeige am Montag erscheint, wirst du dich vor Zuschriften gar nicht retten können.«

Julia zuckte mit den Schultern. »Wie du meinst. Zumindest wird es eine interessante ...« Sie zuckte zusammen, als plötzlich das Licht ausfiel und der Computerbildschirm schwarz wurde. »Was ist denn jetzt los?« Alarmiert sprang sie auf. Doch im nächsten Augenblick flammte die Lampe an der Zimmerdecke schon wieder auf, und der Drucker gab ein Piepsen und dann einen Summton von sich.

Christine betätigte rasch den Schalter am Computer und ließ ihn erneut hochfahren. »Nur ein kurzer Stromausfall«, meinte sie und wartete geduldig, bis das System wiederhergestellt war. »Ich hoffe, das war eine einmalige Sache. Ich muss nämlich gleich noch arbeiten.« Sie stieß Julia scherzhaft an. »Und du gehst jetzt nach Hause und schaust in deine Mailbox, ob die Zeitung dir schon die Chiffre-Nummer zugemailt hat!«

Julia nickte und trug ihren Stuhl zurück in die Küche. »Wir sehen uns«, rief sie ihrer Schwester aus dem Flur zu, doch diese schien bereits in ihre Arbeit vertieft zu sein, da sie statt einer Antwort nur etwas Unverständliches brummelte. Achselzuckend verließ Julia das Haus und ging die wenigen Schritte durch den Vorgarten des Neubaus hinüber zu ihrem eigenen Haus. Ein kalter Wind pfiff durch die Straßen der Kleinstadt und wirbelte Unmengen von Blättern des knorrigen Ahorns um die Mauern des frisch renovierten Altbaus, der bis vor zwei Jahren noch Julias und Christines Eltern gehört hatte. Diese hatten sich jedoch entschieden, in eine kleinere, jedoch nicht weniger gemütliche Eigentumswohnung im Zentrum zu ziehen. Da Christine und Oliver nach ihrer Heirat bereits den Bauantrag für ihr neues Eigenheim gestellt hatten, waren sie übereingekommen, Julia das Elternhaus zu überlassen. Sie teilte es sich mit ihrem Bruder Timo, der jedoch momentan auf einer Studienreise nach Südamerika war und sie auch sonst nur selten mit seiner Anwesenheit beehrte.

Julia ging um das Haus herum und betrat es durch die Hintertür. Sofort schossen Minka und Nelli, ihre beiden grau getigerten Katzen, auf sie zu und maunzten anklagend. Sie knipste das Licht an und warf den Computerausdruck ihrer Kontaktanzeige auf den Küchentisch. »Ist ja schon gut, Mädels«, sagte sie. »Ich wollte euch nicht im Dunklen sitzen lassen. Der Strom ist ausgefallen, und dabei ist offenbar die Glühbirne im Flur kaputtgegangen.« Sie schraubte die Birne, die den Protest ihrer Katzen ausgelöst hatte, aus der Fassung und warf sie in den Müll. »Ich muss morgen eine neue mitbringen«, erklärte sie ihren beiden Mitbewohnern. »Aber jetzt schaue ich erst mal, ob die E-Mail mit der Chiffre-Nummer schon da ist. Wie ich Christine kenne, ruft sie garantiert nachher an und fragt danach.«

»Bist du sicher, dass die Anzeige angekommen ist?« Stirnrunzelnd blickte Daniel auf den Bildschirm seines Computers, auf dem sich nach dem Neustart das System wiederherstellte. Der kurze Stromausfall hatte die Verbindung unterbrochen, just, nachdem er auf »Senden« geklickt hatte.

Sein Freund Peter schob ihn zur Seite und übernahm die

Maus. »Das werden wir gleich sehen. Wenn das Formular korrekt übermittelt wurde, müsstest du jetzt eine E-Mail mit der Chiffre-Nummer in deiner Mailbox haben.« Er öffnete das E-Mail-Programm und lud die neuesten Mails herunter. »Bitte sehr, da ist sie.« Nach einem Doppelklick füllte nun die automatisch erstellte Antwort des Zeitungsverlags den Bildschirm. Peter druckte die Seite aus und hielt sie Daniel triumphierend unter die Nase. »Wenn du damit keine vernünftige Frau findest, sind Hopfen und Malz verloren.«

Kopfschüttelnd nahm Daniel ihm das Blatt aus der Hand. »Du vergisst, dass ich im Grunde gar keine Frau suche. Es war deine Idee, diesen Schwachsinn in die Zeitung zu setzen.«

»Kein Schwachsinn«, widersprach Peter. »Sondern eine absolut nötige Maßnahme, um dich aus deinem Jammertal zu befreien. Tina und du, ihr seid jetzt seit fast einem Jahr geschieden. Sie ist weg, jettet mit diesem – wie hieß er noch mal? – um die Welt, während du dich hier einigelst und an Einsamkeit eingehst. Auch Carmen hat gesagt, dass sie das nicht mehr länger mit ansehen kann. Und deshalb wirst du die Antworten auf die Anzeige hübsch alle lesen und dir ein nettes Mädel heraussuchen. Basta.«

»Basta?« Daniel tippte sich leicht an die Stirn. »Als ob auf diesen Quatsch hier auch nur eine Frau antworten würde, die noch ihren Verstand beisammenhat.« Er hob leicht die Stimme. »Biete Hund samt Herrchen für gemeinsamen Lebensweg«, las er vor. Er sah Peter strafend an. »Ich besitze überhaupt keinen Hund.«

»Noch nicht, mein Freund, noch nicht«, antwortete dieser jedoch nur grinsend.

Daniel stieß ihm den Ellenbogen in die Seite und fuhr fort:

»Wenn du bereit bist, mit mir, 33/188 cm/sportlich/familientauglich/vorzeigbar …« Er hielt inne. »Vorzeigbar? Ich dachte, das hätten wir gestrichen!«

»Warum, du bist doch vorzeigbar.« Peter hob beschwichtigend die Hände. »Damit sagst du doch nur, dass du nicht aussiehst wie Quasimodo.«

»Ha ha.« Daniel blickte wieder auf den Ausdruck. »… bereit bist, mit mir die Wanderung durch die Berge und Täler des Lebens gemeinsam anzutreten, keine Scheu vor einer großen, herzlichen Familie hast …« Wieder hielt er inne. »Chaotische Mischpoke hättest du schreiben müssen.« Er las weiter: »… und außerdem Tiere liebst, Nichtraucherin und im Alter zwischen 25 und 35 bist, könntest du genau die Richtige für mich sein. Antworte bitte mit Foto unter Chiffre …« Daniel ließ das Blatt auf den Tisch segeln. »Du kannst es drehen und wenden, wie du willst, das ist der größte Humbug, den du je von dir gegeben hast.«

Peter schüttelte den Kopf. »O nein, Kumpel. Das ist es ganz und gar nicht. Die Sache mit dem gemeinsamen Wandern durchs Leben ist romantisch.«

»Kitschig.«

»Romantisch«, beharrte Peter. »Und das mögen Frauen. Und die Sache mit dem Hund habe ich dir doch erklärt: Frauen, die Tiere, insbesondere Hunde, lieben, sind beständig, verantwortungsbewusst und kompromissbereit. Das weiß ich aus Erfahrung.«

Daniel musste wider Willen lachen. »Ja, deshalb hat dir deine Carmen auch schon mehrfach die Einstreu aus dem Meerschweinchenstall deines Sohnes hinterhergeworfen. Soviel zum Thema Kompromissbereitschaft.«

Peter zuckte zusammen. »Touché. Verantwortungsvoll und treu ist sie aber. Und sie liebt mich, das dürfte doch wohl reichen. Und genauso ein Exemplar werden wir nun auch für dich finden.«

Daniel verzog gespielt beleidigt die Mundwinkel. »Ich will aber keine Frau, die dich liebt.«

Peter lachte und stieß ihn heftig in die Seite. »Warte, bis die Anzeige am Montag erscheint. Dann wirst du dich vor lauter tollen Frauen nicht mehr retten können.«

2. Kapitel

»Und, hast du schon Zuschriften erhalten?«, fragte Christine aufgeregt und so laut, dass Julia das Handy ein Stück von ihrem Ohr weghielt.

»Ich bin gerade auf dem Weg zum Briefkasten«, antwortete sie. »Aber es ist erst Mittwoch. Ich glaube kaum, dass das so schnell geht.« Umständlich öffnete sie den Kasten mit einer Hand und zog mit einigem Erstaunen einen dicken Umschlag des Zeitungsverlags hervor. »Ich revidiere«, sagte sie ins Handy. »Da scheint ein ganzer Packen Briefe gekommen zu sein.«

»Was steht drin? Mach sie auf!«, schallte es aus dem Mobiltelefon und dann: »Mist, ich habe keine Zeit mehr, die Mittagspause ist um. Ruf mich sofort heute Abend an, ja? Nein, besser, ich komme nach der Arbeit zu dir rüber.«

»Aber …« Julia blickte stirnrunzelnd ihr Handy an. Christine hatte bereits aufgelegt. »Typisch«, murmelte sie, klemmte sich den Umschlag und die üblichen Werbeprospekte unter den Arm und ging zurück ins Haus. Während Christine nun wieder an ihre Arbeit ging, war Julias Pensum für heute bereits geschafft. Sie genoss es, sich ihre Arbeitszeit selbst einteilen zu können, seit sie sich vor einem knappen Jahr als Steuerberaterin selbständig gemacht hatte. Heute hatte sie bereits um fünf Uhr morgens mit der Arbeit begonnen und

war nun bis zum Mittag bereits so weit gekommen, dass sie nur noch die Telefonbereitschaft für Anfragen ihrer Kunden halten musste.
Sie brachte ihre Post in die Küche, goss sich ein Glas Saft ein und riss den großen Umschlag dann neugierig auf.

Stirnrunzelnd betrachtete Daniel den Brief, den er wahllos aus den Zuschriften herausgezogen hatte. »Lieber Weihnachtsengel«, las er und stellte die Kaffeetasse, an der er gerade genippt hatte, auf seinen Schreibtisch. »Normalerweise antworte ich nicht auf Kontaktanzeigen, doch die deine hat mich sogleich angesprochen, weshalb ich diesmal eine Ausnahme machen möchte. Du scheinst Phantasie zu haben und, ebenso wie ich, großen Wert auf Zweisamkeit zu legen. Auch spielen für mich die Begriffe Beständigkeit und Treue ...« Er überflog die weiteren Zeilen nur, dann blieb sein Blick an der Unterschrift hängen: »In Hoffnung auf ein baldiges Kennenlernen grüßt Dich Dein Weihnachtsmann Gregor.« Im Umschlag steckte außerdem das Foto eines durchaus gutaussehenden schwarzhaarigen Mannes, der einen eleganten Anzug trug.

Daniel schüttelte irritiert den Kopf. »Na, so war das aber nicht gemeint«, brummte er und legte den Brief zur Seite. »Was hast du mir da bloß eingebrockt, Peter!« Er griff nach dem nächsten Schreiben. »Liebe unbekannte Weihnachtsfrau«, stand darin geschrieben, und er stockte, las dann aber weiter: »Deiner Anzeige entnehme ich, dass Du die Zweisamkeit suchst. Auch ich bin sehr daran interessiert und hoffe, Dir selbige nicht nur zu Weihnachten, sondern auch im übrigen Jahr bieten zu können. Da ich (noch) verheiratet bin, würde ich vorschlagen, unser erstes Treffen in einem Hotel …« Daniel schüttelte sich und warf einen Blick auf die Unterschrift. »In freudiger Erwartung – Nino Weihnachtsmann«, lautete sie.

»Da stimmt doch was nicht.« Ein Blick in die anderen Briefe bestätigte Daniel, dass er ganz offensichtlich nur Zuschriften an eine Frau erhalten hatte. Eine Frau, die einen Weihnachtsmann suchte? »Moment mal!« Daniel sprang auf und suchte aus dem Stapel Zeitungen im Altpapierkarton diejenige heraus, in der vor zwei Tagen auch seine Kontaktanzeige abgedruckt gewesen war. Er überflog die entsprechende Seite, bis sein Blick an einer ungewöhnlichen Formulierung hängenblieb. »Gesucht: Vorzeigbarer Weihnachtsmann zwischen fünfundzwanzig und vierzig, Nichtraucher, der meine Leidenschaft für fröhliche Familienfeste nicht nur teilt, sondern selbige …« Langsam ließ er die Zeitung sinken. »Das muss sie sein«, murmelte er. »Da hat anscheinend eine Verwechslung stattgefunden.« Er warf einen Blick auf seine Uhr. Bis zu seinem nächsten Termin waren es noch anderthalb Stunden, und er beschloss, nicht bei der Zeitung anzurufen, sondern gleich dort vorbeizufahren, denn das Verlagshaus lag auf dem Weg zu seinem Kunden. Und auf dem Rückweg würde er dann beim Tierheim vorbeifahren. Peter hatte so lange auf ihn eingeredet, bis er einverstanden gewesen war, sich tatsächlich einen Hund anzuschaffen, um bei den Treffen mit seinen Anzeigenkandidatinnen das erwähnte Haustier vorweisen zu können. Daniel hatte nicht wirklich etwas dagegen; als Junge hatte er einen Hund besessen und trug sich schon länger mit dem Gedanken, sich wieder einen vierbeinigen Hausgenossen anzuschaffen. Auch waren Hunde treu und logen nicht – zwei Eigenschaften, die er nach dem Desaster mit seiner Exfrau sehr zu schätzen wusste.

Entschlossen packte Daniel die Zeitung und die Zuschriften zusammen in eine Plastikmappe, warf sich seinen Parka über und machte sich auf den Weg.

3. Kapitel

»Du liebe Zeit, was für ein Durcheinander«, schimpfte Elf-Dreizehn und hackte auf der Tastatur herum.

Santa Claus stand mit zerknirschter Miene daneben. »Du hast doch gesagt, man könne das Programm einfach auf den neuen Computer übernehmen. Nichts anderes habe ich gemacht.«

»Ja, ja, ich weiß.« Elf-Dreizehn blickte kurz vom Bildschirm auf. »Ich hätte daran denken müssen, die Software vorher für das neue System zu konfigurieren.« Er drückte die Enter-Taste. »Jetzt ist alles wieder in Ordnung.«

»Na hoffentlich«, sagte eine weibliche Stimme in strengem Tonfall hinter ihnen. »Von dem Stromausfall war fast die gesamte nördliche Erdhalbkugel betroffen. Wir können froh sein, dass die Sache nur ein paar Sekunden gedauert hat. Stellt euch vor, was sonst alles hätte passieren können.«
Santa Claus drehte sich zu seiner Frau um und nickte verlegen. »Ich weiß, ich weiß. Aber anscheinend hatte der Ausfall keine Auswirkungen. Jedenfalls hat keine der Nachrichten-Elfen etwas von Störungen oder Unfällen berichtet.«

»Nun ja, bis auf dieses kleine Missgeschick in diesem Zeitungsverlag, nicht wahr?«, wandte Elf-Dreizehn ein. Er rückte seine spitze Mütze zurecht, stand auf und trat an die hintere Wand des Weihnachtsmann-Büros, an der unzählige Bildschirme angebracht waren, und deutete auf einen davon. »Dieser Computer-Crash hat zwei Menschen ganz beträchtliche Unannehmlichkeiten bereitet.«

»Du hast recht, Elf-Dreizehn«, stimmte Santas Frau zu. Sie stieß ihren Mann den Ellenbogen in die Rippen und wies dann ebenfalls auf den Bildschirm. »Schau nur, was du da angerichtet hast! Ich finde, das solltest du wieder ins Lot bringen.«

4. Kapitel

»Was soll das heißen, Sie können nichts tun?«, fragte Julia die Anzeigenassistentin aufgebracht. »Ich habe hier einen ganzen Stapel Briefe, die ganz offensichtlich nicht an mich gerichtet sind. Und derjenige, dem sie gehören, hat nun bestimmt meine Zuschriften und ärgert sich genauso wie ich. Deshalb bitte ich doch nur darum, mir die Adresse …«

»Das geht leider nicht«, unterbrach die junge Frau sie ruhig, aber bestimmt. »Aus Gründen des Datenschutzes können wir Ihnen die Adresse des betreffenden Herrn nicht nennen. Ganz abgesehen davon, dass wir noch gar nicht wissen, um wen es sich handelt. Es gab vergangenen Freitag leider einen kleinen Stromausfall und deswegen einen Zwischenfall mit unserem Server, so dass noch nicht feststeht, ob Sie und dieser andere Kunde die einzigen Betroffenen sind. Ich bitte Sie daher noch um etwas Geduld und vielleicht noch darum, etwaige weitere Zuschriften aufzuheben, um sie dann dem Besitzer zu übergeben, sobald wir ihn gefunden haben.«

»Aber das kann doch nicht so schwer sein.« Julia legte den Ausdruck ihrer Bestätigungs-E-Mail auf den Schreibtisch der Assistentin. »Hier sehen Sie doch meine Chiffre-Nummer. Sie müssen doch nur nachsehen, mit welcher Anzeige sie vertauscht wurde.«

»Je nun, wenn das so einfach wäre«, seufzte die Assistentin.

»Aber leider sind unsere Datenbanken beschädigt, und es wird ein paar Tage dauern, bis wir wieder Zugriff darauf haben. Deshalb können wir auch leider den automatischen Versand der Zuschriften nicht stoppen. Es tut mir sehr leid, Frau Sasse. Ich kann Ihnen nur anbieten, Ihnen als kleine Wiedergutmachung einen Gutschein über eine weitere Kontaktanzeige auszustellen.«

»Nein, danke, kein Bedarf«, wehrte Julia rasch ab. Da sie einsah, dass sie heute hier nichts ausrichten konnte, zuckte sie mit den Schultern. »Wann kann ich damit rechnen, dass Sie Ihr Computerchaos in den Griff bekommen haben?«

Die junge Frau hinter dem Schreibtisch lächelte unbeirrt weiter. »Am Freitag, spätestens kommenden Montag. Ich werde Ihnen umgehend Bescheid geben, Frau Sasse.«

»Also gut, dann …« Julia wandte sich zum Gehen und sah sich einem hochgewachsenen dunkelhaarigen Mann in einem grauen Parka gegenüber, der eine gelbe Plastikmappe unter dem Arm trug.

»Hoppla.« Er lächelte und machte ihr Platz.

Sie nickte ihm kurz zu und ging weiter, blieb jedoch stehen, als sie mitbekam, was der Mann zu der Assistentin sagte.

»Entschuldigung?« Sie kehrte um und musterte ihn neugierig. Er sah gut aus und machte überdies einen sympathischen Eindruck. Gab solch ein Mann tatsächlich Kontaktanzeigen auf? Rasch schob sie den Gedanken beiseite, denn das ging sie ja im Grunde gar nichts an. Sie deutete auf die Zeitung, die er aus der Mappe hervorgezogen hatte. »Habe ich das eben richtig gehört – Sie haben falsche Zuschriften auf Ihre Kontaktanzeige erhalten?«

Daniel sah die schlanke und äußerst hübsche Frau überrascht an. Ihr Gesicht wurde von schulterlangem weizenblondem Haar umrahmt, und eine modische randlose Brille betonte ihre großen graublauen Augen. Als ihm bewusst wurde, dass er sie anstarrte, besann er sich rasch auf ihre Frage. »Da haben Sie richtig gehört. Gehören Sie zum Verlag?«

Julia schüttelte den Kopf. »Nein, aber mir ist genau das Gleiche passiert.« Sie hob den Umschlag mit den Briefen, die die Anzeigenassistentin nicht hatte annehmen wollen. »Ich dachte, dass Sie möglicherweise meine Zuschriften haben und ich die Ihren.«

»Das ließe sich nun ja ganz leicht herausfinden«, mischte sich die Assistentin ein. »Lassen Sie mich doch die Chiffre-Nummern auf den Zuschriften mit denen in Ihren Bestätigungs-E-Mails vergleichen, dann sind wir sofort klüger.« Eifrig nahm die junge Frau die Briefe und Schriftstücke entgegen und verglich sie gewissenhaft. »Tatsächlich«, sagte sie schließlich mit einem strahlenden Lächeln. »Sie haben Glück – die Verwechslung scheint tatsächlich Sie beide zu betreffen. Sie brauchen also nur Ihre Zuschriften auszutauschen, und alles ist wieder im Lot.« Zuvorkommend reichte sie Julia nun die gelbe Mappe und dem dunkelhaarigen Mann den braunen Umschlag.

»Na, das ging ja einfach.« Er grinste. »Ich bedanke mich.«

Auch Julia nickte erfreut und ging neben ihm her in Richtung Ausgang.

Als sie auf der Straße standen, sah er sie neugierig von der Seite an. »Und Sie suchen also einen Weihnachtsmann?«

»Wie bitte?« Irritiert hob sie die Augenbrauen.

Er lachte. »Verzeihen Sie, aber ich habe natürlich Ihre Zuschriften geöffnet und gelesen. Eine phantasievolle Anzeige haben Sie da geschaltet.«

Julia verzog verlegen die Mundwinkel. »Ich weiß. Das war die Idee meiner Schwester. Sie ist Werbetexterin«, setzte sie mit vielsagendem Blick hinzu.

»Nun, sie hat Ihnen jedenfalls ganze neun Zuschriften beschert.« Er zwinkerte jungenhaft. »Das spricht jedenfalls für das Talent Ihrer Schwester, nicht wahr?«

»Na ja, Sie haben aber auch zehn Briefe erhalten«, erwiderte Julia amüsiert. »Die ich natürlich auch geöffnet habe. Sie besitzen also einen Hund und wandern gerne durchs Leben?«

»Äh … ja.« Er nickte zaghaft. »Auch nicht auf meinem Mist gewachsen, wie ich zugeben muss. Bei mir war es ein guter Freund, der sich die Zeilen ausgedacht hat.«

»Tja, dann wünsche ich Ihnen viel Erfolg mit den Damen, die Ihnen geschrieben haben«, meinte Julia und wollte sich schon verabschieden. Doch da fiel ihr noch etwas ein. »Von Katja, die den Kuschelkater sucht, und Sonja mit der Vorliebe für wildes Herumtollen auf der Wiese würde ich Ihnen allerdings abraten. Die beiden scheinen nicht gerade mit großem Verstand gesegnet zu sein. Aber der Brief von Anette klang recht nett.«

Überrascht sah er sie an. »Danke, das werde ich berücksichtigen.« Er legte den Kopf auf die Seite. »Dann halten Sie sich aber bitte von dem verheirateten Nino mit der Vorliebe für Hotels fern und besser auch von Piet, der behauptet, er sei fünfundzwanzig, der aber auf dem Foto, das er beigelegt hat, eher den Eindruck macht, gerade mal eben erst volljährig geworden zu sein. Ich würde an Ihrer Stelle zu Gregor tendieren, der hat, wie ich finde, den annehmbarsten Brief geschrieben. Außerdem scheint er gut betucht zu sein, wenn man nach dem Anzug auf seinem Foto geht.«

»Ach?« Julia schmunzelte. »Na gut, wie Sie meinen. Obwohl ich es nicht auf einen reichen Mann abgesehen habe. Ich verdiene selbst genug Geld, um mich über Wasser zu halten. Und mehr verlange ich auch von einem potentiellen Kandidaten nicht.«

»Also gut, dann …« Er zögerte. »Sollten wir nicht unsere Adressen austauschen? Ich meine, falls wir noch weitere Zuschriften erhalten?«

5. *Kapitel*

»Santa, wir brauchen dich in der Plüschtierabteilung«, sagte Elf-Eins, nachdem er an die Tür des Büros geklopft und seinen Kopf zur Tür hereingesteckt hatte. Überrascht trat er ein, als er den Weihnachtsmann vor einem der Videobildschirme sitzen und gebannt darauf schauen sah. »Was machst du da?«

Santa Claus wandte sich nur ganz kurz um und blickte dann wieder auf den Bildschirm. »Ich beobachte«, antwortete er. »Nach diesem Missgeschick mit dem Stromausfall muss ich doch sehen, ob mein Plan zur Wiedergutmachung funktioniert.« Grinsend tippte er auf das Bild. »Guter Hund«, murmelte er. »Ich glaube, du kriegst das hin.«

»Santa?«, sprach Elf-Eins ihn erneut und etwas ungeduldig an. »Die Plüschtiere …«

»Ja, ja, ich komme schon.« Der Weihnachtsmann winkte ab. »Ich will nur noch schnell schauen … Ja, sehr gut, es läuft alles nach Plan.«

6. *Kapitel*

Missmutig ging Daniel neben Nick, dem dreijährigen grauschwarzen Schäferhundmischling her, den er zwei Tage zuvor aus dem Tierheim geholt hatte. »Musstest du Kassandra unbedingt anspringen und ihr die Strumpfhose zerreißen?«, grollte er den Vierbeiner an, der ihm daraufhin jedoch nur einen treuen Hundeblick schenkte. »Und Frauen mögen auch keine Schlammpfotenabdrücke auf ihrer Bluse«, schimpfte Daniel weiter. Vor der Tür zu dem Mehrfamilienhaus, in dem seine Wohnung lag, blieb er stehen. Nick setzte sich brav neben ihn und sah aufmerksam zu ihm auf.

Daniel seufzte. »Schon gut, du konntest ja nicht wissen, dass sie gleich hysterisch wird.« Er hielt kurz inne. »Ich allerdings auch nicht. Immerhin war es ja ihre Idee, uns bei einem Waldspaziergang kennenzulernen. Und das bei dem Wetter.« Er blickte zum Himmel hinauf, der von dichten Regenwolken verhangen war, aus denen es schon seit Stunden leicht nieselte.

Nick schnaubte zustimmend und hob eine Pfote. Daniel musste lachen. »Na, dann lass uns mal reingehen.« Rasch holte er noch die Post aus dem Briefkasten und scheuchte Nick dann hinauf in die Wohnung. Dort angekommen, sah er die Briefe und Werbesendungen durch und legte den Umschlag vom Zeitungsverlag auf den Couchtisch neben dem Telefon.

Suchend sah sich Julia in dem kleinen Café um und entdeckte Daniel Rosenbaum schließlich ganz hinten in einer Nische. Sie musste schmunzeln, als sie beobachtete, dass er mit sichtlicher Mühe seine langen Beine unter dem kleinen Tisch zu verstauen versuchte. Entschlossen trat sie auf ihn zu. »Guten Tag. Hätten wir uns nicht vielleicht besser in einem etwas geräumigeren Lokal treffen sollen?«

Daniel lächelte heiter. »Ach was, das ist doch ein ausgesprochen lauschiges Plätzchen hier.« Er wies einladend auf den Stuhl ihm gegenüber.

Als Julia sich setzte, stießen sie zwar mit ihren Knien aneinander, doch sie musste zugeben, dass das Café ansonsten wirklich hübsch eingerichtet war. Sogar kleine Zweige mit Weihnachtskugeln zierten bereits die Tische. Eine Kellnerin nahm ihre Bestellungen auf, und nachdem sie wieder gegangen war, schob Daniel Julia einen großen Umschlag zu. »Ihr Aufruf nach einem Weihnachtsmann scheint auf großes Interesse zu stoßen. Wieder neun Zuschriften.«

Überrascht warf sie einen Blick auf die Briefe, dann reichte sie ihm ebenfalls einen Umschlag. »Bei Ihnen sind es zwar nur fünf, aber ich nehme an, das reicht trotzdem, um Ihre Wanderungen einstweilen mit Gesellschaft zu versorgen.« Sie lächelte. »Übrigens hatten Sie recht mit Nino und Piet. Nachdem ich die beiden Briefe gelesen hatte, habe ich sie gleich aussortiert. Aber mit diesem Gregor werde ich mich übermorgen treffen.«

»Eine gute Wahl.« Daniel nickte der Kellnerin zu, die ihnen den Kaffee servierte. »Und was ist mit den anderen Kandidaten?«

Julia verzog leicht die Mundwinkel. »Das müssten Sie doch

selbst wissen. Drei waren ganz offensichtlich nur auf ein schnelles Abenteuer aus und sind sogleich in den Papierkorb gewandert.«

»Wie grausam!« Er grinste.

»Die anderen habe ich noch nicht erreicht.« Sie rührte Milch in ihren Kaffee und gab auch ein wenig Zucker hinzu. »Und bei Ihnen?« Sie hob rasch die Hand, bevor er antworten konnte. »Lassen Sie mich raten: Die Kuschelige und die Wiesenfrau haben Sie aussortiert.«

»Das hatten Sie mir geraten.«

»Aber Anette, Kassandra und ...« Sie überlegte, »Rafaela werden Sie in Betracht ziehen.«

Verblüfft sah er sie an. »Sie sind gut. Kassandra können Sie aber gleich wieder von der Liste streichen. Nick hat sie verjagt.«

»Nick?«

»Mein Hund«, erklärte er. »Er hat sich ihr gegenüber ... na ja ... danebenbenommen. Das hat ihrer Garderobe Schaden zugefügt – und unserer Bekanntschaft ebenfalls.«

Julia lachte. »Dann ist Nick wohl schlecht erzogen.«

Daniel schüttelte den Kopf. »Nein, ganz und gar nicht. Aber ich besitze ihn erst seit drei Tagen, und deshalb konnte ich noch nicht gut einschätzen, wie er auf Fremde reagiert.«

»Erst seit drei Tagen?« Julia blickte ihn erstaunt an. »Ich dachte ...« Sie runzelte die Stirn ein wenig empört. »Dann sind Sie ja ein Betrüger!«

»Aber nein«, widersprach er. »Peter – mein Freund, Sie erinnern sich – hatte die Idee mit dem Hund. Nun ja, und um nicht ohne dazustehen, habe ich Nick aus dem Tierheim adoptiert.«

»Wie großherzig.« Julias Miene blieb skeptisch. »Und zum Dank hat er Ihnen gleich die erste Kandidatin vergrault?«

Daniel hob die Schultern. »Nicht weiter schlimm. Sie war mir sowieso ein wenig zu anstrengend.«

»Anstrengend?«

Wieder hob er nur die Schultern, woraufhin sie doch wieder lächelte. »Macht ja nichts. Sie haben ja noch weitere Zuschriften erhalten.« Bedeutungsvoll wies sie auf den Umschlag.

»Wie wahr.« Er nickte. »Das bringt mich übrigens auf eine Idee. Sie scheinen eine recht gute Menschenkenntnis zu besitzen. Vielleicht möchten Sie mir helfen, die Zuschriften durchzusehen?«

»Ich?«

»Ja, nun, im Gegenzug könnte ich mir Ihre Kandidaten ansehen, quasi aus dem männlichen Blickwinkel.«

Nachdenklich legte sie den Kopf auf die Seite. »Wissen Sie was, die Idee ist gar nicht so schlecht. Das könnte sogar sinnvoller sein, als die Zuschriften mit meiner Schwester zusammen durchzugehen. Sie ist nämlich dermaßen davon besessen, mich unter die Haube zu bringen, dass Ihr die Feinheiten in den Briefen bestimmt entgehen. Außerdem ist sie hoffnungslos romantisch. Sie hätte vermutlich sogar Ninos Einladung zu einem Stelldichein im Hotel für den Beginn eines modernen Märchens gehalten.«

Daniel gluckste amüsiert. »Keine gute Beraterin also?«

»Nicht wirklich.«

»Dann stehe ich Ihnen gerne zur Verfügung.« Er warf einen Blick auf seine Armbanduhr. »Leider bleibt mir nicht mehr viel Zeit. Ich habe gleich noch einen Termin mit einem Kunden. Was halten Sie davon, wenn wir uns später irgendwo treffen und die Briefe in Ruhe ansehen?«

Julia nickte. »Warum nicht?« Sie trank ihren Kaffee aus. »Allerdings geht es morgen nicht, weil ich mich nach der Arbeit erst noch nach einem Elektriker umsehen muss. Seit dem kurzen Stromausfall am vergangenen Freitag stimmt etwas nicht mit meinem Sicherungskasten. Und abends muss ich meiner Schwester helfen, einen Adventskalender zu basteln.«

»Einen Adventskalender? Jetzt schon?«

Julia lachte. »O ja, für den Kindergarten. Das wird so ein Riesending für zweiundzwanzig Kinder.«

»Oha.« Auch Daniel lachte. »Aber das mit dem Elektriker können Sie vergessen. Darum kann ich mich auch kümmern.« Er zog eine Visitenkarte aus der Jackentasche und reichte sie ihr.

Überrascht blickte sie darauf. »Oh, Sie sind Elektronikermeister? Wie praktisch.«

»Wenn Sie mir sagen, wann es Ihnen recht ist, komme ich morgen im Laufe des Nachmittags bei Ihnen vorbei.«

»Du triffst dich heute mit diesem Typ?« Christine starrte Julia entsetzt an.

»Doch nur, weil er wegen dieses Computerfehlers meine Zuschriften bekommt und ich seine«, beruhigte Julia sie. »Wir tauschen sie aus und ...«

»Wie kannst du nur! Ein Mann, der eine Kontaktanzeige aufgegeben hat!«

Verständnislos sah Julia ihre Schwester an. »Worin besteht denn der Unterschied, ob ein Mann auf eine Kontaktanzeige antwortet oder selbst eine aufgibt?«

»Hach, Schwesterherz!« Theatralisch hob Christine beide Hände in die Höhe. »Das ist doch ganz klar. Wenn er schon so verzweifelt ist, dass er selbst eine Anzeige aufgeben muss, kann es sich nur um einen Verlierer handeln. Oder um einen Gigolo.« Sie hielt inne. »Oder er ist hässlich wie die Nacht.« Sie schüttelte sich.

Julia biss sich auf die Unterlippe, um ein Lachen zu unterdrücken. »Chrissi, du spinnst. Und ich kann dir versichern …«

»O nein, kein Wort mehr«, wehrte Christine entschieden ab. »Vielleicht war das alles doch keine so gute Idee, wenn du dich so leichtgläubig mit einem …« Sie horchte auf, als sie ein Auto in die Auffahrt einbiegen hörte. »Ist er das?«

»Warte doch mal«, rief Julia ihr hinterher, doch ihre Schwester war bereits auf dem Weg zur Tür.

»Den schaue ich mir jetzt an. Und du wirst sehen, dass ich recht habe … Oh.« Christine blieb, nachdem sie die Haustür aufgerissen hatte, wie angewurzelt auf der Schwelle stehen. »Hallo. Ich … äh … ich bin Christine. Und Sie sind … ähm, der Mann mit der Kontaktanzeige?«

Daniel musterte die junge Frau an der Tür überrascht. Sie war eine Handbreit kleiner als Julia und besaß eine etwas weiblichere Figur, dennoch war die Ähnlichkeit zwischen den beiden enorm, so dass es sich wohl nur um jene Schwester – die Werbetexterin mit dem Faible für Weihnachtsmänner – handeln konnte.

»Der bin ich«, antwortete er und lächelte sie an. »Daniel Rosenbaum; freut mich, Sie kennenzulernen.«

Sie starrte ihn noch immer reichlich verblüfft an, was ihn zum Lachen reizte. »Sie … Sie sind Handwerker?«, fragte sie schließlich und ließ ihren Blick neugierig über seinen Körper wandern, der in einer dunkelblauen Arbeitsmontur steckte, dann sah sie hinüber zu seinem ebenfalls dunkelblauen Lieferwagen, auf dem in großen Lettern die Worte *Rosenbaum und Söhne – Elektrotechnik, Kommunikations- und Sicherheitstechnik, Energie- und Gebäudetechnik* prangten.

Daniel nickte. »Damit verdiene ich meinen Lebensunterhalt.«

Christine trat zögernd zur Seite, als nun auch Julia an die Tür kam. »Und ich nehme an, auch den Ihrer – ähm – Söhne?«

»Chrissi!« Julia stieß ihre Schwester unsanft an.

Doch Daniel lachte nur erheitert. »Wohl kaum, denn dazu müsste ich erst einmal welche haben. Nein, ich bin selbst einer der Söhne. Die Firma gehört meinem Vater.«

»Oh.« Christine war sichtlich verlegen.

»Kommen Sie doch herein«, sagte Julia und winkte ihm näherzutreten. »Immer geradeaus ins Wohnzimmer.« Als er an ihr vorbei war, blickte sie ihre Schwester scharf an. »Und du verschwindest jetzt! Das ist ja geradezu peinlich mit dir.«

»Ach woher denn!« Christine schien sich nun doch wieder gefangen zu haben, denn sie grinste plötzlich spitzbübisch. »Der ist ja ein richtiger Leckerbissen!«, raunte sie. »Wenn es mit diesem Gregor nichts wird, solltest du dir den hier warmhalten.«

Julia hob die Augenbrauen. »Ach? Ich dachte, ich soll die Finger von Männern lassen, die Kontaktanzeigen aufgeben.«

»Nicht, wenn sie so aussehen wie dieses Exemplar, Schwesterherz!« Christine zwinkerte ihr verschwörerisch zu. »Ich lasse euch jetzt allein, Schätzchen. Mach mir keine Schande!«

Julia sah ihr kopfschüttelnd nach und ging dann hinüber ins Wohnzimmer, wo Daniel sich bereits interessiert umsah.

»Hübsch haben Sie es hier«, sagte sie.

»Wie bitte?« Erstaunt sah er sie an.

Sie lächelte. »Das wollten Sie doch sagen, oder nicht? Eine typische Floskel, um das Eis zu brechen.«

»Sind Sie Psychologin?«

Julia lachte. »So was Ähnliches. Ich bin Steuerberaterin.«

»Oha.«

»Setzen Sie sich doch! Möchten Sie einen Kaffee, Tee oder etwas anderes?«

»Machen Sie sich bloß keine Umstände«, wehrte er ab.

Sie lachte. »Noch so eine Floskel. Es sind aber keine Umstände, denn zufällig habe ich gerade eine Kanne Kaffee gekocht. Meine Schwester ist süchtig danach, daher habe ich immer etwas auf Vorrat, wenn sie herüberkommt.«

»Also gut, in dem Fall nehme ich gerne eine Tasse.« Er setzte sich auf die Couch und legte einen Umschlag auf den Tisch. »Verdienen Sie als Steuerberaterin so gut, dass Sie sich so was leisten können?« Er wies auf die edle Marmorplatte des Couchtischs. Julia, die rasch die Kaffeekanne und zwei Tassen aus der Küche geholt hatte, stellte beides auf selbiger Platte ab. »Nein. Das ist ein Überbleibsel aus der Einrichtung meiner Eltern. Sie haben sich eine Eigentumswohnung im Stadtzentrum gekauft und sich dort völlig neu eingerichtet. Von diesem Couchtisch wollte ich mich nicht trennen, weil ich ihn schon immer schön fand. Mein Vater erzählt außerdem gerne, dass wir Kinder uns daran immer hochgezogen und laufen gelernt hätten.«

»Eine schöne Erinnerung«, befand Daniel. »Von der Sorte könnte ich auch eine Menge aufbieten.«

»Sie sind ein Familienmensch. So steht es, glaube ich, auch in Ihrer Anzeige, nicht wahr?«

»Zwangsläufig«, antwortete er mit einem schiefen Lächeln. »Mit vier Geschwistern bleibt mir kaum etwas anderes übrig.«

»Oje.«

»Ganz recht. Wir sind ein ziemlich chaotischer Haufen. Und multireligiös, wie wir es zu nennen pflegen.«

Julia nickte. »Ihrem Namen nach haben Sie jüdische Vorfahren?«

»Mein Vater ist Jude, meine Mutter Katholikin.« Er lachte leise. »Wir haben also von beiden Religionen gleichen Anteil im Blut. Fragen Sie aber lieber nicht, wie es auf unseren Familienfeiern zugeht. Meine Mutter ist jetzt schon dabei, die Weihnachtsdekoration hervorzukramen, mein Vater probiert in jeder freien Minute die traditionellen Rezepte für Chanukka aus, und beide streiten sich leidenschaftlich darum, wer wann welche Verwandten einladen soll.«

Julia lachte ebenfalls. »Das klingt doch wunderbar. Ich liebe Familienfeste.«

»Sie haben ja auch noch keines der Familie Rosenbaum erlebt«, seufzte Daniel. Dann deutete er auf den Umschlag. »Diese beiden Briefe sind heute noch für Sie gekommen.«

»Ach ja, für Sie habe ich auch noch vier.« Julia eilte noch einmal in die Küche und kam mit der Post zurück.

Daniel nahm ihr die Briefe ab, öffnete sie und überflog sie neugierig. »Hm, was halten Sie von dem hier?« Er reichte ihr eines der Blätter.

Sie warf einen Blick darauf. »Nicht übel. Hat die Dame ein Foto mitgeschickt?«

»Hier.« Er reichte ihr das Gewünschte.

Julia betrachtete es und hob dann den Kopf. »Schauen Sie ruhig schon mal in meine Zuschriften. Ich bin gespannt auf Ihre Meinung.« Sie wies auf den Stapel Briefe, den sie zusammen mit der heutigen Post mitgebracht hatte, und vertiefte sich wieder in den Brief einer gewissen Henriette, die ihre Zeilen mit eindeutig zweideutigen Anspielungen gespickt hatte.

Die nächste halbe Stunde verbrachten sie damit, die Zuschriften durchzugehen und sich Teile daraus gegenseitig vorzulesen. Danach sortierte Julia die Zuschriften an Daniel nach der aus ihrer Sicht vernünftigen Reihenfolge, und Daniel tat dasselbe mit ihren Briefen.

Als sie fertig waren, war die Kaffeekanne leer, ebenso die Schale mit Gebäck, die Julia bereitgestellt hatte.

»Nun können die Dates wohl kommen«, meinte Daniel und schmunzelte. »Henriette und diesen wilden Feger namens Bibi werde ich aber lieber auslassen.«

Julia legte den Kopf auf die Seite. »Ich würde Sie nicht kategorisch ausschließen«, sagte sie. »Es kommt eher darauf an, was Ihnen vorschwebt. Für ein schnelles Abenteuer ist Henriette bestimmt zu haben. Und diese Bibi – na ja – sie ist noch ziemlich jung. Wollten Sie wirklich Zuschriften von Zwanzigjährigen?«

»Eigentlich nicht.«

»Sehen Sie, das beweist doch, dass sie etwas auf sich hält, sonst würde sie doch nicht auf Ihre Anzeige geantwortet haben. Bestimmt kann man viel Spaß mit ihr haben. So wie sie schreibt, scheint sie recht flippig, aber durchaus in Ordnung zu sein. Ich vermute, sie ist eine Frau, mit der Sie nächtelang in Discos abtanzen und feiern können. Und Spaß haben.«

Daniel verzog skeptisch das Gesicht. »Und wer versorgt am nächsten Morgen meinen Kater?«

Sie lachte. »Ich schätze, darum müssten Sie sich dann selbst kümmern.«

Daniel zuckte mit den Schultern. »Ich überlege es mir. Aber nun etwas anderes. Sagten Sie nicht etwas von Schwierigkeiten mit Ihrem Sicherungskasten?«

7. Kapitel

»Schau mal mein Schatz. Wie findest du das?« Santa winkte seine Frau in sein Büro und wies auf einen der Bildschirme, auf dem gerade zwei Personen in einem halbdunklen Kellerraum zu sehen waren.

Sie trat näher und betrachtete das Geschehen eine Weile schweigend. »Hältst du das für eine gute Idee? Du wolltest doch nur diese Verwechslung aufklären.«

Santa Claus lächelte und strich sich durch den weißen Bart. »Das brauchte ich gar nicht. Die beiden haben die Sache schon selbst in die Hand genommen. Aber ich fand, wenn sie sich nun schon kennen, könnten sie doch auch …«

»Ein Paar werden? Ich weiß nicht. Was ist denn mit diesen hier?« Sie wies auf einige andere Bildschirme. »Der Mann hier bereitet sich gerade auf ein Date mit der jungen Frau vor. Und hier, die Frau schreibt gerade einen Brief auf diese Annonce. Was willst du mit ihnen machen? Meinst du nicht, die beiden hätten das Recht, selbst zu entscheiden, in wen sie sich verlieben?«

»Natürlich haben sie das«, antwortete der Weihnachtsmann.

»Dann misch dich bitte nicht weiter ein!«

»Nein, nein, keine Angst, mein Schatz.« Er zwinkerte vergnügt. »Dafür habe ich ja schließlich Nick …«

8. *Kapitel*

Prüfend warf Daniel einen letzten Blick in den Spiegel, rückte seine Krawatte zurecht und strich seine dunkle Anzugjacke glatt. Seine Mutter hatte ihn, wie jedes Jahr, versucht zu einem Smoking zu nötigen, doch wie immer war er standhaft geblieben. Zwar war der St. Martins Empfang durchaus ein Anlass, sich in Schale zu werfen, doch übertreiben wollte er es nicht. Die Veranstaltung war verknüpft mit einem Wohltätigkeitsbasar, und seine Mutter führte dabei schon seit vielen Jahren den zweiten Vorsitz.

Daniel wandte sich vom Spiegel ab und griff nach seinem Mantel, als Nick, der sich bisher hingebungsvoll mit einem Kauknochen beschäftigt hatte, den Kopf hob und laut knurrte. »Nanu, was hast du denn?«, wollte Daniel wissen.

Im nächsten Moment klingelte es an der Haustür. Nick sprang auf und bellte wie verrückt. Verwundert blickte Daniel ihn an. »Was ist denn los? Das wird Anette sein. Du kennst sie doch.«

Nachdem er sich zwei Tage zuvor mit ihr zu einem Abendessen getroffen hatte, war ihm die Idee gekommen, sie zu der Wohltätigkeitsveranstaltung einzuladen. Anette war sechsundzwanzig, brünett, fröhlich und aufgeschlossen und damit durchaus nach seinem Geschmack. Auch hatte sie keine hysterischen Anwandlungen bekommen, als Nick sie zur ersten

Begrüßung fast umgeworfen hatte. Als er nun die Tür öffnete, konnte er ihr jedoch das erschreckte Zurückweichen und den Schreckensschrei nicht verübeln. Nick war wie ein Torpedo auf sie zugeschossen, hatte sie angesprungen und knurrte sie nun mit hochgezogenen Lefzen furchterregend an.

Julia hakte sich bei ihrem Begleiter unter und betrat neben ihm die festlich geschmückte Stadthalle. Sie war keine Freundin großer Festveranstaltungen, doch Gregors Einladung zu dem Wohltätigkeitsbasar hatte sie nicht ablehnen wollen. Immerhin war dies eine gute Gelegenheit, ihn noch näher kennenzulernen. Bisher hatten sie sich zweimal getroffen – einmal zu einem gemeinsamen Abendessen beim Italiener und danach noch einmal zu einem zwanglosen Spaziergang durch den Park.

Gregor war ihr sympathisch, und sie unterhielt sich gern mit ihm. Und im Vergleich zu den beiden anderen Kandidaten, mit denen sie sich zwischenzeitlich getroffen hatte, besaß er wesentlich mehr Stil, Charme und Humor. Dennoch war sie noch weit davon entfernt, mehr in ihm zu sehen als einen netten neuen Bekannten, und das hing nicht zuletzt mit der Tatsache zusammen, dass sie seit jenem Nachmittag vor einer Woche immer wieder an Daniel Rosenbaum denken musste.

Nach ihrem Gespräch über die Anzeigenzuschriften hatte er sich den Sicherungskasten im Keller angesehen und die defekte Sicherung auch gleich repariert. Sie hatte ihm dabei zugesehen, und die erzwungene Nähe in dem winzigen, nur von einem schmalen Fensterchen erhellten Kellerraum hatte in ihr ungewohnte Gefühle ausgelöst. Dann hatten sie über irgendetwas gelacht und einander angesehen, und für den Bruchteil einer Sekunde hatte Julia gedacht, in Daniels Augen eine ähnliche Regung aufblitzen zu sehen.

Doch sie wusste natürlich, dass das Unfug war. Er hatte sich seither nicht mehr bei ihr gemeldet, was ihre romantischen Anwandlungen eigentlich längst hätte abkühlen lassen müssen. Dass sie sich dennoch seit Tagen wie ein verliebter Teenager vorkam, sprach ganz bestimmt nicht für ihre Intelligenz.

Entschlossen verdrängte sie jegliche Gedanken an Daniel und konzentrierte sich wieder auf ihren Begleiter, der sie mittlerweile an den Ständen des Basars vorbei zu den festlich geschmückten Tischen am hinteren Ende der Halle geführt und ihr fürsorglich den Stuhl zurechtgerückt hatte. Als sie sich setzte, fiel ihr Blick auf das Podium, auf dem im Verlauf des Abends verschiedene Personen Ansprachen halten würden, und ihr Herz holperte kurz.

Neben dem Podium stand Daniel und sprach mit einer eleganten blonden Dame, die dem Namensschild auf ihrer Bluse nach offenbar zum Festkomitee gehörte.

Halb lachend, halb verärgert erzählte Daniel seiner Mutter von dem Zwischenfall mit Nick, der die entsetzte Anette zuerst mit heftigem Knurren bedroht, dann jedoch wie verrückt abgeschleckt hatte. Als er es geschafft hatte, den verrückten Hund von ihr loszureißen, war ihr Kleid verschmutzt und ihr Make-up ruiniert gewesen, weshalb sie nun doch auf die Einladung zum Basar verzichtet hatte. Allerdings hatte sie es Nick nicht übelgenommen, sondern vermutet, er sei einfach keine weibliche Gesellschaft gewöhnt und deshalb eifersüchtig. Also hatten sie sich für den nächsten Tag verabredet, und Daniel war allein zur Stadthalle gefahren.

Silvia Rosenbaum hörte sich die Geschichte mit skeptischer Miene an. »Nun, Junge, so sehr ich es auch begrüße, dass du dich entschlossen hast, jemanden kennenzulernen – musste das mit dem Hund unbedingt sein? Ich finde ja nichts dabei, dass du dir ein Haustier anschaffst, aber so überstürzt? Und sieh dir an, in was für ein Chaos er dich stürzt. Stell dir vor, diese Frau zeigt dich wegen des Vorfalls an!«

»Ach was.« Daniel schüttelte den Kopf. »Das wird sie schon nicht tun. Es ist ja nichts weiter passiert.«

»Das sagst du.«

»Das ist eine Tatsache.« Er lächelte. »Aber komisch ist es schon. Nick hat bisher alle Frauen, mit denen ich mich getroffen habe, auf die eine oder andere Weise in die Flucht geschlagen. Kassandra hat er im Wald angesprungen, Lisas Schuhe angekaut, und Ellen hat er sogar ins Auto gekotzt.«

»Daniel!« Empört starrte seine Mutter ihn an. »Das ist ja ekelhaft!« Doch sie konnte sich ein Schmunzeln nicht verkneifen. Dann hob sie jedoch erstaunt die säuberlich in Form gezupften Augenbrauen. »Was soll das eigentlich heißen – alle Frauen? Erfreust du dich plötzlich der Vielweiberei?«

»Nein, Mama, bestimmt nicht.« Daniel schüttelte amüsiert den Kopf. »Vielweiberei, also wirklich!«

Silvia lächelte ebenfalls. »Weiß man's? Bei euch Kerlen ist doch alles möglich.«

»Sprach die Ehefrau des wohl monogamsten Mannes auf diesem Planeten.«

Silvias Miene wurde sanft. »Und eines ebensolchen Sohnes,

dachte ich zumindest bis eben.« Sie sah sich suchend um. »Wo steckt dein Vater übrigens?«

Daniel wies in Richtung des Basars. »Bei den Kunstgegenständen, glaube ich.« Dann wurde er wieder ernst. Er hatte seinen Eltern absichtlich noch nichts von der Kontaktanzeige erzählt, denn er wusste, wenn sie es erfuhren, würde es nicht lange dauern, bis auch seine Brüder und Schwestern davon hörten. Und den darauf folgenden Spießrutenlauf geschwisterlichen Spotts wollte er sich so lange wie irgend möglich ersparen. »Ich habe nur … ein paar neue Bekannte getroffen«, erklärte er deshalb vage. »Es war Peters Idee«, setzte er noch hinzu.

»Das hätte ich mir ja denken können. Und hast du nun eine neue Freundin oder nicht?«, fragte Silvia geradeheraus.

Er seufzte. »Nein, Mama, habe ich nicht.«

»Wie schade.« Sie tätschelte ihm kurz den Arm. »Na, wenigstens gehst du wieder unter Leute. Aber nun entschuldige mich, ich muss rasch hinüber zu Henriette.«

»Henriette?« Daniel horchte auf. Frauen mit diesem Namen gab es nicht oft. »Wen meinst du?«

Silvia deutete auf einen der Basarstände, an dem eine Frau Ende vierzig bunt bestickte Kissen zum Verkauf bot. »Na unsere Schatzmeisterin, Henriette Talbot. Erinnerst du dich nicht an sie? Sie war einige Jahre mit ihrem Mann im Ausland, aber nun ist sie geschieden und hat sich sofort bereit erklärt, sich wieder in unserem Verein zu engagieren.« Sie kicherte. »Aber die Männer müssen sich vor ihr in acht nehmen, sage ich dir. Seit sie wieder allein ist, lässt sie keinen Flirt aus. Mannstoll würde ich es nennen. Na ja, trotzdem ist sie eine gute Seele.« Sie gab Daniel einen flüchtigen Kuss auf die Wange. »Bis später dann, mein Junge!«

Silvia eilte davon und ließ Daniel einigermaßen schockiert zurück. Bei Henriette Talbot handelte es sich tatsächlich um jene Frau, die ihm auf seine Anzeige geantwortet hatte. Das Passfoto, das sie ihrem Brief beigelegt hatte, schien allerdings schon mindestens zwanzig Jahre alt zu sein.

Im Geiste strich er sie rigoros von seiner Kandidatinnenliste – und im gleichen Moment erblickte er Julia zusammen mit einem in einen eleganten Smoking gekleideten Mann an einem der Tische. Sie hatte ihn auch erkannt, deshalb blieb ihm nichts anderes übrig, als zu ihr zu gehen und sie zu begrüßen. Es war ihm etwas unangenehm, sie bei einer Verabredung zu stören. Noch mehr gegen den Strich ging ihm jedoch erstaunlicherweise, dass er sie überhaupt bei einer solchen vorfand. Über das merkwürdige Gefühl, das ihn bei ihrem Anblick beschlich, würde er später bei Gelegenheit nachdenken müssen.

»Na, so ein Zufall«, rief er jedoch betont fröhlich und trat an ihren Tisch. »Ich wusste gar nicht, dass Sie auch zum Basar kommen wollten.«

Julia lachte. »Ich ebenfalls nicht. Die Einladung kam ganz überraschend.«

Daniel musterte den Mann an Julias Seite eingehend, dann nickte er ihm zu. »Gregor, nicht wahr?«

»Kennen wir uns?«, fragte dieser überrascht.

Julia warf Daniel einen strafenden Blick zu und dieser wehrte auch sofort ab. »Nein, entschuldigen Sie. Ich habe Sie nur aufgrund Ihres Fotos erkannt.«

»Herr Rosenbaum hat wegen eines Computerfehlers fälschlicherweise meine Zuschriften auf die Anzeige erhalten«, beeilte sich Julia die Sache zu erklären, als sie Gregors irritierte Miene sah. »Zum Glück konnten wir den Irrtum schnell aufklären, aber da hatten wir die Briefe des jeweils anderen schon geöffnet.«

»Ach so.« Gregor blickte aufmerksam und auch etwas argwöhnisch zwischen Daniel und Julia hin und her. »Wie ärgerlich.«

»Halb so wild.« Daniel winkte lachend ab. »Ich will Sie auch gar nicht länger stören.« Er wandte sich an Julia. »Zwei Zuschriften sind noch bei mir angekommen. Ich könnte sie Ihnen die nächsten Tage vorbeibringen.« Er zögerte mit einem Blick auf Gregor, der ihn noch immer wachsam musterte. »Oder ich schicke sie Ihnen per Post; Ihre Adresse kenne ich ja jetzt.«

Julia nickte. Die überraschend aufgekommene Spannung zwischen den beiden Männern war ihr nicht entgangen. »Das wäre sehr nett von Ihnen.«

Daniel lächelte verbindlich und wandte sich zum Gehen.

»Ach, warten Sie!«, hielt Julia ihn aus einem plötzlichen Impuls zurück. »Ich habe ja auch noch zwei Briefe für Sie. Vielleicht kommen Sie doch bei Gelegenheit kurz vorbei, dann kann ich Sie Ihnen gleich mitgeben.«

Überrascht sah Daniel sie an. »Also gut, wie Sie meinen. Bis dann also.« Eilig zog er sich zurück, denn Gregors Miene hatte sich zusehends verfinstert, und er hatte nun ganz deutlich das Gefühl, einen Platzhirsch in seinem Revier gestört zu haben. Er konnte Gregors Blicke in seinem Rücken geradezu spüren und war froh, als er zwischen den Verkaufsständen des Basars aus dessen Sichtfeld verschwunden war.

Die kurze Begegnung mit Daniel hatte Julia mehr aufgewühlt, als sie erwartet hatte. Dennoch ließ sie sich nichts weiter anmerken und verbannte alle Gedanken daran, so gut es ging. Sie verlebte mit Gregor einen recht vergnüglichen Abend, der ihren ersten Eindruck von ihm vollkommen bestätigte. Er war charmant, zuvorkommend und ein guter Gesprächspartner. Mehr als Sympathie empfand sie jedoch nach wie vor nicht für ihn, weshalb sie es, nachdem er sie nach Hause gebracht hatte, bei einem flüchtigen Gutenachtkuss beließ, obwohl sie annahm, dass er gerne noch mit hineingekommen wäre. Doch sie wollte auf keinen Fall etwas überstürzen, und so sagte sie ihm lediglich ein weiteres Treffen für den kommenden Samstag zu.

Nachdem das Motorengeräusch seines Sportwagens verklungen war, lehnte sich Julia gegen die Innenseite der Haustür und schloss die Augen. Was hatte sie nur geritten, Daniel zu bitten, noch einmal zu ihr zu kommen? Sie hatte überhaupt keine Zuschriften mehr für ihn erhalten. Was um alles in der Welt sollte sie ihm bloß sagen?

Seufzend stieß sie sich von der Tür ab und zuckte zusammen, als im selben Moment ihr Telefon klingelte. Mit einem Blick auf die Uhr – es war bereits weit nach Mitternacht – nahm sie den Hörer. »Ja, Chrissi, hast du mal auf die Uhr …?«

»Sag schon, wie war es? Was habt ihr gemacht? Du musst mir alles erzählen – ich will Details hören!«, schallte es fröhlich in ihr Ohr.

Julia verdrehte die Augen. »Wann schläfst du eigentlich?«

Christine lachte. »Nicht, solange mein Sohn mich jede Nacht viermal weckt. Also los, rede schon! Wie war das Date mit Gregor?«

9. *Kapitel*

»Braver Hund.« Elf-Siebzehn, der sonst für die Pflege der Rentiere zuständig war, tätschelte Nick liebevoll den Kopf. »Hast du verstanden, was Santa Claus vorhat?«

Nick schleckte sich über die Schnauze, an der noch Krümel eines großen Leckerlis klebten, und nickte dann.

»Glaubst du, du schaffst das, Nick?«

Der Hund nickte erneut und leckte dem Elf freundlich über den Handrücken. Elf-Siebzehn lachte. »Also gut, dann muss ich jetzt wieder los. Und denk daran, Santa Claus verlässt sich auf dich.«

»Wuff«, machte Nick und rollte sich auf der Decke, die Daniel ihm ins Wohnzimmer gelegt hatte, zusammen. dann hob er jedoch lauschend den Kopf, als er den Schlüssel im Schloss der Haustür hörte, und wedelte mit dem Schwanz.

Elf-Siebzehn legte rasch einen Finger an die Lippen, ging zum Fenster und schlüpfte leise hinaus.

»Was sollte das denn?«

Santa Claus zuckte erschrocken zusammen, als er die Stimme seiner Frau hinter sich vernahm. Schuldbewusst blickte er sich zu ihr um. Sie maß ihn mit strengen Blicken. »Hatten wir nicht vereinbart, dass du dich nicht mehr in die Angelegenheiten der beiden einmischst?«

Er nickte zerknirscht. »Hatten wir.«

»Und warum war dann Elf-Siebzehn gerade in der Wohnung dieses jungen Mannes?«

»War er?«

Sie stemmte die Hände in die Seiten. »Tu nicht so unschuldig! Ich bin doch nicht dumm. Ich habe genau gesehen, dass er dort war.« Sie deutete auf einen der Videobildschirme, auf dem nun Daniel zu sehen war, der von seinem Hund freudig begrüßt wurde. »Also, was sollte das?«

10. Kapitel

Erschöpft schlug Julia den Kragen ihres Mantels hoch und schlang sich den bunten Wollschal zweimal um den Hals. Dann zog sie die Tür hinter sich zu und ging mit großen Schritten in Richtung Stadtpark. Sie musste unbedingt frische Luft schnappen. Nach einem anstrengenden Arbeitstag, der wieder einmal sehr früh begonnen hatte, brauchte sie dringend etwas Abwechslung. Das kalte, neblige Novemberwetter spiegelte ihre momentane Stimmung nur allzu genau wider. An den vergangenen beiden Tagen hatte sie sich mit zwei weiteren Kandidaten aus ihren Zuschriften getroffen und in beiden Fällen herbe Enttäuschungen erlebt. Der eine, ein gewisser Jürgen, hatte sich bei ihr stundenlang über seine Exfreundin ausgeweint und ihr dann einen recht eindeutigen Vorschlag gemacht, wie sie ihn von seinen seelischen Leiden ablenken könnte. Der andere – Franko – hatte sich gar nicht erst mit der Vorspiegelung einer kürzlich gescheiterten Beziehung aufgehalten und sie, kaum dass sie aus dem chinesischen Lokal, in dem sie gegessen hatten, heraus gewesen waren, derart bedrängt, dass sie auf die Kenntnisse eines lange zurückliegenden Selbstverteidigungskurses zurückgreifen musste, um ihn sich vom Hals zu halten.

Nun hatte sie fürs Erste genug von Männerbekanntschaften. Als sie den großen Stadtpark erreichte, begann es leicht zu nieseln, dennoch bog sie auf den gekiesten Weg ein, der hinunter zu den Ententeichen führte. Bei diesem Wetter würde sie wenigstens niemandem begegnen, dachte sie und erschrak, als sie plötzlich das wilde Geheul eines Hundes vernahm. Im nächsten Moment preschte eine riesige schwarzgraue Fellkugel auf sie zu, bremste im letzten Moment ab, schlidderte ein Stückchen über den Kies und kam direkt vor ihren Füßen zum Stehen.

»Nick!«, hörte sie von irgendwoher eine Männerstimme rufen, »Nick, verdammt, wo bist du? Komm sofort wieder her!«

Der Hund blickte zwar kurz über die Schulter, machte jedoch keinerlei Anstalten, auf die Rufe seines Herrchens zu hören. Julia, die aufgrund der ihr inzwischen bekannten Stimme bereits ahnte, wer ihr da gegenübersaß, beugte sich zu dem Hund hinab. »Guten Tag, Nick. Du bist also der Lockvogel für potentielle Damenbekanntschaften?«
Nick hechelte mit freundlichem Gesicht und hob die rechte Vorderpfote. Julia lachte und ergriff sie.

»Nick!« Daniel bog um eine Baumgruppe und blieb verblüfft stehen, als er Julia erblickte, die seinem Hund den Kopf tätschelte. Noch mehr verblüffte ihn jedoch, dass der Hund sich dies ohne Protest und ohne wildes Gebaren gefallen ließ. »Guten Tag, Julia.« Er kam langsam näher. »Wie ich sehe, haben Sie das Wunder vollbracht, diesen Hund zu bezähmen.«

»Warum das?« Sie richtete sich auf und musterte ihn neugierig. Er trug wie sie einen dicken Mantel, seine Beine steckten in verfleckten Jeans – offenbar Nicks Werk, denn die Schlammspritzer schienen ganz frisch zu sein. »Gehorcht er

Ihnen noch immer nicht? Dann sollten sie ihn vielleicht besser nicht von der Leine lassen.«

Daniel schüttelte den Kopf. »Er gehorcht mir aufs Wort – wenigstens so lange, bis er eine Frau sieht. Dann dreht er regelmäßig durch.« Er lächelte. »Außer bei Ihnen.«

Julia lächelte ebenfalls. »Na, so eine Ehre.« Sie strich Nick noch einmal sanft über den Kopf. »Gehen Sie regelmäßig hier spazieren?«

»Das tue ich«, antwortete er. »Nick zuliebe.« Er betrachtete aufmerksam ihr Gesicht. »Ich kann mir das Wetter für einen Spaziergang nicht aussuchen, aber was führt Sie bei diesem Regen in den Park?« Er zögerte kurz. »Sie sehen ein bisschen angegriffen aus.«

Ihr Lächeln schwand. »So fühle ich mich auch, weil ich in den letzten Tagen einsehen musste, dass mein Vater womöglich doch recht hatte.« Sie rümpfte die Nase. »Männer sind Schweine.«

»Oha.« Daniel zog instinktiv den Kopf zwischen die Schultern. »Wie gut, dass ich keiner bin …«

Julia winkte ab. »Sie können ja nichts dafür. Ich hatte nur zwei missglückte Dates … mit Franko und Jürgen«, setzte sie nach einem Moment hinzu. »Letzteren hatten sogar Sie mir ans Herz gelegt, nicht wahr?«

»Er war also eine Niete?« Betroffen verzog Daniel die Lippen. »Asche auf mein Haupt.«

»Ach was.« Nun rang sich Julia doch wieder zu einem Lächeln durch. »Hellsehen können Sie schließlich auch nicht, um zu wissen, dass er mir zum Trost für seine gescheiterte Vorbeziehung an die Wäsche wollte.«

Daniel hob alarmiert den Kopf. »Hat er Sie bedrängt?«

Julia schüttelte den Kopf. »Nicht wirklich. Das hat dann tags darauf der schöne Franko versucht.«

»Schwein!«

»Sagte ich das nicht schon?« Sie zuckte mit den Schultern. »Ich musste ihn leider auf schmerzhafte Weise mit meinem Knie bekanntmachen, das hat ihn von seinen Gelüsten kuriert.«

»Autsch.« Daniel zuckte zusammen. »Sie sind ja richtig gefährlich!«

Sie lachte. »Nur wenn mir jemand ungebeten zu nahe kommt.« Sie blickte zum Himmel, aus dem immer größere Regentropfen fielen. »Ich glaube, wir sollten uns ein trockenes Plätzchen suchen, meinen Sie nicht auch?«

»Da ist was dran«, stimmte Daniel zu. »Haben Sie etwas Zeit? Dann könnten Sie mich kurz zu mir nach Hause begleiten und sich Ihre Zuschriften mitnehmen. Es ist auch nicht weit.«

»Warum nicht.« Julia zog sich die Kapuze ihres Mantels fester ums Gesicht und folgte Daniel und Nick dann durch den Park zu einem Seitenausgang, der in eine ruhige Nebenstraße führte. Vor einem großen Mehrfamilienhaus blieb er stehen. »Hier ist es.« Er schloss die Tür auf und ließ ihr den Vortritt. »Erster Stock.«

Neugierig sah sich Julia in Daniels Wohnung um. Sie war großzügig geschnitten und recht gemütlich mit alten, zum Teil schon recht abgeschabten Möbeln eingerichtet. Und sie war erstaunlich aufgeräumt, sah man einmal von einigen T-Shirts ab, die über einer Sessellehne hingen und einem Paar ausgelatschter Turnschuhe, die quer im Flur lagen.

Daniel kickte sie kurzerhand unter ein Regal, raffte die

Shirts zusammen und warf sie durch eine Tür, die er danach sofort wieder verschloss. Mit einem schiefen Lächeln deutete er auf die Couch. »Setzen Sie sich doch. Kaffee?« Er zwinkerte ihr zu. »Nein, keine Umstände. In der Küche steht noch eine fast volle Kanne.«

Wenig später saßen sie mit großen Kaffeebechern in den Händen nebeneinander auf der Couch und betrachteten die beiden letzten Zuschriften.

»Der hier nicht«, meinte Julia und deutete auf den rechten Brief. »Von solchen Anspielungen, wie er sie macht, habe ich erst einmal genug.«

»Verständlich«, meinte Daniel und nickte. »Aber der andere klingt nett, meinen Sie nicht?« Aufmerksam sah er sie von der Seite an, und Julia spürte eine leichte Gänsehaut auf ihrem Rücken. Um sich ihre plötzliche Nervosität nicht anmerken zu lassen, legte sie abwägend den Kopf auf die Seite und hielt ihren Blick fest auf den Brief gerichtet.

»Schon möglich. Aber haben Sie das Foto gesehen?«

Als er nicht gleich antwortete, hob sie doch den Kopf und begegnete seinem intensiven Blick. Verlegen faltete sie die Hände im Schoß. »Es sieht aus, als habe er das Bild in der Mitte auseinandergeschnitten. Und ich wette, die andere Hälfte zeigt seine Frau oder Freundin.«

»Das wäre möglich«, sagte er mit leicht belegter Stimme.

Schnell richtete sie ihr Augenmerk wieder auf den Briefbogen. »Das hätte mir schon bei Jürgen auffallen müssen. Er sieht sich insgeheim noch immer als Hälfte eines Paares.«

Daniel lächelte. »An Ihnen ist wirklich eine Psychologin verlorengegangen.«

»Nein.« Energisch schüttelte Julia den Kopf. »Aufgrund

meiner letzten Erfahrungen möchte ich nur zukünftig all jene Männer ausschließen, die ganz offensichtlich beziehungsgeschädigt sind ... oder es für ihre Zwecke zu sein vorgeben.«

»Vielleicht hatte er auch einfach gerade kein anderes Foto zur Hand.«

Julia winkte ab. »Und ist nicht einmal bereit, die paar Kröten für ein neues Passfoto auszugeben? Vielen Dank.« Mit einem Klacken stellte sie ihren Kaffeebecher auf dem Tisch ab und stand auf. »Ich denke, ich sollte jetzt gehen. Bestimmt haben Sie noch zu tun, und ich ...« Sie brach ab, als er ebenfalls aufstand und ihr nun sehr dicht gegenüberstand.

»Sie fliehen?«, fragte er lächelnd und hob die Hand, berührte sie jedoch nicht. »Wovor?«

Julia schluckte. Ihr fiel partout keine Antwort darauf ein, und zurückweichen konnte sie auch nicht, da sie sonst über Nick gestolpert wäre, der sich von hinten gegen ihre Beine drängte und sie mit seiner feuchten Nase anstupste.

Erstaunt sah Daniel auf den Hund hinab. »Er scheint sie tatsächlich zu mögen.« Um ihr etwas Luft zu verschaffen, trat er zwei Schritte zurück und begleitete sie dann zur Haustür. »Ich werde bei Gelegenheit noch einmal bei Ihnen vorbeischauen und mir meine Zuschriften abholen, wenn es Ihnen recht ist.«

»Ja, sicher.« Julia nickte, doch dann stieg ihr die Hitze ins Gesicht. »Ich meine – nein.«

»Nein?«

Sie biss sich auf die Unterlippe. »Also, nicht dass es mir nicht recht wäre, verstehen Sie mich nicht falsch. Aber ich ... also ...« Sie verzog kläglich das Gesicht. »Ich habe gar keine Zuschriften mehr für Sie. Das war ... ähm ...«

Daniel starrte sie überrascht an. »Eine Lüge?«

»Ich glaube, so sagt man dazu.«

»Warum?« Er runzelte die Stirn. »Für Ihren Gregor?«

»Er ist nicht mein Gregor!«

»Wollten Sie ihn testen? Vielleicht ein bisschen eifersüchtig machen?«

»Aber nein, so ist es doch gar nicht.«

»Vielen herzlichen Dank!« Mit zorniger Miene warf er ihr die Tür vor der Nase zu.

»Verflucht!« Wütend über sich selbst stampfte Julia mit dem Fuß auf, dann drehte sie sich um und rannte die Treppe hinab, stieß die Haustür auf und lief eilig den Weg zum Park zurück.

»Verdammt noch mal!« Zornig hieb Daniel mit der Faust aufs Fensterbrett.

Nick jaulte leise hinter ihm, doch er beachtete den Hund nicht, sondern starrte hinunter zur Straße. Warum hatte er nur so unsinnig überreagiert? Julia war schließlich nicht Tina, und er hatte ihr nicht einmal die Möglichkeit gegeben, diese Sache aufzuklären. Wahrscheinlich hatte sie einen guten Grund gehabt, zu behaupten, er habe noch zwei weitere Briefe erhalten. Daniel fluchte erneut, als er sich das kurze Gespräch auf dem Basar ins Gedächtnis zurückrief. War es möglich, dass sie ihm auf diese Weise einfach nur einen Grund verschaffen wollte, noch einmal bei ihr vorbeizukommen? »Ich bin ein dämlicher Esel«, stöhnte er, wandte sich vom Fenster ab und ließ sich auf den Boden sinken. Sofort kam Nick herbei und leckte ihm neugierig über Gesicht und Hände.

Geistesabwesend kraulte Daniel den Hund am Hals und überlegte, was er nun tun sollte.

Julia knallte die Haustür hinter sich zu, warf die beiden Briefe in den Karton, in dem sie das Altpapier sammelte, und schlurfte dann mit hängenden Schultern in die Küche. Sie ließ sich auf einen der Stühle an ihrem quadratischen Küchentisch sinken und stützte den Kopf in die Handflächen. Sie fühlte sich so …

»Blöd! Dämlich!«, murmelte sie und rieb sich über die Augen. Sie hörte ein leises Kratzen an der Hintertür und ließ seufzend ihre beiden Stubentiger herein, die sich beide maunzend und mit feuchtem Fell an ihre Beine schmiegten und sich dann in ihren gemütlichen Weidenkorb verzogen.

»Hätte ich doch bloß nichts gesagt!«, schimpfte sie vor sich hin und riss die Kühlschranktür auf. Wahllos nahm sie ein paar Eier und Schinken heraus, setzte Wasser auf und legte eine Packung Nudeln neben den Herd. »Dass er aber auch gleich so heftig reagiert«, redete sie weiter und schüttelte gleichzeitig den Kopf über sich, weil sie Selbstgespräche führte. Aber wen kümmerte es schon? Hatte Daniel Rosenbaum wirklich gedacht, sie habe ihn angelogen, um Gregor eifersüchtig zu machen?

Als das Wasser zu kochen begann, schüttete sie die Nudeln hinein, gab Salz dazu und beobachtete, wie heißer Wasserdampf aus dem Topf aufstieg. Aber warum hatte er ihr daraufhin so grob die Tür vor der Nase zugeworfen? Das konnte doch nur bedeuten … »Dass ich mich nicht getäuscht habe«, sagte sie laut und schlug ein paar Eier in die Pfanne, mischte sie mit dem Schinken zu einem etwas eigenwilligen Omelette und füllte dann alles auf einen großen Teller. Da war etwas zwischen ihnen gewesen, sie war sich jetzt ganz sicher. Auch wenn sie schon mehr als zwei Jahre allein war, so ganz hatte sie ihre Antennen doch noch nicht verloren. »Aber jetzt hast du es dir ja gründlich verscherzt«, knurrte sie, gab die Nudeln in ein Sieb und schaufelte sich dann eine große Portion davon auf ihren Teller.

Gerade als sie diesen auf dem Tisch platziert hatte, hörte sie vor dem Haus das Brummen eines Motors.

»O nein, kein Besuch jetzt bitte!« Verärgert sah sie sich in der etwas unordentlichen Küche um und wischte sich rasch die Hände an ihrer Jeans ab. Augenblicke später klingelte es.

»Wehe, du bist das, Chrissi«, brummelte sie und öffnete die Haustür. Verblüfft blickte sie auf eine Flasche Rotwein und dann auf Daniel, der sie ihr mit einem zerknirschten Lächeln hinhielt. Neben ihm saß Nick und blickte sie mit einem breiten Hundelächeln an.

»Blumen konnte ich auf die Schnelle leider nicht auftreiben«, sagte er. »Aber die hier tut es vielleicht auch. Dürfen wir reinkommen? Ich meine, auch ohne Briefe?«

Schweigend trat Julia zur Seite, so dass zuerst Nick, dann Daniel ins Haus kommen konnten. Nick sauste sofort ins Wohnzimmer, und im nächsten Moment waren lautes Miauen und Fauchen zu vernehmen.

»Oh, oh!« Julia rannte ebenfalls ins Wohnzimmer und blieb dort wie angewurzelt stehen.

Hinter sich hörte sie Daniels Schritte. »Liebe Zeit«, sagte er. »Die haben sich aber schnell geeinigt.«

Nick hatte offenbar mit einem Satz den Katzenkorb erobert und dessen eigentliche Besitzer lagen nun links und rechts von ihm auf dem Teppich und taten, als seien Hund wie Korb Luft für sie.

»Wenn wir Menschen uns nur auch so leicht verstehen würden«, murmelte er, und Julia spürte plötzlich seinen Atem in ihrem Nacken.

Da ihr Herz mit einem Mal heftig pochte, wagte sie es nicht, sich zu ihm umzudrehen. »Ich hatte nicht vor, Gregor eifersüchtig zu machen«, sagte sie stattdessen und wollte einen Schritt von ihm weg machen.

Daniel hielt sie jedoch an den Schultern fest und drehte sie sanft zu sich herum. »Dafür war ich es, als ich dich mit ihm auf dem Basar gesehen habe.«

»Was warst du?« Atemlos blickte sie in seine dunklen Augen, in denen sie sich zu spiegeln meinte.

»Eifersüchtig«, antwortete er leise und zog sie an sich. Dann lächelte er sie an. »Eigentlich sollte ich nicht hier sein.«

»Warum nicht?«

Daniel küsste sie zärtlich. »Weil ich auch beziehungsgeschädigt bin.«

»Schlimm?«, raunte sie und legte ihm ihre Arme um den Hals.

Er zuckte leicht mit den Schultern. »Schlimm genug, um eigentlich für dich nicht in Frage zu kommen.«

»Schade.« Julia lächelte. »Aber vielleicht kann ich mich durchringen, bei dir eine Ausnahme zu machen.«

Sie küssten sich erneut, und für eine geraume Weile wurde alles andere unwichtig.

11. Kapitel

»Schön!« Santa Claus rieb sich die Hände und schaltete dann diskret den Monitor ab, auf dem sich gerade Dinge abspielten, die ihn nun wirklich nichts angingen. »Sehr schön«, wiederholte er zufrieden und ein breites Lächeln sträubte seinen weißen Bart. »Ich wusste doch, dass das funktioniert. Zwei glückliche Menschen so kurz vor Weihnachten. Hach, wenn das doch auf der ganzen Welt so einfach wäre!«

»Santa?«, schnarrte in diesem Moment die Stimme von Elf-Eins aus der Gegensprechanlage. »Santa, bist du im Büro? Wir brauchen dich noch einmal bei den Plüschtieren. Es gibt da ein Problem mit einer Doppellieferung …«

»Komme schon, komme schon«, brummte der Weihnachtsmann fröhlich, warf sich seinen roten Mantel über und eilte hinüber zu seiner Weihnachtsgeschenkfabrik, die wie immer um diese Jahreszeit von Geschäftigkeit erfüllt und mit unzähligen bunten Lichtern geschmückt war. Und so sah er auch nicht, was sich auf einem der anderen Bildschirme tat. Hätte er es gesehen, wäre ihm sofort aufgefallen, dass sein schöner Plan soeben gefährlich ins Wanken geriet.

12. Kapitel

»Sag mal, kann es sein, dass dein Magen knurrt?«, fragte Daniel mit einem amüsierten Lächeln und zog die Decke über ihren weitgehend unbekleideten Körpern zurecht.

Julia hatte ihren Kopf an seine Schulter gebettet und nickte leicht. »Ich hatte mir gerade eine Kleinigkeit zu essen gemacht, als du gekommen bist.«

»Reicht, was auch immer es ist, auch für zwei?«

Julia lachte. »Wahrscheinlich schon, aber die Nudeln sind doch längst kalt geworden.«

»Das kann man doch ändern.« Daniel richtete sich auf und blickte sich suchend nach seiner Hose um. Als er sie am Boden gefunden hatte, schlüpfte er rasch hinein. »Bleib du ruhig liegen. Ich bin ein Meister im Aufwärmen von Lebensmitteln.« Er grinste und ging beschwingt hinüber in die Küche.

Julia ließ sich in ihre Kissen zurücksinken und lächelte versonnen, fuhr jedoch erschrocken hoch, als sie Daniels lautes Gelächter vernahm. Sekunden später erschien er mit einem leeren Teller und einer ebensolchen Pfanne in der Schlafzimmertür. »Nick und deine Katzen haben unsere – äh – Abwesenheit genutzt, um das Abendessen zu vertilgen«, meinte er lächelnd. »Nur eine Handvoll Nudeln haben sie uns freundlicherweise übriggelassen.«

»Ach herrje.« Verblüfft sah sie ihn an. Hinter ihm tauchte nun Nick auf, leckte sich die Schnauze und sah sie mit treuem Hundeblick an. »Böser Hund!«, schimpfte sie halbherzig, konnte sich das Lachen jedoch kaum verkneifen.

Daniel trug das Geschirr zurück in die Küche und kam stattdessen mit dem Telefon zurück. »Es scheint, als bliebe uns jetzt nur noch der Pizza-Service«, sagte er, ließ sich wieder neben Julia auf das Bett gleiten und wählte gleichzeitig eine Nummer. »Ja, hallo? Hier Rosenbaum – äh – Sasse.« Er hielt inne und lachte dann. »Rosenbaum bei Sasse. Ja, Luigi, ich bin es. Ich möchte gerne etwas bestellen. Ja, genau, große Pizza mit allem außer Sardellen, dafür mit doppeltem Käse.« Er blickte Julia fragend an und sie nickte rasch. »Zweimal«, sagte er und nannte die Adresse. Nachdem er das Gespräch beendet hatte, grinste er jungenhaft. »Halbe Stunde Pizza fertig«, sagte er mit übertriebenem italienischem Akzent.

Julia kicherte. »Und nun reden Luigi mit alle Freunde über neue Signorina von Rosenbaum?«, fragte sie im selben Tonfall.

Überrascht sah er sie an. »Das ist gut möglich. Sein Neffe ist mit einer meiner Cousinen verheiratet.« Er schwieg einen Moment. »Stört dich solches Gerede?«

Julia schüttelte den Kopf und zog ihn lächelnd näher zu sich heran. Sanft berührte sie mit den Lippen seine Wange, danach seinen Mund. »Ich hatte ehrlich gesagt gehofft, das würde ihn noch etwas länger als eine halbe Stunde ablenken …«

»Ach nein!« Christine sah Julia mit großen Augen an. »Sag bloß, du bist verliebt.«

»War das nicht die Absicht hinter der Anzeige?« Leise vor sich hinsummend ging Julia um den Kombi ihrer Schwester herum, öffnete den Kofferraum und zog den überdimensionalen Adventskalender hervor, der aus einem künstlichen Tannenbaum bestand, an dem unzählige mit Zahlen und Namen versehene bunte Päckchen hingen. »Fass mal mit an! Die Bodenplatte mit dem Halter ist verflixt schwer.«

Sofort eilte Christine ihr zu Hilfe, und gemeinsam trugen sie den Baum zum Gebäude des Kindergartens. Nachdem der Hausmeister sie eingelassen und sie den Baum im Gruppenraum abgesetzt hatten, strich Christine sich ihren Pullover glatt und musterte ihre Schwester aufmerksam. »Das ging jetzt aber ziemlich schnell, meinst du nicht? Du wolltest dich doch gar nicht wirklich verlieben. Nein, gib es schon zu! Ich kenne dich. Die Anzeige hast du doch nur mir zuliebe aufgegeben.« Sie verzog die Mundwinkel und blinzelte. »Damit deine nervige kleine Schwester endlich Ruhe gibt.«

Julia lachte. »Diese Wohltat wird mir wahrscheinlich niemals zuteilwerden.«

Gespielt beleidigt reckte Christine das Kinn. »Na ja, nicht jedenfalls, solange ich dich nicht glücklich versorgt weiß.« Sie schwieg einen Moment. »Und wie geht es jetzt weiter?«

Julia ging ihr voraus wieder auf den Parkplatz. »Na, wie schon? Wir treffen uns heute Abend bei ihm und sehen uns vielleicht einen Film an.«

»Vielleicht?«

»Wenn uns nichts Besseres einfällt.«

»Julia Maria Sasse! Bleib anständig!« Christine hob mahnend den Zeigefinger, lachte dann aber fröhlich auf. »Vergiss es! Was auch immer ihr tut, habt viel Spaß dabei.«

»Worauf du dich verlassen kannst.« Julia zwinkerte ihrer Schwester zu. »Aber jetzt sollten wir uns beeilen; ich muss nämlich noch arbeiten.«

»Geht mir ähnlich.«

Die beiden Frauen stiegen in den Kombi und fuhren den kurzen Weg zurück. Vor Julias Haus hielt Christine den Wagen an. »Sag mal, hast du eigentlich mal was von Timo gehört? Wollte er nicht zu Weihnachten wieder im Lande sein?«

»Das hatte er wohl vor«, antwortete Julia. »Aber du kennst doch unseren Bruder. Wenn er die Studienreise noch verlängern kann, wird er das ganz bestimmt tun. Sein Lehrauftrag an der Uni beginnt doch erst im März.«

»Trotzdem könnte er sich ruhig mal melden«, maulte Christine. »Schließlich muss ich doch wissen, für wie viele Personen ich die Weihnachtsfeier vorbereiten muss.«

Daniel war gerade dabei, seinen Staubsauger im Wandschrank zu verstauen, als es klingelte. »Oh.« Er warf einen raschen Blick auf seine Armbanduhr. »Ein bisschen zu früh.« Mit einem breiten Lächeln öffnete er die Tür. »Peter!« Verblüfft ließ er seinen Freund ein. »Was machst du denn hier?«

»Na was, darf dein ältester Freund dich vielleicht nur nach telefonischer Voranmeldung besuchen?« Peter stieß ihn grinsend an.

Daniel verzog jedoch nur die Mundwinkel. »Besser wäre es.«

»Ach?« Neugierig sah sich Peter in der Wohnung um und erkannte sofort die Bemühungen seines Freundes, Ordnung zu schaffen. »Putzeimer, Staublappen …« Er öffnete die Tür zum Bad und warf einen kurzen Blick hinein. »Frische Handtücher?« Feixend musterte er Daniel. »Du erwartest Damenbesuch.« Ohne zu fragen, ging er ins Wohnzimmer und riss dort die Tür zum Schlafzimmer auf. »Ha! Neue Bettwäsche. Der Damenbesuch soll also sogar hier nächtigen. Herr Rosenbaum, ich bin erstaunt. Woher der plötzliche Sinneswandel? Oh, lass mich raten: diese Bibi, nicht wahr? Oder doch – wie war ihr Name – Anette?«

»Du bist auf dem Holzweg.« Nach einem weiteren Blick auf die Uhr raffte Daniel schnell die Putzutensilien zusammen und verstaute sie in einem der Küchenschränke. »Und ich wäre dir sehr dankbar, wenn du die Fliege machen würdest. Ich erzähle dir später …«

»Nee, nee, auf keinen Fall«, unterbrach Peter ihn. »Erwartest du sie gleich?« Nun schaute auch er auf die Uhr. »Um sieben? Dann werde ich sie mir gleich mal ansehen, wenn du erlaubst.«

»Ungern.«

»Warum, stimmt etwas nicht mit ihr?« Überrascht hob Peter die Augenbrauen.

Daniel winkte ab. »Ich will sie bloß nicht gleich mit jemandem wie dir verschrecken.«

»Pfff!« Strafend sah Peter ihn an. »Sag schon, wer ist sie?«

Daniel seufzte resigniert und begann sich umzuziehen, während er sprach. »Julia Sasse, die Frau, die versehentlich meine Anzeigenzuschriften bekommen hat. Ich hab es dir doch erzählt.«

»Julia Sasse?« Verblüfft starrte Daniel sie an. »Die Steuerberaterin Julia Sasse?«

»Kennst du sie?«

Peter lachte schallend. »Und wie! Oder eigentlich kennt sie mich besser als umgekehrt. Sie kümmert sich seit vergangenem Jahr um meine Steuererklärung.« Er wurde wieder ernst. »Und sie hat also auch eine Anzeige aufgegeben? Verstehe ich gar nicht. Ich meine, so wie sie aussieht …«

»Ihre Schwester hat sie wohl dazu genötigt.«

»Dein Glück, Mann.« Anerkennend klopfte Peter seinem Freund auf die Schulter. Er blickte sich nach Nick um, der genüsslich an einem Knochen herumnagte. »Und was hält er von ihr?«

»Liebe auf den ersten Blick, würde ich sagen.« Daniel lächelte versonnen, so dass Peter ihn überrascht musterte. »Bis auf Julia hat er alle anderen Kandidatinnen verjagt.«

»Kluger Hund.« Peter grinste.

In diesem Moment klingelte es.

»Dann werde ich mich mal verkrümeln«, meinte er und öffnete die Tür. »Guten Abend, Frau Sasse. Schön, Sie mal wiederzusehen.«

Julia starrte ihn verblüfft an. »Herr Wigand?«

»Jawoll.« Peter salutierte zackig, dann sah er sie neugierig an. »Hast du ein Glück«, sagte er über die Schulter. Wieder wandte er sich an Julia. »Sie aber auch.« Er nickte ihr kurz zu. »Einen schönen Abend wünsche ich.« Er grinste. »Das muss ich sofort Carmen erzählen!«

Erschöpft, aber glücklich parkte Julia ihren Wagen vor dem Haus. Der Wochenendeinkauf hatte sich stressiger als sonst gestaltet, denn so kurz vor dem zweiten Advent schien alle Welt in einen Kaufrausch geraten zu sein. Ihr schwirrte der Kopf von all den Lichtern, Weihnachtsliedern aus Kaufhauslautsprechern und den Menschenmassen, die die Innenstadt heimgesucht hatten. Während sie die Haustür aufschloss, freute sie sich in Gedanken schon auf einen ruhigen, entspannenden Abend in der Badewanne.

Daniel musste leider heute lange arbeiten, aber nachdem sie in der vergangenen Woche jeden Abend miteinander verbracht hatten, schadete eine kleine Pause sicher auch nicht.

Julia stellte ihren Einkaufskorb und eine Papiertüte auf dem Küchentisch ab und wollte gleich noch einmal zurück zum Auto gehen, um den Rest der Lebensmittel hereinzuholen. Sie war trotz des Andrangs durch mehrere Supermärkte gezogen, um ausreichend Zutaten für ihr berühmtes Früchtebrot zusammenzubekommen. Daniel hatte sie für die kommende Woche zum Beginn des Chanukka-Festes eingeladen, um ihr bei der Gelegenheit auch gleich seine chaotische Mischpoke, wie er sie nannte, vorzustellen. Sie freute sich schon darauf und hatte angeboten, für das Festessen eine ihrer vorweihnachtlichen Spezialitäten zu backen.

Sie eilte durch den Flur und blieb plötzlich wie angegossen stehen. Überrascht starrte sie auf die braune Reisetasche, die ihr erst jetzt auffiel, obwohl sie genau vor dem Treppenaufgang lag.

Sofort erfasste sie deren Bedeutung, warf die Haustür ins Schloss und rannte mit großen Schritten die Stufen ins obere Geschoss hinauf. »Timo?«, rief sie und riss schwungvoll die Tür zum Schlafzimmer ihres Bruders auf. Sie fuhr jedoch erschrocken zurück, als sie vor sich eine schlanke schwarzhaarige Frau erblickte, die nur in ein zartes Nichts von Unterwäsche gehüllt war.

»Oops!« Die Fremde sah sie verblüfft an und griff dann seelenruhig nach ihrer Jeans. »Sie müssen Julia sein.«

»Äh, ja.« Julia sah sich um. »Und Sie sind …?«

»Hallo, Schwesterchen!« Aus dem angrenzenden Badezimmer tauchte Julias Bruder Timo auf – ebenfalls nur mit Boxershorts bekleidet – und strahlte sie an. »Na, ist das eine Überraschung? Wie geht es dir?« Er trat neben die mittlerweile bekleidete Schwarzhaarige und legte ihr einen Arm um die Schultern. »Darf ich vorstellen – das ist Klarissa, meine äh …« Er sah die junge Frau fragend an. »Darf ich es ihr schon verraten?«

Klarissa lächelte. »Mach nur, du kannst es ja doch nicht für dich behalten.«

Timo grinste. »Also gut. Julia, dies ist Klarissa, meine zukünftige Frau.«

»Ach.« Mehr brachte Julia im ersten Moment nicht heraus. Doch dann lächelte sie erfreut. »Moment mal, sind Sie nicht … Ich meine, bist du nicht …?«

»Eine ehemalige Klassenkameradin von Timo, ja.« Klarissa knuffte ihren Verlobten in die Seite. »Damals konnten wir uns zugegebenermaßen nicht sonderlich gut leiden.« Sie lächelte glücklich. »Das hat sich allerdings grundlegend geändert, als wir uns im Flieger nach Buenos Aires wiedertrafen und feststellten, dass wir uns nicht nur in derselben Studiengruppe befanden, sondern auch noch gezwungen waren, wegen eines Computerfehlers ein Zimmer im Hotel zu teilen.«

»Ja, dann bleibt mir wohl nichts anderes übrig, als euch zu gratulieren.« Julia trat auf ihren Bruder zu und umarmte ihn.

»Ich hoffe, es stört dich nicht, dass wir dich so unangemeldet überfallen?«, fragte er.

Julia winkte ab. »Ach was. Ich freue mich doch, dass ihr hier seid. Und immerhin ist dies ja auch dein Haus.«

Timo schüttelte den Kopf. »Dein Haus, mein Zimmer. Aber sag mal, wem gehören denn die Jeans und die zweite Zahnbürste im Bad?«

Julia verzog etwas verlegen die Lippen, doch dann lächelte sie wieder. »Die gehören Daniel.«

»Daniel wer?«

»Daniel Rosenbaum.«

»Von der Elektrofirma?«, fragte Klarissa.

Verblüfft sah Julia sie an. »Kennst du ihn?«

Klarissa nickte. »Ein bisschen. Sein bester Freund Peter ist mit meiner Schwester verheiratet.«

»Jetzt schlägt's aber dreizehn!«, rief Julia. »Die Welt ist ja wirklich klein.«

»Ja, ja, ein Kuhdorf.« Ungeduldig winkte Timo ab. »Jetzt erzähl mir erst mal Einzelheiten, Schwesterchen. Warum weiß ich noch nicht, dass sich dieser Daniel während meiner Abwesenheit das Recht erworben hat, seine Klamotten hier zu deponieren?«

Julia lächelte und setzte sich auf seinen Wink hin auf die Bettkante. »Das liegt daran, dass wir uns noch nicht so lange kennen. Erst seit ich diese Kontaktanzeige aufgegeben habe …«

»Kontaktanzeige?«, echote Timo erstaunt.

»Zu der mich Chrissi angestiftet hat«, fuhr Julia fort.

»Ach, wer sonst?«, stöhnte er.

»… und es diesen Stromausfall gab …«

»Hä?«

»… aufgrund dessen die Chiffre-Nummern unserer Anzeigen vertauscht wurden …«

»Halt mal!« Timo hob beide Hände. »Ich glaube, es ist besser, ich koche uns einen Kaffee, und dann erzählst du uns alles schön der Reihe nach.«

13. Kapitel

Gerade als Julia sich in der Badewanne wohlig ausgestreckt hatte, klingelte ihr Telefon. Seufzend griff sie danach. »Sasse?«

»Julia? Hallo, ich bin's«, meldete sich Daniel. Im Hintergrund surrte etwas, das wie eine Bohrmaschine klang. »Störe ich dich?«

»Überhaupt nicht«, antwortete sie lächelnd. »Bist du noch auf der Baustelle?«

Daniel lachte. »Hört man das? Ja, ich bin noch bei der Arbeit. Hör mal, ich habe da ein Problem – oder besser eine schlechte Nachricht.«

»So?« Alarmiert richtete Julia sich auf und griff nach dem Handtuch, um sich die Hände abzutrocknen. »Ist etwas passiert?«

»Tja, etwas Blödes.« Daniel klang zerknirscht. »Wir werden uns leider in den nächsten zwei Wochen nicht sehen können. Nachdem mein Vater diesen Großauftrag erhalten hat, bekamen wir heute die Fristen und Termine, zu denen die Arbeiten fertig sein sollen. Sie liegen leider so eng, dass wir alle zusammen in Doppelschichten arbeiten müssen, um das zu schaffen. Das Hotel soll zu Weihnachten eröffnet werden, und bis dahin muss noch die gesamte Sicherheits- und Kommunikationsanlage eingebaut werden. Von den anderen Elektroinstallationen und einigen Sonderwünschen ganz zu schweigen.«

»Das ist wirklich schade«, befand Julia. »Aber für euch doch bestimmt eine lukrative Sache, oder?«

»Das schon«, sagte Daniel. »Und wenn alles fristgerecht klappt, wird der Kunde uns bestimmt weiterempfehlen. Aber das bedeutet nun leider eine arge Einschränkung meiner freien Zeit. Sogar die Chanukka-Feier haben meine Eltern deswegen verschoben. Weil das Ende des Chanukka-Festes dieses Jahr mit Weihnachten zusammenfällt, feiern wir nun beides zusammen.« Er hielt kurz inne. »Ich hoffe, du hast dein Früchtebrot nicht schon gebacken?«

Julia lächelte. »Nein, habe ich nicht. Aber das wäre auch nicht weiter schlimm gewesen, denn je länger es gelagert wird, desto besser schmeckt es.« Sie wechselte den Hörer in die andere Hand. »Gibst du mir Bescheid, wenn du wieder etwas Luft hast?«

»Wirst du so lange warten?«

Julia lachte. »Also wirklich! Zwei Wochen sind doch keine Ewigkeit.« Sie stockte. »Was ist denn mit Nick? Soll ich ihn vielleicht solange zu mir nehmen?«

»Würdest du das tun?«

»Aber sicher doch. Er kann doch nicht die ganze Zeit allein bleiben.«

Daniel seufzte erleichtert. »Dann bitte ich meine Mutter, ihn dir morgen zu bringen, ja? Und ich rufe dich an, wenn es sich einrichten lässt«, versprach er.

»Ich freue mich darauf«, antwortete sie. »Bis dann.«

»Das ist ja interessant«, befand Silvia Rosenbaum und rührte in ihrer Teetasse. Nachdem sie Nick am folgenden Nachmittag bei Julia abgeliefert hatte, war sie auf deren Einladung noch kurz mit ins Haus gekommen und saß nun zusammen mit Julia am Küchentisch und ließ sich zum Tee deren frisch gebackene Plätzchen schmecken. »Eine Kontaktanzeige also?« Sie lachte herzlich. »Kein Wunder, dass er das vor uns verheimlicht hat. Dieser Peter kommt aber auch auf Ideen. Aber jetzt verstehe ich wenigstens, was Daniel meinte, als er mir von den Treffen mit diesen Frauen erzählte.« Sie nahm sich noch ein Plätzchen und biss genießerisch hinein. »Das Rezept müssen Sie mir für meinen Mann mitgeben. Er ist unser Hausbäcker und wird begeistert sein.« Sie wurde wieder ernst. »Und Sie haben also Daniels Zuschriften bekommen und er die Ihren? Wenn das nicht Schicksal ist!« Sie tätschelte Julias Hand. »Und es ist wirklich nett, dass Sie sich um den Hund kümmern, solange er beschäftigt ist.«

»Das ist doch gar kein Problem«, wehrte Julia ab. »Ich mag Nick sehr gerne.«

»Nun, meinen Sohn doch hoffentlich auch?«, fragte Silvia mit einem Zwinkern, hob aber sofort die Hand. »Keine Angst, ich halte schon den Mund. Wissen Sie, ich freue mich nur so, dass er nach seiner Scheidung endlich wieder beginnt, ein Privatleben zu führen.« Ihre Miene verdüsterte sich kurz. »Tina hat ihm übel mitgespielt, wissen Sie? Ich dachte schon, er kommt gar nicht darüber hinweg.« Sie zögerte kurz, dann fuhr sie fort: »Ich weiß nicht, ob er Ihnen davon erzählt hat …«

»Nicht viel.«

Silvia nickte. »Dann wird er es irgendwann sicher noch tun.«

Um die Zeit bis zu ihrem nächsten Treffen mit Daniel zu überbrücken, widmete sich Julia ebenfalls intensiv ihrer Arbeit, kümmerte sich um Nick, der in typischer Hundemanier dafür sorgte, dass sie zwischendurch auch einmal Pause machte und an die frische Luft kam, und passte ab und zu auf Christines kleinen Sohn auf, während diese mit den Vorbereitungen für die Familienweihnachtsfeier beschäftigt war.

Zweimal hatte Daniel sie kurz angerufen und ihr berichtet, wie die Arbeiten im Hotel fortschritten, danach hatte er ihr jedoch nur noch kurze Nachrichten auf dem Anrufbeantworter hinterlassen.

Als die vierte Adventswoche anbrach und der Heilige Abend in großen Schritten näher rückte, verfiel Julia in eine nervöse Vorfreude. Um sich abzulenken und weil es ihr nun auch angebracht erschien, schrieb sie alle Anzeigenkandidaten, mit denen sie sich getroffen hatte, noch einmal an und erklärte ihnen mit kurzen Worten, dass sie kein weiteres Interesse habe. Sie fühlte sich ein wenig merkwürdig dabei und hoffte, vor allem Gregor nicht zu sehr vor den Kopf zu stoßen, doch sie hatte sich entschieden und wollte keinen der Männer darüber im Unklaren lassen.

Am Dienstagabend luden Timo und Klarissa sie und Christine dann spontan zu einem Essen beim Italiener ein, um mit ihnen etwas zu besprechen. Da die beiden gar zu geheimnisvoll taten, wartete Julia nur, bis alle an dem festlich gedeckten Tisch beieinandersaßen und ihre Getränke bestellt hatten, und fragte dann geradeheraus: »Also, was ist los? Wen wollt Ihr überfallen?«

Klarissa kicherte nur, Timo trommelte nervös mit den Fingern auf der Tischplatte herum. »Kannst du hellsehen?« Er griff nach der Serviette und zerknitterte sie fahrig.

Christine kräuselte die Lippen. »Dazu sind keine hellseherischen Kräfte nötig, Timo. Wir kennen dich gut genug, um zu sehen, dass du etwas ausgefressen hast.« Sie lächelte. »Oder es zumindest vorhast. Also spuck schon aus, was es ist!«

Timo grinste schief. »Ich … Wir …« Er blickte unsicher zu Klarissa hinüber, die aufmunternd nickte. »Ihr dürft es Mama und Papa noch nicht sagen«, begann er erneut. »Das mit unserer Verlobung, meine ich. Wir möchten sie überraschen und dachten, zu Weihnachten …«

»Sie wissen es noch nicht?«, fragte Julia verwundert, woraufhin er nur mit den Schultern zuckte.

»Eine nette Idee«, stimmte Christine hingegen sofort begeistert zu. »Wir feiern Heiligabend eine Überraschungsverlobung!« Sie stockte und blickte ihrem Bruder prüfend ins Gesicht. »Da ist doch noch etwas! Rück schon damit heraus, du Schwerenöter! Hast du den Lehrjob an der Uni geschmissen, um mit Klarissa um die Welt zu tingeln, oder was?«

Klarissa prustete und brach dann in helles Gelächter aus.

»Das ist es also nicht«, stellte Christine fest. »Was dann? Wollt Ihr vielleicht so eine abgefahrene Kulthochzeit feiern? Unter Wasser vielleicht? Ihr wisst, Papa schwimmt nicht gerne. Oder …« Ihre Miene hellte sich auf. »Ich weiß, Ihr wollt im Heißluftballon heiraten und wisst nicht, wie ihr das Mama beibringen sollt, wo sie doch so schreckliche Höhenangst hat!«

»Chrissi!« Julia stieß ihre Schwester an, musste jedoch selbst bei diesem Gedanken lachen.

Auch Klarissa brach erneut in Gelächter aus. »O ja, das wäre ja was«, kicherte sie. »Und wenn wir bis zum Sommer warten, brauchen wir dazu dann nicht mal einen Ballon zu mieten!« Sie machte eine ausholende Bewegung mit beiden Händen.

»Hä?« Verständnislos blickte Christine sie an.

Julia schaltete jedoch schneller und strahlte übers ganze Gesicht. »Mensch, das ist ja eine tolle Nachricht!«, rief sie.

Christine stand noch immer auf der Leitung. »Was für eine Nachricht?«

Erheitert stieß Julia ihr den Ellenbogen in die Seite. »Na, dass wir Mama und Papa nicht nur eine Überraschungs-Verlobung präsentieren können, sondern auch ein Überraschungsenkelkind.«

»Ein was?« Christine starrte Timo sekundenlang an, dann schlug sie sich mit der flachen Hand gegen die Stirn. »Ach du grüne Neune!« Sie lachte begeistert. »Deshalb also diese schnelle Entscheidung zur Hochzeit? Mein lieber Bruder, Schwerenöter ist gar kein Ausdruck für dich!«

Klarissa hoch jedoch abwehrend die Hände. »Nein, Chrissi, zu seiner Ehrenrettung darf ich sagen, dass ich von der Schwangerschaft erst letzten Mittwoch erfahren habe.« Sie lächelte breit. »Nicht geplant, die ganze Sache, aber trotzdem sehr willkommen.«

In diesem Moment brachte der Kellner die Karten, und nachdem sie bestellt hatten, steckten sie die Köpfe zusammen und überlegten, wie sie ihre Eltern am besten überraschen könnten.

»Entschuldigt mich mal kurz«, sagte Klarissa nach einer Weile. »Ich glaube, die Natur fordert gerade ihren Tribut.« Lächelnd stand sie auf.

Christine erhob sich ebenfalls. »Warte, ich komme mit. Auf den Schreck hin muss ich mir dringend die Nase pudern!« Kichernd gingen die beiden in Richtung Toiletten.

Timo blickte ihnen seufzend nach. »Dass Frauen grundsätzlich immer zu zweit aufs Klo gehen müssen.« Er legte den Kopf auf die Seite. »Was ist mit dir, Julia? Willst du ihnen nicht nacheilen?«

Julia schüttelte amüsiert den Kopf. »Ich bin schon zu Hause aufs Töpfchen gegangen.« Dann wurde sie wieder ernst und streckte die Hand aus, um sie ihrem Bruder auf den Arm zu legen. »Du kannst dir gar nicht vorstellen, wie sehr ich mich für euch freue.«

»Danke, Julia.« Timo lächelte glücklich. »Sag mal, gibt es eine Möglichkeit, Chrissis Enthusiasmus ein wenig zu bremsen? Ich fürchte, ihre Planungen für die Weihnachtsfeier laufen aus dem Ruder, wenn sie so weitermacht.«

»Du kennst sie doch«, antwortete Julia schmunzelnd. »Aber keine Angst, ich versuche, sie am kurzen Zügel zu halten.«

Sie blickten einander verschwörerisch an, dann beugte sich Julia zu ihrem Bruder hinüber und nahm ihn fest in die Arme. Schließlich gab sie ihm noch einen sanften Kuss auf die Wange, dann richtete sie sich rasch wieder auf, als Klarissa und Christine sich wieder zu ihnen gesellten. Kurz darauf wurde das Essen serviert.

Daniel reckte sich und rieb mit beiden Händen über die verspannten Muskeln in seinem Nacken. Als er vor die Eingangstür des Hotels trat, sog er tief die kalte Winterluft ein – sie roch nach Schnee. Ein Blick auf seine Armbanduhr ließ ihn lächeln. Es war erst kurz vor acht, früh genug, um noch bei Julia vorbeizufahren und sie zu überraschen. Er würde erst am nächsten Mittag wieder arbeiten müssen, was seine Laune noch zusätzlich beträchtlich hob. Beschwingt machte er sich auf den kurzen Weg zu seinem Wagen, den er heute zwei Straßen weiter hatte parken müssen, da die Innenstadt von vorweihnachtlich gestimmten Kaufwütigen überfüllt gewesen war. Dabei dachte er mit einiger Zufriedenheit daran, dass sich die vielen Überstunden, die er, seine Brüder und auch sein Vater auf sich genommen hatten, sich auszuzahlen begannen. Voraussichtlich würden sie zwei Tage vor dem vereinbarten Termin mit den Arbeiten fertig werden.

Noch immer war die Einkaufspassage, durch die sein Weg führte, voll von Menschen mit prallgefüllten Einkaufstüten und -taschen, deren Mienen von vorweihnachtlich-glücklich bis ziemlich gestresst variierten. Schmunzelnd dachte er daran, dass er selbst auch noch nicht ein einziges Geschenk gekauft hatte. Das würde er wohl schnellstens nachholen müssen.

Während er noch darüber nachdachte, was er Julia schenken könnte, meldete sich sein Magen mit einem vernehmlichen Knurren. Er hatte seit dem Mittag nichts mehr gegessen, und als sein Blick auf das italienische Restaurant auf der anderen Straßenseite fiel, kam ihm die Idee, dort rasch einen Tisch zu reservieren und Julia dann zu einem gemeinsamen Essen dort zu überreden. Mit ausholenden Schritten überquerte er die Straße und ging auf den Eingang des Lokals zu, überlegte es sich jedoch anders und warf zunächst einen Blick auf den Aushang, auf dem das Tagesmenü vorgestellt wurde. Dabei wurde sein Augenmerk irgendwie auf die Fenster des Restaurants gelenkt, die mit hellen Lichterketten und weihnachtlichen Fensterbildern geschmückt waren. Lächelnd betrachtete er einen blinkenden Weihnachtsmann, dessen Augen aus kleinen Glühbirnchen bestanden und dem Betrachter ständig zuzuzwinkern schienen.

Sein Lächeln erstarb jedoch, als er im Inneren des Restaurants an einem der Tische Julia erkannte. Sie saß schräg neben einem blonden, äußerst ansehnlichen Mann und hatte ihm eine Hand auf den Arm gelegt. Die beiden lachten und sahen einander tief in die Augen, dann umarmten sie einander innig, und Julia küsste den Fremden zärtlich auf die Wange.

Daniel stieß heftig die Luft aus. Sein Herz hämmerte schmerzhaft gegen seine Rippen, und er ballte unbewusst beide Hände zu Fäusten. Sein erster Impuls war, in das Lokal zu stürmen und Julia zur Rede zu stellen, doch er tat es nicht, sondern wandte sich ruckartig ab und stapfte mit steifen Schritten weiter zu seinem Wagen. Nein, nicht noch einmal, dachte er. Das würde er sich nicht noch einmal antun.

Mit verbissener Miene kramte er nach seinem Schlüssel. Gerade als er seinen Lieferwagen erreicht hatte, begann es zu schneien.

14. Kapitel

»Siehst du, ich hab dir doch gesagt, du sollst dich nicht einmischen!«

»Ja, ja, ja. Du hast ja recht.« Santa Claus hockte zerknirscht in seinem Büro und spielte mit einem Kugelschreiber herum.

Seine Frau maß ihn mit strengen Blicken. »Du weißt doch genau, wie unberechenbar die Menschen sind. Jetzt hast du den Schlamassel.«

Der Weihnachtsmann seufzte unglücklich. »Woher sollte ich denn wissen, dass so etwas passiert! Ich kann doch nicht noch mehr Elfen zur Beobachtung ausschicken. Außerdem sind sie jetzt alle mit den Listen der braven und bösen Kinder beschäftigt.«

»Diese Unachtsamkeit hat uns aber nun einen sehr unglücklichen Menschen beschert«, sagte sie. »Zwei sogar, denn ich verwette Rudolfs rote Nase, dass die Sache noch schlimmer wird.«

»O nein, das darf sie nicht.« Santa Claus fuhr sich ratlos durch seinen Bart. »Aber was soll ich jetzt tun? Ich muss mich um die Geschenke kümmern, meine Reiseroute zusammenstellen und die Wunschzettel der Kinder einsammeln. Vor allem per E-Mail kommen jeden Tag Hunderte hier an.«

»Ich weiß.« Seine Frau setzte sich neben ihm auf die Schreibtischkante. »Aber du kannst es jetzt nicht dabei bewenden lassen. Durch den Stromausfall und deinen dummen Plan ist es doch erst soweit gekommen, also musst du das jetzt auch wieder bereinigen.«

Der Weihnachtsmann nickte. »Du glaubst also nicht, dass sich das vielleicht von alleine regelt?«

Seine Frau schüttelte traurig den Kopf. »Du kennst doch die Menschen, mein Schatz. Ich glaube nicht, dass die beiden ohne Hilfe wieder zueinanderfinden.«

Santa Claus seufzte. »Dann muss ich Elf-Siebzehn noch einmal zu Nick schicken.«

»Wozu?« Sie sah ihn überrascht an. »Was soll der Hund denn jetzt noch retten?«

Nachdenklich kraulte Santa Claus seinen Bart. »Das weiß ich noch nicht, aber mir wird schon etwas einfallen.«

15. Kapitel

»Ein Glück, dass es nicht mehr geschneit hat«, sagte Julia, als sie die Haustür aufschloss. »Das hätte eine schöne Schlitterpartie gegeben.« Sie stieß die Tür auf und wollte Timo und Klarissa den Vortritt lassen, doch da schoss Nick mit einem lauten Heulen an ihnen vorbei und rannte zu einem der Büsche, wo er ausgiebig das Bein hob.

»Nanu, so dringend?« Als der Hund zu ihr zurückgekehrt war, streichelte sie ihm leicht über den Kopf. »Du warst doch vorhin schon mal draußen.«

Nick winselte leise und nahm vorsichtig ihre Hand in die Schnauze.

»Was denn?« Sie lachte. »Soll ich mit reinkommen? Nichts lieber als das. Es ist ziemlich kalt hier draußen.«

»Wir gehen ins Bett, Schwesterchen«, sagte Timo, der schon halb die Treppe hinauf war. »Gute Nacht.«

»Schlaft gut«, antwortete Julia und schälte sich aus ihrem Mantel. Noch immer schwänzelte Nick um sie herum und stupste sie ein ums andere Mal mit der Nase an. »Was hast du denn?«, fragte sie überrascht.

Wieder nahm er ihre Hand in die Schnauze und zog sie sanft aber bestimmt ins Wohnzimmer und dort zu dem kleinen Tisch, auf dem das Telefon lag. Die Anzeige des Anrufbeantworters blinkte.

»Na so was.« Julia sah Nick verblüfft an. »Wolltest du mir zeigen, dass jemand angerufen hat?« Neugierig drückte sie die Taste zum Abspielen der Nachrichten und lächelte erfreut, als sie gleichzeitig im Display Daniels Nummer erkannte. Sie wartete einen Moment, doch es kam keine Mitteilung, sondern nur eine lange Stille, dann ein Klicken und das Besetztzeichen. Irritiert drückte sie noch einmal zum Anfang der Nachricht zurück, doch mit demselben Ergebnis. »Merkwürdig«, murmelte sie. »Ob das Gerät nicht richtig aufgezeichnet hat?«

Nick winselte wieder und drückte ihr seine Nase gegen die Hand. Abwesend streichelte sie ihn und blickte dabei zur Uhr. Es war fast elf, viel zu spät, um ihn jetzt noch zu stören. Bestimmt schlief er schon, weil er am nächsten Morgen früh aufstehen musste.

Ziemlich gerädert saß Julia am nächsten Vormittag hinter dem Steuer ihres Autos und fuhr ans andere Ende der Stadt zu einer Wäscherei, die irgendwelche Probleme mit ihren Steuerunterlagen hatte. Sie war todmüde, weil sie in der Nacht schlecht geschlafen hatte. Nick war unruhig gewesen und hatte sie mit seinem Gewinsel wachgehalten, und irgendwie war ihr auch der Anruf nicht mehr aus dem Kopf gegangen. Sie hatte am Morgen versucht, Daniel zu erreichen, doch er war nicht ans Telefon gegangen, und sein Handy schien er samt Mailbox ausgeschaltet zu haben. Das trug noch zu ihrer inneren Unruhe bei, hatte sie doch das unbestimmte Gefühl, das irgendetwas nicht stimmte.

Daniel war früh aufgestanden und hatte der Hausverwalterin angeboten, den frisch gefallenen Schnee rund ums Haus wegzuschaufeln und auch die Gehwege zu kehren. Das verschaffte ihm eine anstrengende Beschäftigung, von der er hoffte, dass sie seinen Kopf freimachen würde. Doch ständig grübelte er darüber nach, warum er nur immer wieder an die gleiche Art von Frau geriet und wie er Julia nur so falsch hatte einschätzen können. Bilder von ähnlichen Situationen wie der am Vorabend stahlen sich in seine Gedanken, und der Groll auf seine Exfrau Tina mischte sich mit dem frischen Schmerz, den Julia ihm nun zugefügt hatte.

Als er mit Schneeschaufeln fertig war, hatte er einen Entschluss gefasst. Er setzte sich in seinen Lieferwagen und fuhr schnurstracks zu Julias Haus. Ihr Auto stand nicht in der Einfahrt, doch da im oberen Stockwerk hinter zwei Fenstern Licht brannte, musste sie wohl dennoch zu Hause sein.

Er atmete tief durch und klingelte an der Haustür. Sofort erklang im Haus freudiges Gebell. Augenblicke später wurde die Tür geöffnet und er sah sich dem Mann vom Vorabend gegenüber, der allerdings lediglich mit knappen Boxershorts bekleidet war. Seine Haare standen unordentlich nach allen Seiten ab. »Ja, bitte?« Er grinste Daniel breit an, und als er dessen etwas entsetzten Blick sah, zuckte er mit den Schultern. »Entschuldigen Sie meinen Aufzug. Ich bin auf Urlaub und meine Süße und ich haben ein bisschen lange geschlafen … Was kann ich für Sie tun?«

»Ich …« Daniel schluckte krampfhaft und bemühte sich um Ruhe und eine gleichgültige Miene. In diesem Moment schoss Nick auf ihn zu und sprang winselnd an ihm hoch. »Ich bin hier, um meinen Hund abzuholen«, brachte er mühsam hervor.

»Ach, dann sind Sie Daniel?«

»Scheint so«, antwortete Daniel säuerlich. Wollte sich der Kerl etwa über ihn lustig machen?

Timo musterte ihn erstaunt. »Stimmt was nicht?«

Daniels Miene verfinsterte sich noch mehr. »Das fragen Sie mich?« Er rief Nick zu sich und fasste ihn am Halsband. »Sagen Sie Julia, ich kümmere mich jetzt wieder selbst um den Hund.« Damit wandte er sich abrupt ab und wollte zu seinem Wagen zurückgehen.

Timo fuhr sich verwirrt durch die Haare. »Weiß sie, dass Sie heute herkommen wollten?«

Daniel drehte sich zu ihm um und durchbohrte ihn mit feindseligen Blicken. »Offensichtlich nicht. Und ich werde sie auch nicht weiter behelligen, das können Sie ihr ausrichten. Falls es sie überhaupt interessiert.«

»Moment mal!«, rief Timo ihm nach, doch Daniel hatte Nick bereits in den Lieferwagen gescheucht und den Motor angelassen. Einen Augenblick später rauschte er mit leicht durchdrehenden Reifen davon.

»Sicher können wir uns um Nick kümmern«, sagte Peter am anderen Ende der Leitung. »Aber hattest du ihn nicht bei Julia untergebracht? Ich dachte, sie sorgt für ihn.«

»Das hat sich erledigt«, knurrte Daniel und kämpfte gegen das Gefühl der Ohnmacht an, das ihn erneut zu befallen drohte.

»Wie, erledigt?«, hakte Peter erstaunt nach. »Ich dachte, ihr seid ein Herz und eine Seele? Hattet ihr Streit?«

»Pah, vergiss es. Mit Lügnerinnen und Betrügerinnen streite ich nicht«, schnauzte Daniel. »Das habe ich ein für alle Mal hinter mir.«

»Betrügerinnen?« Peter schnalzte verblüfft mit der Zunge. »Willst du damit sagen …«

»Genau das«, bestätigte Daniel. »Oder wie würdest du es nennen, wenn du sie abends mit einem Kerl im Restaurant siehst, der dir dann am nächsten Morgen fast nackt ihre Haustür öffnet?«

»Oha.« Betroffen schwieg Peter. »Und jetzt?«

Daniel schnaubte abfällig. »Was schon? Nichts. Könnt ihr den Hund nachher abholen?«

»Großer Gott, warum hast du ihm nicht gesagt, dass du mein Bruder bist?«, rief Julia aufgebracht, als Timo ihr bei ihrer Rückkehr am Nachmittag von Daniels Besuch erzählte. »Er muss ja denken, dass ich …« Sie schüttelte entsetzt den Kopf. »Ich fahre zu ihm.«

»Woher hätte ich denn wissen sollen, dass du ihm noch nichts von uns erzählt hast?«, fragte Timo zerknirscht, doch sie hörte gar nicht mehr hin, sondern warf sich bereits wieder ihren Mantel über und verließ eilig das Haus. Um diese Zeit würde Daniel wahrscheinlich noch auf der Baustelle arbeiten, deshalb fuhr sie gleich in die Innenstadt, fand glücklicherweise rasch einen Parkplatz und rannte dann fast die Fußgängerzone entlang zu dem neuen Hotel. An dessen Fassade stand ein Gerüst, auf dem zwei Maler dabei waren, dem Gebäude einen hübschen hellgelben Anstrich zu geben. An der Tür hing ein Schild mit dem Vermerk, dass Unbefugten der Zutritt zur Baustelle nicht erlaubt sei.

Julia zögerte kurz, trat dann aber doch ein und sah sich suchend in dem großzügigen Foyer um. Von irgendwo her ertönten das Surren einer Bohrmaschine und das Kreischen einer Säge, und im Hintergrund dudelte leise Weihnachtsmusik vor sich hin. Der Boden war zum Schutz vor Verschmutzung mit einer dicken Plastikplane belegt, ebenso die Möbel im Empfangsbereich.

Aus einem der hinteren Räume kam ein etwas korpulenter Mann in einem teuren, maßgeschneiderten Anzug auf sie zu. »Verzeihen Sie, gnädige Frau«, sagte er mit einem schmalen Lächeln. »Wir haben noch geschlossen.«

»Ich weiß.« Julia nickte ihm freundlich zu. »Ich suche Herrn Rosenbaum, weil ich … eine dringende Nachricht für ihn habe.«

»Ah, nun.« Der Mann musterte sie eingehend. »Die Firma Rosenbaum ist oben im ersten Stock beschäftigt. Den Gang dort entlang und dann die Treppe hinauf.« Er deutete hinter sich. »Aber ich muss Sie bitten, sich nicht zu lange hier aufzuhalten. Dies ist immerhin eine Baustelle, wie Sie sehen.«

»Danke. Ich beeile mich.« Sie lächelte ihm noch einmal zu und eilte dann zur Treppe. Im ersten Stock sah sie sich unsicher um. Von beiden Seiten des Flurs erklangen Geräusche, die darauf schließen ließen, dass hier fleißig gearbeitet wurde. Dazwischen mischten sich immer wieder die Stimmen mehrerer Männer, dann das Lachen einer Frau. Entschlossen wandte sich Julia in diese Richtung.

Vor der Tür zu einem der Hotelzimmer blieb sie überrascht stehen. Zunächst hatte sie gedacht, Daniel gefunden zu haben, doch als sich der Mann in der dunkelblauen Arbeitsmontur zu ihr umdrehte, erkannte sie ihren Irrtum. Die Ähnlichkeit war jedoch enorm, so dass es sich nur um einen von Daniels Brüdern handeln konnte.

»Kann ich Ihnen weiterhelfen?«, fragte er.

Julia nickte. »Ich hoffe es. Können Sie mir sagen, wo Daniel arbeitet?«

In diesem Moment streckte eine junge Frau mit blondem Kurzhaarschnitt den Kopf aus der Tür des Badezimmers, das zu der Suite gehörte. »Sie suchen Daniel?« Neugierig kam sie näher und musterte Julia neugierig. Dann lächelte sie. »Der Beschreibung meiner Mutter nach müssen Sie Julia sein.« Sie streckte ihre Hand aus. »Mein Name ist Irina. Ich bin Daniels Schwester. Und das ist Janus.« Sie deutete auf den Mann an ihrer Seite.

Julia lächelte ebenfalls. »Daniels Bruder.«

Janus zuckte sichtlich zusammen. »Sieht man das?«

»Ziemlich deutlich.«

»Daniel ist nicht hier«, sagte Irina und hob bedauernd die Schultern. »Eigentlich hätte er heute Morgen freigehabt, aber er kam trotzdem her und hat bis vor einer knappen Stunde gearbeitet. Dann wollte er weg, was auch gut war, weil er mit seiner schlechten Laune hier die ganze Stimmung vermiest hat.« Forschend blickte Irina Julia an. »Habt ihr gestritten?«

»Nein.« Besorgt knabberte Julia an ihrer Unterlippe. »Aber ich fürchte, es gab da ein Missverständnis … Ist er nach Hause gefahren?«

»Ich nehme es an«, antwortete Janus. »So übler Laune habe ich ihn seit seiner Scheidung nicht mehr gesehen.«

»Hey, halt die Klappe!« Irina stieß ihn unsanft an. »Was war das denn für ein Missverständnis?«, fragte sie Julia.

Diese hob verzagt die Schultern. »Er hat heute Morgen meinen Bruder bei mir zu Hause angetroffen. Er wusste nicht, dass Timo mich besucht, und ich fürchte, er hat da etwas in den falschen Hals bekommen.«

»Oh, oh.« Irina verzog betroffen das Gesicht. »Kein Wunder, dass er so mies drauf war. Dann fahren Sie am besten gleich mal zu ihm und stellen das richtig.«

»Das hatte ich vor.« Julia wandte sich zum Gehen. »Danke.«

»Wofür?« Irina winkte lächelnd ab und ging wieder an ihre Arbeit.

So rasch es ging verließ Julia die Hotelbaustelle, rannte zu ihrem Auto zurück und fuhr zu Daniels Wohnung.

Sie klingelte mehrmals an seiner Tür und klopfte sogar, doch er öffnete ihr nicht. Nach einer Weile wandte sie sich ratlos ab und lehnte sich gegen den Türholm. In diesem Moment kam eine hagere Frau mittleren Alters mit eisgrauem Haar aus der Wohnung gegenüber. »Herr Rosenbaum ist nicht da«, sagte sie und musterte Julia mit unverhohlener Neugier. »Soll ich ihm etwas ausrichten, wenn er zurückkommt?«

»Nein, das heißt ...« Julia straffte die Schultern. »Wissen Sie denn, wann er zurückkommt?«

»Heute nicht mehr. Er hat mir einen Zettel in den Briefkasten geworfen, dass er ein oder zwei Tage fort ist. Das macht er immer, weil ich dann weiß, dass ich nach seinen Blumen sehen muss.«

Julia nickte betroffen. »Ach so. Und was ist mit Nick?«

»Mit wem?«

»Mit seinem Hund.«

»Ach so.« Die Nachbarin lachte. »Den hat eine hübsche junge Frau heute Mittag abgeholt. Ich vermute mal, dass er jetzt bei ihr ist. So eine angenehme Person. Hat mir den Einkaufskorb heraufgetragen. Wahrscheinlich ist das seine neue Freundin.«

Julias Herz verkrampfte sich kurz, doch sie bemühte sich um Ruhe. Nur keine vorschnellen Schlüsse ziehen, ermahnte sie sich. »Können Sie mir sagen, wie die Frau aussah?«

Die Nachbarin wirkte etwas irritiert, nickte dann aber. »Wie gesagt, sehr hübsch. Lange schwarze Haare, ein bisschen südländisch, würde ich sagen. So groß wie Sie, aber nun ja, etwas üppiger, wenn Sie verstehen, was ich meine.«

Julia versuchte, ruhig zu atmen und sich ihre Bestürzung nicht anmerken zu lassen. »Vielen Dank, Frau …?«

»Kunz«, antwortete die Nachbarin lächelnd. »Wie Hinz. Und ich soll ihm bestimmt nichts ausrichten?«

»Nein, Frau Kunz, das ist nicht nötig. Auf Wiedersehen.« Eilig verließ Julia das Haus und ging mit hängenden Schultern zum Auto zurück.

Offenbar hatte Daniel sich ziemlich rasch getröstet, dachte sie und ließ den Wagen langsam die Straße entlang rollen. Die Beschreibung der Frau, die Nick abgeholt hatte, traf genau auf die flippige Bibi zu, von der Daniel behauptet hatte, sie sei ihm zu anstrengend. Julia schnaubte. »Männer«, grollte sie, und ihre Miene verfinsterte sich noch mehr. Hatte Daniel sich Bibi – und vielleicht noch ein paar der anderen Frauen, die ihm geschrieben hatten – vielleicht sogar heimlich warmgehalten? Wie sonst war es zu erklären, dass eine von ihnen so mir nichts dir nichts parat stand, um den Hund bei sich aufzunehmen? Und hatte er wirklich in der vergangenen Woche jeden Abend nur gearbeitet und war ansonsten allein geblieben? Je länger sie darüber nachdachte, desto unwahrscheinlicher kam ihr das vor. Und dass er ständig sein Handy abgeschaltet hatte, war ein weiteres Anzeichen dafür, dass er vielleicht gar nicht von ihr hatte erreicht werden wollen.

»Ich bin so dämlich!«, stöhnte sie und trat aufs Gas. Nach Hause, sie wollte nur noch nach Hause und von Männern nichts mehr hören und sehen.

16. Kapitel

»Pst, Nick!«, flüsterte Elf-Siebzehn und hangelte sich durch das Küchenfenster, das offenbar zum Lüften offenstand. »Nick, bist du hier?«

»Wuff«, stieß Nick leise aus und kam aus dem Wohnzimmer angetrabt. Freudig beschnupperte er den Elf und hob dann zur Begrüßung die Pfote.

Elf-Siebzehn streichelte ihm sanft übers Fell und beugte sich dann vertraulich zu Nicks Ohr vor. »Du musst uns noch mal helfen, mein Freund.«

Nick legte aufmerksam den Kopf auf die Seite und lauschte der leisen Stimme des Elfen.

»Santa Claus sitzt ein bisschen in der Tinte«, fuhr Elf-Siebzehn fort. »Er hatte gehofft, dass sein Plan, Daniel und Julia zu verkuppeln, aufgeht. Und du hast uns dabei ja schon einmal toll geholfen.« Er grinste wie ein Kobold. »Herrlich, wie du dich bei den anderen Frauen aufgeführt hast.« Er wurde wieder ernst. »Aber musstest du dieser Ellen unbedingt das Auto verschmutzen?«

Nick duckte sich ein wenig und wedelte beschwichtigend mit dem Schwanz.

Elf-Siebzehn lachte wieder. »Schon gut, im Eifer des Gefechts kann so was ja schon mal passieren.« Er schnupperte, denn nun fiel ihm der Geruch nach frisch gebackenen Plätzchen auf, der die Küche erfüllte. »Hm, Vanillekipferl!« Er ging zum Küchentisch, auf dem ein Kuchenrost mit den Plätzchen stand – offenbar zum Auskühlen. Rasch nahm er sich eines, bracht es in der Mitte durch und verspeiste die eine Hälfte mit verzücktem Gesichtsausdruck. Die andere Hälfte steckte er Nick zu, der sie ebenso genießerisch verputzte. Dann wurde Elf-Siebzehn wieder ernst. »Leider gibt es ein Problem mit den beiden«, erklärte er dem Hund, der noch immer aufmerksam lauschte. »Deshalb bist du jetzt ja auch nicht mehr in Julias Haus.« Elf-Siebzehn hielt inne. »Hat es dir dort gefallen?«

Freudig nickte der Hund und leckte dem Elf übers Gesicht.

»Schon gut, schon gut«, wehrte Elf-Siebzehn ab. »Es würde dir also gefallen, wenn Daniel und Julia sich wieder vertragen?« Der Elf beugte sich noch näher über Nicks Ohr. »Dann hör mir jetzt gut zu! Wir haben nämlich einen neuen Plan, und darin spielst du eine sehr wichtige Rolle!«

17. Kapitel

»Ich will nichts mehr davon hören«, sagte Julia und warf ihrer Schwester einen finsteren Blick zu.

»Aber das muss sich doch aufklären lassen«, widersprach diese heftig. »Meinst du nicht, dass du voreilige Schlüsse ziehst? Vielleicht war das gar nicht diese Bibi …«

»Dann eben irgendeine andere Frau, die einen Schlüssel zu Daniels Wohnung hat«, schoss Julia gereizt zurück. »Ist es nicht egal, wer es war?«

»Eine Verwandte vielleicht«, gab Christine zu bedenken, doch Julia winkte ab.

»Wie ich schon sagte, ich will nichts mehr davon hören.«

»Aber jetzt mit diesem Gregor auszugehen, ist doch auch keine Lösung«, versuchte Christine an den Verstand ihrer Schwester zu appellieren. »Du hattest ihm doch schon geschrieben, dass du kein Interesse mehr hast. Wenn du jetzt etwas mit ihm anfängst …«

»Was dann?« Erbost starrte Julia sie an. »Ich bin erwachsen, oder nicht? Also kann ich ja wohl ausgehen, wann und mit wem ich will. Soll ich hier etwa alleine versauern? Du warst es doch, die wollte, dass ich unter Menschen gehe. Nichts anderes habe ich heute Abend vor.«

»Aber …«

»Damit ist das Thema beendet.« Ohne noch weiter auf

Christine zu achten, ging Julia in ihr Schlafzimmer hinauf, zog einen langen Wollrock und eine Seidenbluse aus ihrem Schrank und trug beides ins Bad, um sich für ihr spontanes Date mit Gregor umzuziehen. Er hatte am späten Nachmittag angerufen – auf ihren Brief hin – und sie gebeten, sich doch noch einmal mit ihm zu treffen. Unter anderen Umständen wäre sie über seine Hartnäckigkeit verärgert gewesen, doch da sie ja nun keine anderen Pläne mehr hatte, sagte sie ihm schließlich zu.

Die alte Pendeluhr im Wohnzimmer schlug und zeigte damit an, dass es bereits sechs Uhr war. Deshalb schlüpfte Julia rasch aus Pullover und Hose und drehte die Dusche auf. Dabei fiel ihr Blick auf die zweite Zahnbürste auf der Ablage unter dem Spiegel und dann auf die Jeans, die noch immer über dem Rand der Badewanne hing.

Julia schloss für einen Moment die Augen und versuchte, den Schmerz, der sie durchzuckte, zu unterdrücken. Dann nahm sie entschlossen die Zahnbürste und warf sie in den Abfalleimer. Einen Moment lang betrachtete sie die Jeans unschlüssig, doch schließlich nahm sie die Hose, trug sie in ihr Schlafzimmer und stopfte sie nach ganz hinten in ihren Kleiderschrank.

Mit zusammengebissenen Zähnen trat sie danach unter den warmen Wasserstrahl der Dusche.

»Möchtest du tanzen?«, fragte Gregor über den Lärm von Musik und unzähligen Stimmen hinweg.

»Warum nicht?« Julia ergriff seine ausgestreckte Hand und folgte ihm zu der großen Tanzfläche. In dem Club, in dem sie sich befanden, war sie schon lange nicht mehr gewesen. Vor

Jahren war sie noch öfter hierher gekommen, meistens zusammen mit ihrer Schwester oder einigen Kollegen aus der Steuerberaterfirma, in der sie ihre Ausbildung gemacht hatte. Obwohl diese »wilde Zeit«, wie sie es nannte, nun schon eine Weile hinter ihr lag, hatte sie Gregors Einladung gerne angenommen. Ein Abend mit lauter Musik und vielen fremden Menschen war genau das, was sie heute brauchte.

Allerdings legte der Discjockey ausgerechnet, als sie die Tanzfläche betraten, den Song »Last Christmas« auf, und Gregor zog sie sofort eng zu sich heran und legte sanft seine Hände auf die Hüften.

Während sie sich langsam zu der Musik drehten, beobachtete Julia still die anderen Paare, die sich zu dem romantischen Lied mehr oder weniger fest aneinander pressten.

Dann erblickte sie auf einem der Hocker an der Bar Daniel mit einer jungen Frau, die ihr irgendwie bekannt vorkam. Daniel hatte ihr einen Arm um die Schultern gelegt, und beide lachten gerade über irgendetwas.

Julia spürte einen schmerzhaften Stich in der Herzgegend und gleichzeitig heftigen Ärger in sich aufsteigen. Also war ihre Vermutung richtig gewesen. Er arbeitete nicht bis zum Umfallen – und er schien auch kein Kind von Traurigkeit zu sein. Und hatte er nicht behauptet, lange Nächte in Clubs oder Bars seien nichts für ihn? Von wegen!

Gregor bewegte sich mit Julia nun in eine andere Richtung, so dass sie Daniel aus den Augen verlor. Als sie eine Weile später wieder zur Bar hinübersah, küssten Daniel und die junge Frau sich gerade heftig.

Julia wurde beinahe schlecht vor Wut. Am liebsten wäre sie sofort zu ihm hinübergegangen und hätte ihm ihre Meinung gesagt. Doch sie blieb, wo sie war – bei Gregor, der ihr gerade etwas ins Ohr flüsterte, das wegen der lauten Musik nicht zu verstehen war.

Wieder drehten sie sich von der Bar weg, und als Daniel wieder in Sicht kam, war er gerade dabei, seiner Begleiterin in ihre Jacke zu helfen. Dabei schien er zu schwanken – war er betrunken? Während er selbst in seinen Mantel schlüpfte, schaute er zur Tanzfläche herüber, und für den Bruchteil einer Sekunde traf sein Blick auf den von Julia. Er gab jedoch mit keiner Regung zu verstehen, dass er sie erkannt hatte, sondern legte der jungen Frau erneut seinen Arm um die Schultern, und einen Moment später waren die beiden zur Tür hinaus.

»Stimmt etwas nicht?«, fragte Gregor und sah Julia prüfend an. »Du bist so still.«

Julia schüttelte den Kopf und riss sich zusammen. »Nein, alles in Ordnung«, antwortete sie mit einem erzwungenen Lächeln. »Ich habe nur … Durst. Es ist heiß hier.«

Gregor lächelte zurück. »Dann sollten wir schleunigst zur Bar gehen und etwas trinken, nicht wahr?« Er nahm ihre Hand und zog sie mit sich zu dem Barhocker, auf dem eben noch Daniel gesessen hatte. Der Lederbezug war sogar noch warm, als Julia ihre Hand darauf legte.

Anette, fiel es ihr ein. Daniels Begleiterin war Anette, eine weitere seiner Anzeigenkandidatinnen. Die Wut in ihrem Bauch ballte sich zu einem harten Knoten zusammen. Also vergnügte er sich hier mit ihr, während diese Bibi auf seinen Hund aufpasste? Diese Ungeheuerlichkeit ließ Julias Herz rasen. Schnell nahm sie einen Schluck von dem Wodka Lemon, den Gregor ihr reichte. Und nachdem sie den Drink fast in einem Zug hinuntergespült hatte, beschloss sie, ab sofort keinen Gedanken mehr an diesen Mistkerl von Daniel zu verschwenden.

Daniel hatte vorgehabt, mit Peter eine Tour durch die Kneipen der Innenstadt zu machen, um sich abzulenken, doch sein Freund hatte ihm in letzter Minute absagen müssen, weil Carmen zu einer Weihnachtsfeier eingeladen war und der Babysitter sich krankgemeldet hatte. Also war Daniel schließlich allein losgezogen, obwohl er wusste, dass das keine gute Idee war. Nur zu gut erinnerte er sich an ähnliche Situationen in der Vergangenheit – kurz nach seiner Trennung von Tina – und daran, wie übel er zuweilen damals versackt war.

Auch diesmal war es so gekommen, und jetzt, am nächsten Morgen, verfluchte er sich stumm. Sein Kopf dröhnte, nur mit Mühe schaffte er es, die Augen zu öffnen. Doch er wusste schon vorher, dass er nicht in seinem eigenen Bett lag. Der Geruch der Bettwäsche war ihm fremd, und irgendetwas im Zimmer blinkte immerzu. Als er es geschafft hatte, die Augenlider zu heben, erkannte er, dass es sich um einen Lichterstern handelte, der im Fenster neben dem Bett hing.

Es war noch dunkel, und da von draußen keinerlei Verkehrsgeräusche hereindrangen, folgerte er, dass es noch sehr früh sein musste. Doch wo um alles in der Welt befand er sich?

Angestrengt dachte er nach, und langsam kam die Erinnerung – zumindest in Bruchstücken – wieder. Er war in diesem Club gewesen und hatte dort Anette getroffen. Da sie ebenfalls allein gewesen war, hatten sie sich zusammengetan, getanzt … und eindeutig zu viel getrunken. Mit einem Taxi waren sie danach zu Anettes Wohnung gefahren. Sie hatte ihn noch hineingebeten, dann hatten sie sich geküsst und dann … So sehr er auch versuchte, sich zu erinnern, was danach geschehen war – an dieser Stelle hatte er einen Filmriss.

Er spürte neben sich eine Bewegung und dann einen weiblichen Arm, der sich quer über seine Brust legte. Und nun wurde ihm auch bewusst, dass er bis auf seine Boxershorts unbekleidet war. Stöhnend schloss er die Augen wieder. Auch wenn er sich nicht mehr erinnerte – er konnte sich nun ziemlich genau vorstellen, wie der restliche Abend verlaufen sein musste.

18. Kapitel

»Oje, oje, oje!« Besorgt blickte Santa Claus auf den Videobildschirm. »Elf-Siebzehn, hast du mit Nick gesprochen? Wird er uns helfen?«

»Aber ja doch, ganz sicher.« Der Elf nickte heftig.

»Hast du ihm gesagt, dass es dringend ist? Wenn ich mir das hier ansehe, fürchte ich, dass es vielleicht sogar schon zu spät ist.«

»Keine Sorge, Santa.« Elf-Siebzehn lächelte beruhigend. »Wir haben alles unter Kontrolle. Der Plan wird bald schon in die Tat umgesetzt.«

»Bald?«

»Morgen, nehme ich an. Sobald sich eine Gelegenheit ergibt.«

Santa Claus stöhnte. »Dann ist es bestimmt zu spät. Können wir das nicht ein bisschen beschleunigen?«

»Leider nicht.« Der Elf zuckte bedauernd mit den Schultern. »Ich habe keine Zeit, noch einmal zu Nick zu gehen. Ich muss den Rentieren heute unbedingt die neuen Zuggeschirre anpassen. Du weißt, wie empfindlich Blitz und Donner sind. Und Rudolf wird wieder irgendeinen Unfug damit anstellen. Wenn ich bis zum Heiligen Abend alles fertig haben will, muss ich mich sputen.«

»Hach, du hast ja recht.« Der Weihnachtsmann seufzte.

»Ich kann nicht wegen zwei unglücklicher Menschen den ganzen vorweihnachtlichen Ablauf bei uns durcheinanderbringen. Aber ich hätte den beiden so gerne ein wunderbares Weihnachtsfest beschert.«

Elf-Siebzehn nickte, nun wieder mit ernster Miene. »Ich weiß, Santa. Aber hab doch ein bisschen Vertrauen in die Menschen. Manche von ihnen sind klug genug, ihre Probleme ganz alleine in den Griff zu bekommen.« Der Elf wies bedeutungsvoll auf den Bildschirm, auf dem sich nun wieder etwas tat. »Und wenn es auch im Moment nicht so aussieht, bin ich sicher, dass bei diesen hier noch Hoffnung besteht.«

19. Kapitel

»Guten Morgen, Julia!« Timo rückte sich einen Stuhl zurecht und setzte sich an den Küchentisch.

»Morgen allerseits!«, rief auch Klarissa gutgelaunt und werkelte an der Kaffeemaschine herum. »Frühstück gefällig?«

»Hm«, war das Einzige, was Julia darauf antwortete. Sie saß über die Tischplatte gebeugt und rieb sich ihre Schläfen, hinter denen es schmerzhaft pochte.

Timo sah sie mitleidig an. »Hast du schon ein Aspirin genommen?«

»Zwei«, grummelte Julia und hob langsam den Kopf. »Erinnert mich daran, dass ich nie wieder so viel trinke.«

»Gern.« Timo grinste. »Du siehst aus wie eine wandelnde Leiche.«

»Danke für die Blumen. Ich fühle mich auch so. Weiß einer von euch, wie spät es gestern war?«

Timo und Klarissa sahen einander kurz an. »Kurz nach zwei«, antwortete er schließlich. Und nach einer kurzen Pause setzte er hinzu: »Wir haben uns gewundert, dass du überhaupt nach Hause gekommen bist. Wir dachten, du übernachtest vielleicht bei diesem Gregor.«

Julia stützte den Kopf wieder in ihre Handflächen. »Das hätte ich wohl auch fast. Aber zum Glück war er Gentleman genug, meine Verfassung nicht auszunutzen.«

»Worüber du dich glücklich schätzen solltest, wenn du hörst, was wir erfahren haben«, sagte Klarissa und stellte eine Kanne Kaffee und drei Becher auf den Küchentisch. »Dein Daniel hat seinen Hund nämlich nicht bei dieser Bibi untergebracht.«

»Er ist nicht mein Daniel!«, fuhr Julia heftig auf, doch dann verstummte sie. »Wo denn dann?«

»Bei seinem besten Freund Peter und dessen Frau Carmen.« Klarissa lächelte breit. »Meiner Schwester, erinnerst du dich?«

Sekundenlang starrte Julia sie verblüfft an, doch dann sackte sie wieder in sich zusammen. »Das ist jetzt auch egal«, murmelte sie.

Wieder wechselten Timo und Klarissa einen kurzen Blick.

»Warum?«, fragte Klarissa vorsichtig und legte dann Julia erschrocken einen Arm um die Schultern, als sie eine Träne auf die Tischplatte tropfen sah.

»Dämlich«, flüsterte Julia erstickt. »Ich bin wirklich dämlich. Und jetzt ist es zu spät.«

»He, Daniel, nun wach schon endlich auf! Ich bin schließlich kein Hotel.«

Als er die Stimme seiner Schwester Irina vernahm, schlug Daniel verwundert die Augen auf. Es war inzwischen hell geworden – das Tageslicht blendete ihn, und sofort begann es hinter seinen Schläfen zu pochen. Irritiert blickte er sich um und erkannte nun, dass er sich in der Wohnung seiner Schwester befand – in ihrem Bett.

Vorsichtig richtete er sich auf.

»Na endlich«, kommentierte Irina seine Bemühungen, aus

den Federn zu kommen. »Du hast ja geschlafen wie ein Stein. Willst du Kaffee? Ich habe extra starken gemacht. Und beeil dich ein bisschen, ich muss gleich auf der Baustelle sein, sonst reißt Paps mir den Kopf ab.«

Noch immer verwirrt bemühte Daniel sich, auf die Beine zu kommen. Sie trugen ihn erstaunlicherweise sogar. »Hast du heute Nacht neben mir geschlafen?«

Irina musterte ihn spöttisch. »Wo denn sonst, großer Bruder? Oder glaubst du, nur weil ich so nett bin, dich mitten in der Nacht von deinen Eskapaden abzuholen, verderbe ich mir auch noch den Rücken auf meiner Couch?«

»Abgeholt?« Daniel kratzte sich am Kopf. »Du hast mich abgeholt? Von wo?« Ohne auf ihre Antwort zu warten, schlurfte er ins Bad.

Als er eine Weile später wieder herauskam, trieften seine Haare von der raschen Dusche, doch sein Blick war nun wieder einigermaßen klar.

Irina hielt ihm einen Becher mit rabenschwarzem Kaffee hin. »Gegen halb eins heute Nacht klingelte mein Telefon, und eine gewisse Anette bat mich, dich aus ihrer Wohnung abzuholen, da du um einiges zu viel getrunken hättest und dich außerdem in einer grauenvollen seelischen Verfassung befändest.« Sie legte den Kopf auf die Seite. »Und das war noch untertrieben, glaub mir. Was ist bloß in dich gefahren?«

»Hör schon auf. Ich weiß, dass ich einen Fehler gemacht habe«, knurrte Daniel gereizt. Dann fuhr er sich mit den Fingern durch die nassen Haare. »Ich bin also … ich meine, ich habe nicht …?«

»Etwas mit Anette angefangen?« Irina schüttelte den Kopf. »Dazu warst du gar nicht mehr in der Lage, glaub mir. Außerdem hast du ihr ständig mit Julia in den Ohren gelegen, und wie sehr sie dich enttäuscht hat …« Sie schüttelte erneut den Kopf, diesmal jedoch mit mitleidiger Miene. »Das dürfte Anette jegliche Lust auf eine Affäre genommen haben.« Nun grinste sie wieder. »Aber sie hat es mit erstaunlich viel Humor genommen, das muss ich schon sagen.«

»Ah.« Daniel versuchte, diese Informationen zu verdauen und spürte gleichzeitig ein Gefühl großer Erleichterung in sich aufsteigen. Jedoch nur, bis der Funken einer Erinnerung in ihm aufblitzte. Vor seinem inneren Auge tauchte wieder der halbnackte Mann von Julias Haustür auf und sofort verfinsterte sich seine Miene. »Was soll's«, brummte er. »Die Sache mit Julia ist vorbei. Sie hat mich …«

»Betrogen, meinst du?« Irina schüttelte den Kopf. »Das glaube ich nicht. Als sie gestern bei uns im Hotel war, klang es so, als hätte es da ein ziemliches Missverständnis gegeben.«

»Sie war im Hotel?«, unterbrach Daniel sie erstaunt.

»Gestern Mittag, kurz, nachdem du weggefahren bist«, bestätigte Irina. »Sie wollte dich unbedingt sprechen. Sagte etwas von ihrem Bruder, der überraschend zu Besuch gekommen sei …«

Daniel stöhnte entsetzt auf. »Das war ihr Bruder?« Suchend sah er sich um. »Wo ist dein Telefon?«

Gequält blickte Julia auf ihren Computerbildschirm. Die Zahlen in den Tabellen verschwammen immer wieder vor ihren Augen. An Arbeiten war an diesem Morgen wohl nicht zu denken. Schließlich wandte sie sich davon ab und begann stattdessen, ihren Schreibtisch aufzuräumen.

Als sie gerade den Papierkorb hinaustragen wollte, klingelte das Telefon. Sie zuckte bei dem Geräusch zusammen, griff jedoch tapfer nach dem Hörer. »Sasse?« Sie runzelte die Stirn. »Gregor? Nicht gut, hört man das? Ja, äh, nein. Ich glaube, das ist keine gute Idee. Ich bin einfach noch nicht …« Sie seufzte. »Heute Abend? Aber ich müsste meiner Schwester bei den letzten Vorbereitungen für Heiligabend helfen. Die ganze Familie wird … Die Karten hast du schon? Also, ich weiß nicht.« Müde rieb sich Julia die Augen. »Also gut. Aber ich kann nicht versprechen, dass ich … Na gut, dann bis später.«

»Hast du dich etwa schon wieder mit ihm verabredet?«

Julia fuhr erschrocken zu ihrer Schwester herum, die mit verschränkten Armen in der Tür ihres Arbeitszimmers stand. »Klarissa erzählt mir eben, dass Nick gar nicht bei dieser Bibi – oder wie sie heißt – ist, sondern bei Daniels Freund. Willst du ihn nicht anrufen und mit ihm reden?«

»Nein, das will ich nicht.« Stur verschränkte nun auch Julia ihre Arme vor der Brust. »Er war gestern mit Anette aus und hat sich bestens amüsiert. Ich bin mit ihm fertig.«

Christine hob erstaunt die Augenbrauen. »Wer ist Anette?«

»Eine der Frauen, die auf seine Anzeige geantwortet haben.«

»Und woher …? Waren sie etwa in demselben Club wie du und Gregor?«

Julia nickte dumpf.

»Hat er dich gesehen?«

Wieder nickte Julia. »Er hat getan, als würde er mich nicht erkennen.«

»Mistkerl!« Christine kräuselte die Lippen. »So habe ich ihn gar nicht eingeschätzt.«

»Meinst du vielleicht, ich hätte das?« Julia unterdrückte die erneut aufsteigenden Tränen. Sie hasste es, so nah am Wasser gebaut zu haben. »Ich dachte wirklich, er … Aber wie gesagt, das ist vorbei. Ich will nicht mehr darüber sprechen.« Sie bückte sich und kroch unter den Tisch. Mit einem Ruck zog sie den Stecker ihres Telefons aus der Dose. »Und ich will über Weihnachten keine lästigen Anrufe mehr haben. Ich gehe in Urlaub!«

»Wie du meinst.« Skeptisch sah Christine ihr dabei zu, wie sie aufstand und aus dem Zimmer ging. »Was hast du jetzt vor?«

»Ich lege mir ein paar Sachen für heute Abend heraus. Gregor hat Karten für die Eisrevue. Und dann fahre ich einkaufen. Ich muss noch ein paar Geschenke besorgen.«

»Glaubst du, es ist eine gute Idee, sich da einzumischen?« Timo sah seine Schwester skeptisch an. »Die beiden sind schließlich erwachsen. Und wenn es stimmt, dass dieser Daniel sich gleich mit einer anderen getröstet hat, ist er es doch gar nicht wert …«

»Nun warte doch mal«, unterbrach Klarissa ihn. »Nach allem, was wir bisher gehört haben, kann ich mir nicht vorstellen, dass er so eine Art von Mann sein soll. Peter hat auch nie so was erwähnt, und er ist immerhin sein bester Freund. Soweit ich es mitbekommen habe, hat Daniel nach seiner Scheidung eher wie ein Eremit gelebt.«

»Und hat jetzt Blut geleckt und will alles nachholen, was er verpasst hat«, vermutete Timo sofort.

Klarissa schüttelte den Kopf. »Das glaube ich nicht. Ich vermute eher, dass es in den vergangenen Tagen mehr als ein

Missverständnis gegeben hat. Und leider warst du dafür der Auslöser, mein Schatz.«

»Ich?« Timo sah sie empört an.

Klarissa lächelte. »Du hättest dich ihm gleich als Julias Bruder vorstellen sollen. Stattdessen hat er deine Anwesenheit und die Tatsache, dass du ihm nackt die Tür geöffnet hast, in den falschen Hals bekommen.«

»Ich war nicht nackt!«

Christine sah ihn strafend an. »Wie würdest du denn reagieren, wenn du in aller Frühe einen fremden Mann in Boxershorts aus Klarissas Wohnung kommen sehen würdest?«

»Ich würde ihn erwürgen.«

»Aha.«

»Daniel hat mich nicht angegriffen.«

Klarissa nahm Timos Hand. »Bist du schon einmal betrogen worden?«

»Nein.« Irritiert sah er sie an.

»Daniel aber schon. Ich habe mir erlaubt, Carmen vorhin noch einmal anzurufen und sie auszufragen. Daniels Exfrau hat ihn sogar mehrfach betrogen und ist schließlich mit einem der Kerle durchgebrannt. Das hat ihn schwer mitgenommen. Ich schätze, als er dich hier gesehen hat, muss das so eine Art Déjà-vu gewesen sein. Aber statt dich umzubringen, hat er den Schwanz eingezogen und ist weggegangen. Verstehen könnte ich es.«

»Ich auch«, stimmte Christine ihr zu. »Und um sich zu beweisen, dass er kein halber Mann ist oder wertlos oder wie auch immer ihr Kerle in so einer Situation tickt …« Sie stieß ihrem Bruder den Ellenbogen in die Rippen. »… hat er sich mit dieser Anette getroffen.«

»Um sich zu trösten«, fügte Klarissa hinzu.

Timo schwieg nachdenklich.

Christine hingegen schlug energisch mit der Hand auf den Tisch. »Also, Leute, was tun wir, um diesen Schlamassel aufzuklären?«

»Firma Rosenbaum und Söhne, Irina am Apparat? … Wer? Ach, Carmens Schwester, hallo. Was …?« Irina legte ihr Werkzeug zur Seite und lehnte sich gegen die Fensterbank der Hotelsuite. »Nein, Daniel ist nicht hier. Er ist zu einem Kunden außerhalb gefahren, bei dem wir im Januar einen Auftrag haben … Ach ja? … Seid ihr sicher? Ich mische mich ja normalerweise nicht in seine Angelegenheiten ein.« Sie lachte. »Also gut, ich tue es doch, aber er wird nicht begeistert … Heute Abend? Bei der Eisrevue? Aber dafür gibt es doch bestimmt keine Karten mehr … Ach so, ja, das wäre eine Möglichkeit. Ich werde sehen, was ich tun kann. Ja, versprochen.« Nachdem sie die Verbindung unterbrochen hatte, blickte Irina eine Weile sinnierend auf ihr Handy, dann stieß sie sich vom Fensterbrett ab und machte sich auf die Suche nach Janus und ihrem Vater.

»Eine wirklich gelungene Show, nicht wahr?« Zuvorkommend hielt Gregor Julia die Tür zu dem großen französischen Restaurant auf und führte sie zu einem der Tische.

Julia nickte und setzte sich. »Ich bewundere diese Eisläufer immer«, sagte sie. »Nie im Leben könnte ich mich auf Schlittschuhen so sehr verrenken.«

Ein Kellner brachte ihnen die Speisekarten, und nachdem er wieder fortgegangen war, lächelte Gregor ihr zu. »Such dir das Beste und Teuerste aus, Julia. Ich möchte dich gerne verwöhnen.«

Julia blickte ihn verlegen über den Rand ihrer Karte hinweg an. »Das ist nett von dir, Gregor. Aber ich habe dir doch gesagt, dass ich …«

»Dass du noch etwas Zeit brauchst, ich weiß.« Sein Lächeln blieb unverändert. »Trotzdem möchte ich dich fragen, ob du nicht Weihnachten mit mir verbringen möchtest.«

»Weihnachten verbringe ich immer mit meiner Familie. Wir planen ein großes Fest, das hatte ich dir doch erzählt.«

Gregor nickte und streckte die Hand aus, um damit die ihre zu umfassen. »Natürlich hast du das. Aber ich dachte, wir könnten zumindest morgen, am Heiligen Abend, zusammen …« Er brach ab und starrte hinüber zum Eingang des Lokals.

»Was ist denn?« Irritiert drehte Julia sich um und erstarrte, als sie den Mann erkannte, der in diesem Moment auf sie zukam.

Daniel fühlte sich ganz und gar nicht wohl in seiner Haut. Er war Julia und Gregor vom Eisstadion aus bis zu diesem französischen Restaurant gefolgt und kam sich dabei vor wie ein Idiot. Die beiden schienen sich gut zu verstehen und sehr vertraut miteinander zu sein. Hatte es wirklich Sinn, sich da noch einzumischen? Auf der anderen Seite hatte er einen Fehler gemacht, und diese Sache musste er wohl oder übel aufklären, und sei es auch nur, um danach wieder ruhig schlafen zu können. Denn je länger er Julia und Gregor zusammen sah, desto deutlicher wurde ihm, dass seine eigenen Chancen bei ihr nur noch verschwindend gering waren. Es war Irinas

Idee gewesen, an diesem Abend mit Julia zu sprechen. Lange hatte sie auf ihn eingeredet und ihm auseinandergesetzt, dass es seine Pflicht sei, die Sache aufzuklären.

Entschlossen betrat er das Lokal und ging auf den Tisch der beiden zu.

»Daniel!« Julia starrte ihn mit großen Augen an. »Was willst du hier?« Ihre Stimme klang kühl und ein bisschen brüchig.

Er atmete tief ein. »Mit dir reden, Julia. Wenn du erlaubst …«

»Nein.« Ihre Miene wurde verschlossen, und sie wandte sich wieder ab. »Ich habe dir nichts mehr zu sagen, Daniel.«

»Bitte, Julia, ich weiß, dass ich Mist gebaut habe …«

»Mist gebaut?« Erneut fuhr sie zu ihm herum und funkelte ihn wütend an. »Das kannst du laut sagen. Großauftrag im Hotel, das ich nicht lache! Du hast mich belogen … und betrogen.«

Daniel starrte sie entsetzt an. »Aber das stimmt doch gar nicht.«

»Ach nein? Dann warst du gestern also nicht mit Anette tanzen, hast mit ihr herumgemacht und … ich will gar nicht wissen, was noch?« Sie schüttelte den Kopf. »Vergiss es, Daniel. Ich habe dir nichts mehr zu sagen. Bitte geh jetzt.«

»Julia …« Daniel fuhr sich verstört durch die Haare. Er hatte nicht gewusst, dass sie ihn gestern im Club gesehen hatte, ja, er erinnerte sich nicht einmal daran, dass sie auch dort gewesen war. »Lass mich bitte erklären …«

»Hören Sie, Mann.« Nun stand Gregor von seinem Platz auf und trat ihm mit finsterem Blick entgegen. »Sie haben doch gehört, dass Julia nichts mehr von Ihnen wissen will.

Also verschwinden Sie jetzt von selbst von hier, oder muss ich nachhelfen?« Der drohende Unterton in Gregors Stimme war deutlich zu vernehmen.

Sekundenlang starrten sich die beiden Männer feindselig in die Augen. Dann wandte sich Daniel wieder Julia zu. »Du musst mir glauben – es ist nicht so, wie es aussieht …«

»Das ist es doch nie«, sagte Gregor höhnisch. »Sehen Sie zu, dass Sie Land gewinnen. Und lassen Sie Julia in Ruhe. Wir möchten zukünftig nicht mehr von Ihnen behelligt werden, nicht wahr, mein Schatz?« Gregor lächelte Julia warmherzig zu.

Daniel starrte die beiden einen Augenblick lang an, dann trat er einen Schritt zurück. »So ist das also.« Seine Miene verschloss sich, und er nickte Julia noch einmal knapp zu. »Entschuldige, dass ich dich belästigt habe. Wird nicht wieder vorkommen.« Damit wandte er sich um und ging zurück zum Ausgang.

»Daniel!« Julia blickte ihm hin- und hergerissen nach.

Doch Gregor legte ihr rasch eine Hand auf den Arm. »Lass ihn! Was auch immer zwischen euch vorgefallen ist – es ist besser, du beendest es gleich, dann weiß er Bescheid, und du hast deine Ruhe.« Er lächelte sanft. »Und wir können in Frieden unser Essen einnehmen und den morgigen Heiligabend planen.«

Julia blickte noch einmal zur Tür hinüber, doch Daniel war längst hinaus auf die Straße getreten. Dann wandte sie sich wieder Gregor zu und funkelte ihn wütend an. »Hatte ich dir nicht bereits gesagt, dass ich Heiligabend mit meiner Familie verbringen werde? Und wie kommst du dazu, so zu tun, als seien wir ein Paar?«

Gregor hob lediglich eine Augenbraue leicht an. »Sind wir das denn nicht?«

»Nein, das sind wir nicht«, fauchte Julia erbost. »Und ich wäre dir sehr dankbar, wenn du dich nicht in meine Angelegenheiten einmischen würdest.«

»Der Kerl hat uns beim Essen gestört. Und du hast selbst gesagt, er hätte dich betrogen.«

»Und wenn schon! Ich wäre auch alleine mit ihm fertig geworden.«

Beleidigt verzog Gregor die Mundwinkel. »Ich wollte dir nur behilflich sein.«

Julia versuchte, sich ein wenig zu entspannen. »Ich weiß, Gregor. Aber ich bin erwachsen und kann solche Dinge selbst regeln.«

Als in diesem Moment der Kellner an den Tisch trat, um ihre Bestellung aufzunehmen, winkte sie ab und stand auf. »Entschuldige, Gregor, aber mir ist der Appetit vergangen. Ich nehme ein Taxi nach Hause.«

Eilig stand auch Gregor auf. »Ich kann dich doch bringen!«

»Nein, danke.« Sie schüttelte den Kopf und zog sich ihren Mantel an.

»Dann rufe ich dich morgen an und wir …«

»Nein, Gregor.« Sie trat einen Schritt auf ihn zu und sah ihm fest ins Gesicht. »Ich möchte nicht, dass du mich anrufst, und ich möchte mich auch nicht mehr mit dir treffen.« Sie atmete tief durch. »Ich hätte heute schon nicht mehr mit dir ausgehen sollen. Es tut mir sehr leid, aber … es passt einfach nicht.« Sie nickte ihm noch einmal kurz zu. »Machs gut.« Damit drehte sie sich um und ließ ihn stehen.

20. Kapitel

»Es hat nicht funktioniert«, flüsterte Klarissa Christine zu. Beide standen in Christines Küche und schälten Kartoffeln für den traditionellen Kartoffelsalat, von dem die Familie am Heiligen Abend Unmengen zu verspeisen pflegte. »Sie kam gestern Abend mit dem Taxi nach Hause und macht seither ein Gesicht wie zehn Tage Regenwetter.«

Christine blickte durch den Türspalt ins Wohnzimmer, wo Julia gerade dabei war, den Weihnachtsbaum zu schmücken. Christines gerade dreijähriger Sohn half ihr dabei, indem er Julia eine Christbaumkugel nach der anderen aus dem großen Pappkarton am Boden anreichte. Dabei plapperte er fröhlich auf seine Tante ein. »Hast du sie gefragt, wie es gestern gelaufen ist?«

Klarissa nickte und füllte die erste Ladung Kartoffeln in den großen Kochtopf um. »Sie wollte erst nicht damit herausrücken, aber dann hat sie gesagt, sie hätte mit Gregor Schluss gemacht.«

»Und was ist mit Daniel? War er dort? Hat er mit ihr geredet?«

»Ich weiß es nicht.« Ratlos zuckte Klarissa mit den Schultern. »Sie hat ihn nicht erwähnt. Also war er entweder nicht da, oder die beiden haben sich endgültig zerstritten.«

Christine füllte Wasser zu den Kartoffeln, gab Salz dazu und stellte den Topf auf den Herd. »Kannst du nicht noch mal seine Schwester, diese Irina anrufen? Sie hatte doch versprochen, uns zu helfen. Vielleicht weiß sie ja etwas.«

Schweigend stand Silvia Rosenbaum in der Küchentür und sah ihrem Sohn dabei zu, wie er sich mit dem Anbringen der Lichterkette an dem großen Weihnachtsbaum abmühte. Sein wie versteinert wirkender Gesichtsausdruck bereitete ihr große Sorgen. Als Irina hinter ihr auftauchte und die Weidenkörbchen für das Gebäck auf dem Küchentisch abstellte, drehte Silvia sich zu ihr um. »Was ist mit Daniel los?«, fragte sie im Flüsterton. »Neulich schien er noch so glücklich zu sein und jetzt …«

Irina trat neben sie und warf ebenfalls einen Blick ins Wohnzimmer. Eben kamen Janus und ihr ältester Bruder Erik mit einem Karton voller Christbaumschmuck herein. Ihre Frauen sowie Lidia, die jüngste der Rosenbaum-Geschwister, waren unterdessen dabei, das Silberbesteck und den großen Kerzenleuchter für das Chanukka-Fest zu polieren. »Er hat sich wegen eines blöden Missverständnisses von Julia getrennt.«

Silvia sah sie verwundert an. »Was für ein Missverständnis?«

Irina hob die Schultern. »Eine lange Geschichte. Gestern wollte er sich mit ihr aussprechen, aber es sieht aus, als wäre es nicht gut gelaufen.«

Streng sah Silvia ihre Tochter an. »Was weißt du darüber?«

»Nicht viel.« Irina legte den Finger an die Lippen, als Daniel zu ihnen herübersah, und sprach erst weiter, nachdem er sich erneut dem Baum zugewandt hatte. »Er glaubt, dass Julia ihn betrogen hat.«

»Auweia.« Silvia verzog schmerzlich das Gesicht.

»Hat sie aber gar nicht«, beruhigte Irina sie sofort. »Aber irgendwie kriegen wir sie jetzt nicht mehr dazu, ruhig miteinander zu sprechen und die Sache aus der Welt zu schaffen.«

»Ihr?« Fragend hob Silvia den Kopf.

Irina lächelte schief. »Julias Bruder und Schwester und ihre zukünftige Schwägerin Klarissa … und ich …« Sie seufzte. »… und Peter und Carmen, die zufällig Klarissas Schwester ist.«

Sprachlos starrte Silvia ihre Tochter an, dann zuckte es um ihre Mundwinkel. »Mischpoke, wie?«

Irina nickte.

Schmunzelnd hob Silvia den Zeigefinger. »Haltet euch lieber da heraus. Du weißt, wie schwer es dein Bruder hatte.«

»Ja, aber gerade deswegen …« Irina brach ab, als ihr Handy klingelte. Rasch zog sie es aus der Hosentasche und meldete sich. »Ach, hallo Klarissa!« Auf Silvias neugierigen Blick hin legte Irina noch einmal kurz den Zeigefinger an die Lippen und ging dann rasch hinaus in den Flur. »Wie? Entschuldige, ich musste nur schnell außer Hörweite gehen … Nein, Daniel hat gar nichts gesagt«, flüsterte sie. »Aber er war dort, ich bin ganz sicher … Keine Ahnung. Hast du sie gefragt? … Also gut, ich versuche es. Vielleicht kriege ich es ja aus ihm heraus. Ich melde mich wieder, okay?«

Irina beendete das Gespräch und wollte zurück in die Küche gehen, doch als sie sich umdrehte, stieß sie beinahe mit Daniel zusammen, der sie schweigend ansah. »Oh. Hallo, Bruderherz.« Sie versuchte, ein belangloses Lächeln aufzusetzen. »Seid ihr mit den Lichterketten schon fertig?«

Daniel fixierte sie weiter. Seine Miene verhieß nichts Gutes. »Was kriegst du aus mir heraus? Mit wem hast du da gerade telefoniert?«

»Ich, äh …« Irina wand sich. »Das war Klarissa. Eine … also, die Schwester von Carmen.« Sie holte tief Luft. »Sie ist mit Julias Bruder verlobt.«

Daniels Miene verfinsterte sich noch mehr. »Was geht hier vor, Irina? Wollt ihr mich zum Narren halten?«

Verlegen biss Irina sich auf die Unterlippe. »Nein, Daniel, bestimmt nicht. Wir haben nur …«

In diesem Moment klingelte das Telefon. Augenblicke später kam Silvia in den Flur. »Daniel, es ist für dich. Peter.«

Stirnrunzelnd nahm Daniel den Hörer entgegen. »Was gibt es?« Er lauschte kurz und seine Augen weiteten sich erschrocken. »Wann ist das passiert? Und wo?« Er ging zur Garderobe und nahm seinen Mantel vom Haken. »Okay, ich bin schon unterwegs.«

21. Kapitel

»Also ich weiß nicht.«

Während der Weihnachtsmann am Schreibtisch saß und die letzten Wunschzettel-E-Mails beantwortete, stand seine Frau mit verschränkten Armen vor den Videobildschirmen und beobachtete die Vorgänge auf der Erde. »Ob das wirklich so ein guter Plan ist? Was, wenn Nick dabei etwas zustößt?«

Santa Claus hob kurz den Kopf und lächelte. »Was soll ihm schon zustoßen? Wenn er sich an unsere Abmachung hält, kann doch gar nichts schiefgehen.« Er klickte ein letztes Mal auf den Senden-Button seines E-Mail-Programms und schaltete den Computer dann aus. »Ist das Rentiergespann fertig? Ich glaube, es wird so langsam Zeit für mich.«

Seine Frau schaute prüfend zur Wanduhr hinauf. »Du hast recht, der Heilige Abend beginnt.« Sie lächelte ihm zu. »Ich wünsche dir viel Glück auf deiner Reise um die Welt«, sagte sie und gab ihm einen Kuss auf die Wange. »Mach die Menschenkinder glücklich.« Noch einmal schielte sie zu einem bestimmten Bildschirm hinüber. »Und pass bitte auf Nick auf.«

Santa Claus nickte und zog sich seinen dicken roten Mantel über. »Das werde ich, versprochen.« Auch er blickte zu dem Bildschirm und seufzte. »Und mit etwas Glück wird dies ein ganz besonderes Weihnachtsfest.« Lächelnd eilte er hinaus zu seinem großen Schlitten, der über und über mit Geschenken bepackt war. Die Rentiere in ihrem neuen Geschirr hüpften schon übermütig auf und ab, und Rudolfs rote Nase blinkte wie immer in einem fröhlich leuchtenden Rot.

Santa Claus stieg auf den Schlitten und nahm die Zügel in die Hände. »Ho ho ho! Auf geht's, meine Freunde!«, rief er, und im nächsten Moment zogen die Rentiere an und trugen den Schlitten hinauf in die Lüfte.

22. Kapitel

Julia hatte sich rasch noch einmal umgezogen, nachdem Max ihr ein Glas Saft über die Hose gegossen hatte. Sie gab ihren beiden Stubentigern noch eine Extraportion Katzenfutter und ging dann wieder hinüber zum Haus ihrer Schwester. Es war zwar erst vier Uhr nachmittags, doch ihre Eltern waren bereits vorgefahren und wurden gerade mit viel Hallo begrüßt. Und obwohl Julia nicht im Geringsten in Weihnachtsstimmung war, riss sie sich zusammen und half Christine, Gebäck und Kuchen aufzutragen. Nach und nach traf auch der Rest der Familie – Onkel und Tanten sowie die Großeltern – ein, und man versammelte sich zu einer fröhlichen Kaffeetafel um den großen Esstisch. Und wie erwartet schlugen die Nachrichten über Timos und Klarissas Verlobung und den bevorstehenden Familienzuwachs wie eine Bombe ein. Glückwünsche flogen hin und her, jeder schien jeden zu umarmen. Julia hatte einen Moment lang den Eindruck, dass sogar die Kerzen in den Leuchtern und die Birnchen an der Lichterkette im Weihnachtsbaum heller leuchteten. Auch sie freute sich sehr für ihren Bruder und dessen zukünftige Frau und bemühte sich redlich, jeden Gedanken an Daniel zu verbannen. Stattdessen begann sie, den selbstgebackenen Kuchen und ihr Früchtebrot aufzuschneiden und auf die Teller zu verteilen.

Als sie ihrem Vater seinen Teller reichte, lächelte er ihr mit einem verschmitzten Zwinkern zu. »Danke, mein Mädchen. Es scheint, als wärest du nun die Letzte, die wir noch unter die Haube bringen müssen.« Er blinzelte erneut. »Sag mal, tut sich denn bei dir noch gar nichts auf dem Sektor der Liebe?«

Klarissa, Timo und Christine verstummten und sahen zu Julia herüber.

Julia erstarrte, stellte den Teller langsam auf dem Tisch ab, dann schob sie ihren Stuhl zurück, stand mit steifen Bewegungen auf und verließ eilig den Raum.

»O je«, murmelte Christine und stand ebenfalls auf. »Ich sehe nach ihr.«

Erich Sasse blickte irritiert in die Runde. »Habe ich was Falsches gesagt?«

Christine fand Julia vor der Haustür, wo sie trotz der Kälte auf der oberen Treppenstufe saß und zur Straße starrte. Sie hatte sich ihren Mantel untergelegt und die Arme um ihre Knie verschränkt. Christine stieß sie betont burschikos an. »Rück mal ein bisschen zur Seite!« Sie setzte sich neben ihre Schwester und beobachtete schweigend die Schneeflocken, die seit einer Weile schon vom Himmel fielen und der frostigen Landschaft weiche Konturen verliehen. Es war bereits dunkel, und in den Fenstern der Nachbarhäuser leuchteten Sterne und Lichterketten.

»Ich bin ein dummes Huhn«, sagte Julia. »Geh ruhig wieder rein, ich komme gleich nach.«

Christine legte ihr eine Hand auf den Arm. »Papa konnte das mit Daniel doch nicht wissen.« Sie zögerte. »Und ich hätte nie gedacht, dass dich die Sache so sehr mitnimmt. Du kennst ihn doch erst seit so kurzer Zeit.«

»Das meine ich doch.« Julia legte den Kopf auf ihre Arme. »Wie dumm kann man sein, sich innerhalb von drei Wochen in einen Kerl zu verlieben, der dann ...«

»Hey!« Besorgt zog Christine ihre Schwester an sich. »Die Liebe geht oft seltsame Wege. Das kann man nicht immer beeinflussen.« Sie seufzte. »Hätte ich gewusst, dass diese simple Kontaktanzeige für ein derartiges Chaos sorgt ...«

Julia hob den Kopf und sah sie an. »Dann hättest du mich trotzdem dazu überredet.« Sie lächelte traurig. »An der Anzeige selbst lag es ja auch gar nicht. Hätte es nicht diesen blöden Stromausfall gegeben, wäre im Zeitungsverlag nicht der Computer abgestürzt. Und dann hätte ich mich vielleicht in Gregor verliebt und würde jetzt mit ihm irgendwo schick essen gehen.«

Christine legte den Kopf auf die Seite. »An Heiligabend? Ohne deine Familie?«

Julia zuckte mit den Schultern. »Vielleicht hätte ich ihn ja auch mitgebracht. Aber er scheint nicht so der Familienmensch zu sein.«

»Dann hättest du dich auch ganz sicher nicht in ihn verliebt«, schloss Christine. »Du hättest vielleicht eine nette Zeit mit ihm verbracht, aber dann ...« Sie brach ab und hob alarmiert den Kopf. »Was war das?«

Auch Julia merkte auf, denn von irgendwoher erklang das laute Bellen und Jaulen eines Hundes. »Ich weiß nicht, irgendwo in der Nachbarschaft ...« Sie sprang auf. »Das kommt von meinem Grundstück!« Sie wollte schon loslaufen, doch Christine hielt sie fest. »Warte, zieh dir den Mantel an! Es ist eiskalt.«

Julia kam noch einmal zurück, warf sich ihren Mantel über

und eilte zu ihrem Grundstück hinüber. Auf dem vereisten Gehweg zwischen den Häusern wäre sie beinahe ausgerutscht und gestürzt, konnte sich jedoch gerade noch fangen. Verblüfft blieb sie an ihrer Gartenpforte stehen, als ein grau-schwarzer Schäferhundmischling mit freudigem Jaulen auf sie zugeschossen kam und sie wie wild umtänzelte.

»Nick! Was machst du denn hier?« Sie streichelte den Hund und blickte sich suchend um. »Ist dein Herrchen auch hier?«

Nick bellte und sprang aufgeregt an ihr hoch.

Da sie Daniel weit und breit nicht sah, ging sie neben Nick in die Hocke, der sich nun doch langsam beruhigte und sich auf ihr Kommando brav hinsetzte. »Wie kommst du denn hierher?«, fragte sie. »Bist du Daniel etwa ausgebüxt?«

Fröhlich schleckte Nick ihr übers Gesicht und hob dann eine Vorderpfote an. Julia lachte kurz auf, wurde jedoch sofort wieder ernst. »Was machen wir denn nun mit dir?« Besorgt schaute sie sich um.

In diesem Moment kamen eilige Schritte näher. »Was ist denn los?«, wollte Christine wissen, die sich ebenfalls in einen dicken Mantel gewickelt hatte und Julia einen breiten Wollschal reichte. »Das ist ja Nick!«, rief sie überrascht aus. »Wie kommt der denn hierher?«

»Keine Ahnung.« Julia richtete sich wieder auf und wand sich den Schal um den Hals. »Ich glaube, er ist Daniel weggelaufen. Ich …« Sie zögerte nur kurz. »Ich werde ihn anrufen. Bestimmt macht er sich schon Sorgen.«

»Tu das!« Christine nickte. »Ich passe so lange auf den Ausreißer auf.« Sie führte Nick am Halsband zurück auf das Grundstück und schloss die Gartenpforte hinter sich. Julia lief indes rasch ins Haus und wählte Daniels Nummer. Sie ließ es lange klingeln, doch schließlich meldete sich nur sein Anrufbeantworter. Nachdem sie ihm eine kurze Nachricht hinterlassen hatte, versuchte sie es auf seinem Handy, aber so oft sie es auch versuchte, sie kam nicht durch. Schließlich gab sie es fluchend auf und ging wieder nach draußen. »Er ist nicht zu Hause«, berichtete sie. »Und auf dem Handy kriege ich einfach keine Verbindung. Ich weiß auch nicht, was da los ist.«

Christine hockte vor Nick und kraulte ihn hinter den Ohren. Nun stand sie auf. »Es ist Heiligabend. Bestimmt sind die Netze alle überlastet«, vermutete sie. »Dann musst du Nick zu ihm bringen.«

Julia schüttelte den Kopf. »Wie denn, wenn ich nicht weiß, wo er ist?«

»Bei seiner Familie, würde ich vermuten«, schlug Christine vor.

»Ich kenne ihre Adresse aber nicht.«

»Birkenallee zwanzig.«

Verblüfft starrte Julia ihre Schwester an. »Woher weißt du das?«

Christine biss sich verlegen auf die Lippen. »Na ja, ich … wir haben, äh … im Telefonbuch nachgeschaut«, fiel ihr die rettende Lösung ein. Julia brauchte ja nicht zu erfahren, dass Timo, Klarissa und sie sich hinter Julias Rücken mit Daniels Schwester verbündet hatten. »Wegen der Elektrofirma«, fügte sie rasch hinzu. »Man kann ja schließlich nie wissen, wann man …«

»Schon gut, schon gut.« Julia winkte ab. »Ich bringe ihn zu Daniels Eltern, und wenn ich zurück bin, helfe ich bei den Vorbereitungen fürs Abendessen.«

»Quatsch, beeil dich bloß nicht bei diesem Wetter«, winkte Christine ab. »Das ist viel zu gefährlich.«

Gemeinsam verfrachteten sie Nick auf den Rücksitz von Julias Auto. Dann fuhr Julia los. Die Birkenallee lag nicht allzu weit entfernt ebenfalls in einem Außenbezirk der Stadt. Wie überall waren auch hier die Häuser und Vorgärten festlich mit Lichterketten und beleuchteten Weihnachtsfiguren geschmückt. Die Fenster der Häuser waren fast alle hell erleuchtet – überall wurde der Heilige Abend gefeiert.

Da die Straßen nicht gestreut waren, konnte Julia nur sehr langsam fahren und war erleichtert, als sie schließlich das Haus mit der Nummer zwanzig erreichte. Unzählige Lichter und ein über und über geschmückter Weihnachtsbaum begrüßten sie schon von der Straße aus. Rasch ließ sie Nick auf die Straße und winkte ihm, ihr zu folgen.

An der Haustür wurde sie von einem offenbar von Kinderhand selbst gefertigten Schild empfangen, auf dem in bunten Lettern *»Frohes Chanukka und Frohe Weihnachten«* geschrieben stand. Aus dem Fenster neben dem Eingang, das den köstlichen Gerüchen nach, die herauswehten, offenbar zur Küche gehörte, drang leise Musik. Auch Stimmen vermeinte Julia zu hören – bestimmt wurde auch hier bereits gefeiert. Unschlüssig blieb sie einen Moment vor der Tür stehen.

»Was soll's!« Sie zuckte mit den Schultern und klingelte.

»Ja, bitte?« Silvia Rosenbaum öffnete die Tür, und als sie Julia erkannte, hob sie überrascht die Augenbrauen. »Julia, Sie sind es! Was …?« Nun bemerkte sie Nick. »Ach, du liebe Zeit, Sie haben Daniels Hund gefunden!« Rasch trat sie einen Schritt zurück. »Kommen Sie doch herein! Wir sind schon alle ganz aufgeregt, weil Nick verschwunden ist. Wissen Sie, nachdem …« Verlegen hielt sie inne, sprach dann aber doch weiter: »Nachdem Daniel den Hund von Ihnen abgeholt hat, kümmerten sich sein Freund Peter und dessen Familie um ihn. Heute Nachmittag wollten sie ihn wieder hierher bringen, aber dabei hat Nick sich wohl irgendwie losgerissen und ist weggelaufen. Daniel sucht schon seit zwei Stunden nach ihm.«

»Tja, also …« Julia lächelte etwas gequält.

In diesem Moment kam Daniels Schwester Irina in den Flur. »Mama, wer war denn an der Tür? Oh, Julia! Was …?«

»Sie hat Nick gefunden«, erklärte Silvia. »Wo hat er sich denn herumgetrieben?«

Julia zuckte mit den Schultern. »Er lief bei mir am Haus herum.«

»Bei Ihnen?« Irina sah sie überrascht an. »Dann scheint er sie offenbar sehr zu mögen …« Sie brach ab und wandte sich an ihre Mutter. »Mama, ruf doch Daniel schnell auf dem Handy an, damit er weiß, dass Nick in Sicherheit ist.«

Silvia nickte und verschwand im Wohnzimmer. Irina musterte Julia neugierig. »Es ist nett, dass Sie Nick hergebracht haben. Aber warum haben Sie sich nicht gleich bei Daniel gemeldet? Oder … wollen Sie vielleicht nicht mit ihm sprechen?«

Julia senkte den Kopf und biss sich verlegen auf die Unterlippe. »Ich habe versucht, ihn zu erreichen, aber anscheinend sind die Handynetze überlastet.« Sie hob den Kopf wieder. »Und um Ihre zweite Frage zu beantworten: Ich tue das bloß wegen Nick. Mit Daniel will ich nichts mehr zu tun haben. Ich weiß, Sie sind seine Schwester und deshalb auf seiner Seite, aber selbst Sie müssten verstehen, dass sein Verhalten mir gegenüber …«

»Warte mal!« Irina hob die Hand und trat auf Julia zu. Eindringlich sah sie sie an. »Jetzt hör mir mal zu, und entschuldige, dass ich dich duze, Julia, aber so redet es sich leichter.« Irina holte tief Luft. »Ich weiß, dass Daniel wegen deines Bruders auf dem Holzweg war und dass er vorschnell und dämlich gehandelt hat. Wenn du wüsstest, wie übel ihm seine Exfrau mitgespielt hat, würdest du es vielleicht verstehen. Aber das ist doch kein Grund, nicht mehr mit ihm zu sprechen.«

»Wenn es nur das gewesen wäre, würde ich dir recht geben …«, begann Julia, doch Irina unterbrach sie.

»Ich war noch nicht fertig.« Sie lächelte, um ihren groben Ton zu entschärfen. »Du bist nämlich auch nicht ganz unschuldig an dem Schlamassel, in den ihr euch geritten habt.«

»Ich?« Entrüstet starrte Julia Irina an.

Irina nickte. »Du bist immerhin mit diesem anderen Kerl – wie war noch sein Name? – ausgegangen.«

»Gregor.« Julia zog den Kopf zwischen die Schultern. »Das war blöd, ich weiß. Ich dachte, Daniel würde sich mit Bibi treffen …«

»Wer ist Bibi?« Irina legte den Kopf auf die Seite. »Ist ja egal. Er hat sich mit niemandem getroffen …«

»Ach, dann ist Anette also niemand?«, fuhr Julia auf. »Das wundert mich aber. Für einen Niemand scheint sie doch sehr gut zu küssen. So sah es zumindest aus.«

»Ach herrje!« Irina zuckte zusammen. »Dann hast du sie also zusammen gesehen?«

»Live und in Farbe!«, knurrte Julia und wollte sich abwenden.

Irina hielt sie rasch am Ärmel ihres Mantels fest. »Warte! Du ziehst jetzt genauso falsche Schlüsse wie vorher Daniel.

Sicher, es war ausnehmend dämlich von ihm, in diesen Club zu gehen und sich wie ein Verrückter zu betrinken. Und ohne einen gehörigen Alkoholpegel hätte er sich auch bestimmt nicht mit dieser Anette abgegeben. Er …« Irina rieb sich die Stirn. »Er ist ziemlich versackt. Das ist früher schon mal vorgekommen, nach der Scheidung von Tina. Aber du musst mir glauben, da ist nichts passiert zwischen ihm und Anette.«

»Ach nein? Das sah aber anders aus, als sie zusammen den Club verlassen haben.«

»Kann sein.« Irina legte ihr nun beschwörend eine Hand auf den Arm. »Aber ich weiß ganz genau, dass da nichts war, denn kurz, nachdem Anette mit ihm den Club verlassen hatte, rief sie mich an und bat mich, Daniel abzuholen, weil er erstens total betrunken war und zweitens andauernd von dir gesprochen hat.«

Julia verzog skeptisch das Gesicht.

Rasch sprach Irina weiter. »Es ist wahr, Julia. Ich habe ihn mit in meine Wohnung genommen, und auch da konnte er sich kaum beruhigen. Es tut ihm wirklich leid, was da zwischen euch passiert ist, das musst du mir glauben. Kann sein, dass sich mein Bruder wie ein absoluter Idiot verhalten hat, aber ich glaube, er mag dich wirklich sehr … Na ja, und wir hatten gehofft, dass ihr euch aussprecht, wenn er dich nach der Eisrevue abpasst …«

»Wie bitte?« Verblüfft riss Julia die Augen auf. »Was soll das heißen?«

Nun war es an Irina, sich verlegen auf die Lippe zu beißen. »Wir dachten, wir tun eine gute Tat, deshalb habe ich Daniel überredet, nach der Eisrevue zu dir …«

»Wer wir?«

Irina lächelte zaghaft. »Außer mir noch dein Bruder Timo und Klarissa und deine Schwester Christine.«

»Ihr steckt alle unter einer Decke?« Schockiert schüttelte Julia den Kopf. »Ich glaube es einfach nicht.«

»Doch nur, um euch zu helfen«, versuchte Irina sich zu rechtfertigen. »Wir dachten …«

In diesem Moment kam Silvia wieder in den Flur. »Wir können Daniel nicht erreichen. Offenbar ist das Handynetz überlastet. Also müssen wir wohl warten, bis er von sich aus anruft oder zurückkommt.«

»Ich gehe jetzt«, sagte Julia und ging zurück zur Tür.

»Warte!« Irina folgte ihr aufgeregt. »Was ist denn nun mit euch? Werdet ihr …«

Doch Julia war bereits nach draußen getreten und wandte sich nicht mehr um. Gerade als sie ihr Auto erreicht hatte, hörte sie hinter sich aufgeregte Rufe.

»Hey, halt! Hiergeblieben!«

Im nächsten Moment sauste Nick an ihr vorbei über die Straße und rannte laut bellend davon.

»Halt ihn auf!«, rief Irina und kam ebenfalls auf die Straße gelaufen, doch da war Nick bereits zu weit entfernt. »Verflixt!«, fluchte sie. »Was ist nur mit diesem Hund los? Warum läuft er denn plötzlich immer wieder weg?«

Julia setzte sich rasch hinters Steuer. »Ich versuche, ihn wieder einzufangen«, versprach sie und ließ den Motor an. Vorsichtig, damit sie auf der glatten Straße nicht ins Schleudern kam, nahm sie die Verfolgung auf.

Schon leicht erschöpft durchquerte Daniel den Stadtpark und ging zu seinem Wagen zurück. Vielleicht sollte er noch einmal an seiner Wohnung vorbeifahren, doch das hatte er in den vergangenen Stunden bereits dreimal getan. Nick war wie vom Erdboden verschluckt. Daniel hatte das Gefühl, bereits die ganze Stadt nach ihm abgesucht zu haben – zumindest war er überall gewesen, wo er mit Nick schon einmal spazieren gegangen war. Sogar beim Tierheim war er vorbeigefahren.

Inzwischen hatte sich ärgerlicherweise auch noch der Akku seines Handys verabschiedet, und natürlich hatte er das Ladegerät im Lieferwagen liegenlassen. Langsam fuhr er um den Park herum und bog schließlich in die Straße ein, in der Julias Haus stand. Auch hier war er schon einmal gewesen, ganz zu Anfang seiner Suche. Doch da hatte Julias Haus – wie jetzt auch – in völliger Dunkelheit gelegen. Keine Spur von Nick weit und breit.

Inzwischen war ihm eingefallen, dass sie wahrscheinlich nebenan bei ihrer Schwester zu Besuch war. Sie hatte ihm ja erzählt, dass die Familie dort ein großes Fest geplant hatte. Doch er wollte sie mit Nicks Verschwinden nicht behelligen. Vielleicht feierte dieser Gregor ja bereits mit, und auf noch ein Zusammentreffen mit ihm konnte Daniel verzichten.

Er wusste nicht recht, was ihn bewog, dennoch vor Julias Haus anzuhalten, doch als er ausstieg, sah er im Schnee die Abdrücke von Pfoten. Zum Glück hatte es vor kurzem zu schneien aufgehört, sonst wären sie ihm wohl gar nicht aufgefallen. Natürlich konnte auch irgendein anderer Hund hier entlang gelaufen sein, doch die Spuren führten genau auf die jetzt verschlossene Gartenpforte zu. Erleichtert öffnete Daniel das kleine Tor und folgte den Spuren bis zum Haus. Dort mischten sich die Pfotenabdrücke mit denen von Schuhen, also hatte Julia Nick wohl bemerkt. Doch wohin hatte sie ihn gebracht?

Daniel klingelte bei Julia, obwohl er sich klar war, dass es sinnlos war. Das Haus lag im Dunklen, Julia war sicher nicht zu Hause. Als niemand öffnete, ging Daniel entschlossen hinüber zum Haus ihrer Schwester und klingelte dort.

Diesmal dauerte es nicht lange, bis jemand ihm öffnete.

»Daniel!« Christine sah ihn überrascht an. »Schön, dich zu sehen. Komm doch herein!«

»Nein.« Er hob abwehrend die Hände. »Ich wollte nur fragen, ob du weißt, wo Nick steckt. Er ist heute Nachmittag ausgerissen, und ich suche ihn schon seit Stunden. Eben sah ich Spuren bei Julias Haus …«

»Dann hat sie dich noch immer nicht erreicht?« Da Daniel keine Anstalten machte, hereinzukommen, nahm sich Christine ihre Jacke und trat vor die Tür. »Nick tauchte plötzlich bei Julias Haus auf. Wir waren gerade zufällig draußen, sonst hätten wir ihn wahrscheinlich gar nicht bemerkt. Julia hat versucht, dich anzurufen, aber die Handynetze schienen …«

»Mein Akku ist leer.«

»Oh. Aha.« Sie nickte. »Sie ist zum Haus deiner Eltern gefahren, um Nick dort abzuliefern. Das ist schon eine Weile her, also wird sie sicher bald zurück sein.«

Daniel atmete auf. »Das ist gut. Dann werde ich am besten gleich nach Hause fahren.« Er wandte sich zum Gehen. »Bitte richte Julia meinen Dank aus.«

»Moment mal!«, hielt Christine ihn auf.

Daniel blieb stehen.

»Willst du nicht lieber selbst mit ihr reden?«

»Wozu?« Ablehnend schüttelte Daniel den Kopf. »Ich glaube nicht, dass das einen Sinn hat. Ich denke, sie hat sich entschieden.«

»Und für was hat sie sich entschieden?«, erklang hinter Christine eine Männerstimme. Timo trat an die Tür, dicht gefolgt von Klarissa. »Oder sollte ich lieber fragen, für wen?«

Daniel blickte ihn nur finster an.

Timo lächelte. »Kommen Sie, ich weiß, dass ich nicht ganz unschuldig an der Sache bin. Was glauben Sie, wie mir diese beiden Frauen hier schon die Hölle deswegen heißgemacht haben.« Er wies auf Klarissa und seine Schwester. »Es tut mir leid; zukünftig werde ich mir ein Schild mit meinem Familienstammbaum um den Hals hängen. Aber ich fände es auch angebracht, wenn Sie bleiben und warten würden, bis Julia wieder hier ist.«

»Ich sagte doch …«

»Sprechen sie mit ihr!«, fiel Klarissa Daniel energisch ins Wort.

»Das will sie doch gar nicht«, sagte Daniel resigniert. »Sie wollte es gestern nicht, und daran wird sich heute auch nichts geändert haben. Außerdem hat sie ja jetzt diesen Gregor, der …«

Christine trat einen Schritt vor und legte ihm eine Hand auf den Arm. »Da wäre ich mir nicht so sicher, Daniel. Ich habe keine Ahnung, was gestern zwischen euch vorgefallen ist, aber ich weiß genau, dass sie sehr unglücklich ist.« Sie blickte über Daniels Schulter zur Straße. »Da kommt sie.«

Nick blieb immer wieder stehen, bis Julia mit dem Auto nah an ihn herangekommen war, doch sobald sie anhielt, um auszusteigen, rannte er mit einem auffordernden Bellen wieder los. Schließlich merkte sie jedoch, in welche Richtung er lief, und versuchte nicht mehr, ihn zu erreichen.

Der Schneefall, der für eine Weile nachgelassen hatte, setzte von neuem ein, und als sie in ihre Straße einbog, sah sie mit Schrecken zuerst Daniels Auto vor ihrem Haus stehen und dann den Schneepflug vom anderen Ende der Straße heranbrausen.

Sie trat heftig auf die Bremse und riss die Tür auf, um nach Nick zu rufen, der Daniel entdeckt hatte und mit wildem Freudengeheul vom Bürgersteig auf die Straße sprang.

»Nicht! Nick, bleib stehen!«, schrie sie entsetzt und schlug die Hände vors Gesicht, als sie das Quietschen der Bremsen des Schneepflugs hörte. Sofort ließ sie die Hände jedoch wieder sinken, als im selben Moment das Klingeln von Glöckchen erklang und irgendetwas wie ein heller Lichtstrahl zwischen Schneepflug und Hund fuhr.

Julia traute ihren Augen kaum, als sie in dem hellen Licht einen Schlitten und mehrere Rentiere zu erkennen meinte – und einen dicken Mann in rotem Mantel und mit weißem Rauschebart, der gebieterisch die Hand gehoben und damit den Schneepflug zum Stehen gebracht hatte.

Im nächsten Augenblick leuchtete das Licht wieder hell auf, und – einer Sternschnuppe gleich – schoss das Gespann unter Glöckchengeklingel wieder hinauf zum Himmel und war eine Sekunde später verschwunden.

23. Kapitel

»Hohoho!« Santa Claus lachte übermütig. »Das war knapp. Genau zum rechten Zeitpunkt. Welch ein Glück, dass wir gerade in der Nähe waren.« Er drehte sich zu Elf-Acht herum, der zuoberst auf dem Geschenkeberg saß und sich die kalte Nachtluft um die Nase wehen ließ. »Danke, dass du mir noch rechtzeitig Bescheid gegeben hast.«

»Aber klar doch.« Der kleine Elf lächelte. »Wir konnten schließlich nicht zulassen, dass Nick etwas passiert, nicht wahr?«

»Da hast du vollkommen recht.« Der Weihnachtsmann blickte zur Erde hinab, wo Nick gerade um Daniel herumsprang.

Santa Claus lächelte. »Aber jetzt werde ich mich nicht mehr einmischen.«

24. Kapitel

»Habt ihr das gesehen?«, rief Christine aufgeregt und lief zur Straße. Timo und Klarissa folgten ihr auf dem Fuße. »Was war das? Ein Blitz?«

Auch der Fahrer des Schneepflugs war ausgestiegen – ihm war der Schrecken sichtlich in die Glieder gefahren. Und durch das Quietschen der Bremsen waren auch Julias Eltern und der Rest der Familie aufmerksam geworden und kamen nun nach und nach aus dem Haus, um zu erfahren, was vorgefallen war.

Nick war unbeschadet bei Daniel angelangt und sprang freudig an ihm hoch. Julia folgte dem Hund langsam und blieb dann vor Daniel stehen. »Das war knapp«, sagte sie, weil ihr nichts Besseres einfiel. Ihr Herz pochte immer noch heftig von dem Schreck. »Ich wollte Nick bei deinen Eltern abliefern, aber dort ist er uns wieder ausgerissen und geradewegs hierher zurückgelaufen.«

»Er mag dich.« Daniel ging ein paar Schritte in Richtung seines Autos, blieb dann jedoch stehen und drehte sich wieder zu Julia um. »Du hattest recht.«

Julia sah ihn erstaunt an. »Womit?«

»Dich nicht mit jemandem einzulassen, der so beziehungsgeschädigt ist wie ich.« Er nahm Nick am Halsband. »Komm, mein Freund, wir fahren nach Hause.«

Julia sah zu, wie er seinen Autoschlüssel aus der Manteltasche zog und den Wagen aufschloss, und ihr Herz zog sich schmerzhaft zusammen.

»Warte!« Sie lief zu ihm und hielt ihn am Arm fest, um zu verhindern, dass er ins Auto einstieg. »Fahr nicht weg. Ich … Es tut mir leid, das alles so gekommen ist. Ich bin nicht … ich meine, ich habe nicht … Ich treffe mich nicht mehr mit Gregor. Ich wollte das von Anfang an nicht. Es war nur – ich dachte, du hättest mich belogen, und als ich dich dann noch in diesem Club sah …«

»Mit Anette.« Daniel schloss für einen kurzen Moment die Augen und verzog schmerzlich das Gesicht. »Da war nichts, Julia.«

»Ich weiß. Irina hat es mir erzählt.«

»Irina? Wieso …« Daniel fuhr sich durch die Haare. »Ich bin so ein Idiot.«

»Ja, das bist du.« Julia blickte ihn ernst an. Überrascht merkte er auf. »Aber ich habe mich, glaube ich, nicht weniger dumm verhalten. Ich hätte dir vertrauen sollen.«

»Du wolltest die Sache doch aufklären. Meine Schwester sagte, du seiest im Hotel gewesen.«

»Das war ich auch«, bestätigte Julia. »Und von dort aus bin ich zu deiner Wohnung gefahren. Und dort erfuhr ich dann von Frau Kunz, dass eine sexy südländische Schönheit Nick abgeholt hätte.« Sie seufzte. »Ich dachte, du hättest dich kurzerhand mit Bibi getröstet.«

»Liebe Zeit.« Daniel schüttelte den Kopf und streckte die Hand nach ihr aus, berührte sie jedoch nicht. »Was für ein Schlamassel.«

»Meine Güte, nun küss sie schon endlich!«, rief Christine

aufgebracht dazwischen. Daniel und Julia fuhren erschrocken zu ihr herum.

»Chrissi!« Timo stieß sie unsanft an. »Sei still!«

Nicht nur Julias Geschwister, sondern ihre gesamte Familie und sogar der Schneepflugfahrer standen in einigen Metern Entfernung um sie herum und hatten offenbar gelauscht. Da Julia und Daniel sie nun bemerkt hatten, taten plötzlich alle so, als seien sie in irgendwelche wichtigen Gespräche vertieft. Die Worte »Abendessen« und »Tisch decken« schwirrten umher, und betont geschäftig verzogen sich Julias Verwandte zurück ins Haus.

Julia lächelte schief. »Sie werden uns ganz sicher gleich vom Fenster aus beobachten.«

Daniel nickte und erwiderte ihr Lächeln. »Mischpoke. Meine ist aber noch schlimmer.«

»Ich glaube nicht, dass das noch möglich ist.«

Sanft legte Daniel Julia die Hände auf die Schultern und zog sie zu sich heran. »Sie würden gut zusammenpassen.« Forschend blickte er ihr in die Augen, bevor er ihre Lippen mit einem zärtlichen Kuss verschloss.

»Na endlich!«, kam Christines Stimme vom Haus her. »Schon gut, ich komme ja schon rein.«

Julia lachte leise und legte Daniel ihre Arme um den Hals. »Glaubst du, es geht gut, zwei verrückte Familien miteinander zu verkuppeln?«

»Hast du noch mehr Brüder, die unangemeldet nackt an deiner Tür auftauchen könnten?«

»Nein.«

Daniel lächelte. »Dann bin ich sicher, dass es gutgehen wird.«

Wieder trafen sich ihre Lippen, und dieser Kuss währte so lange, bis Nick sich energisch zwischen sie drängte und winselnd und schwanzwedelnd ebenfalls seine Streicheleinheiten einforderte.

VIER PFOTEN UNTERM WEIHNACHTSBAUM

Prolog

Lieber Weihnachtsmann,

ich weiß, es ist erst November, aber ich dachte, wenn ich jetzt schon einen Wunschzettel an Dich schreibe, bist Du vielleicht noch nicht so beschäftigt und hast mehr Zeit. Und die brauchst Du bestimmt auch, weil es echt schwierig ist, meine Mama zu überreden, wenn man etwas will.

Ich möchte so gerne einen Hund haben, aber Mama sagt, das geht nicht, weil wir nur so eine kleine Wohnung haben. Und weil sie dann immer mit ihm rausgehen muss und saubermachen und so. Aber ich wünsche mir so sehr einen Hund! Bitte kannst Du sie nicht überreden, damit sie ja sagt? Ich habe mir auch das ganze Jahr schon ganz viel Mühe gegeben, brav zu sein. Echt! Ich hab immer mein Zimmer aufgeräumt (na ja, nicht immer, aber fast) und den Tisch gedeckt und die Spülmaschine ausgeräumt. Und beim Fußball bin ich auch richtig gut geworden. Tom sagt, ich bin der beste Stürmer in unserer Mannschaft. Ich mag Tom. Er ist ein richtig toller Trainer. Er hat sogar mal als Profi gespielt. Aber jetzt ist er Lehrer, was ich ein bisschen ätzend finde. Na ja, wenigstens Sportlehrer. Er ist total nett, und deshalb wollte ich Dich auch noch fragen, ob Du, wenn Du schon dabei bist, auch machen kannst, dass meine Mama und er sich mal kennenlernen. So richtig, meine ich. Mama hat ihn noch nie getroffen, weil ich immer mit Mario und seinem Papa zum Training fahre. Ich hab ja keinen Papa. Also, ich hab schon einen, aber der ist irgendwo in Amerika, jedenfalls sagt Mama das. Mir ist das egal, weil wenn er mich nicht mag, kann er ja bleiben, wo der Pfeffer wächst. So was sagt Marios Papa immer. Aber meine Mama ist, glaube ich, nicht gerne allein. Also ohne Mann, meine ich. Und weil ich auch gerne so einen Papa hätte wie Mario, hab ich mir überlegt, dass Mama und Tom gut zusammenpassen würden. Damit Du es gleich weißt, ich hab sie schon gefragt, ob sie mal mit ihm ausgehen würde. Zuerst hat sie gelacht, aber dann hat sie gemeint, sie möchte sich mit keinem Mann treffen. Ich glaube, sie ist noch immer sauer, weil mein Papa sie damals einfach sitzengelassen hat, obwohl ich schon unterwegs war. Und jetzt mag sie gar keine Männer mehr. Das finde ich doof, weil sie doch Tom gar nicht kennt. Kannst Du mir da also auch noch helfen? Das fände ich echt cool. Ich stelle Dir auch wieder einen ganz großen Teller Plätzchen auf die Fensterbank, wenn Du Heiligabend bei uns vorbeikommst. Und wenn ich den Hund kriege, brauchst du mir auch gar keine anderen Geschenke mitzubringen. Außer vielleicht das neue Bundesliga-Jahrbuch und die neuen Fußballschuhe, die ich im Katalog gesehen habe.

Jetzt muss ich aber schnell noch meine Mathe-Hausaufgaben machen, bevor Mama aus dem Geschäft rauf kommt.
Ich hoffe, die E-Mail ist jetzt nicht zu lang.

Bis dann, dein Lukas

P. S. Es muss auch kein großer Hund sein.

1. Kapitel

»Ach, Mutti, was machst du bloß für Sachen!« Kopfschüttelnd schloss Tom Winkmann die Wohnungstür auf und trat beiseite, um seiner Mutter den Vortritt zu lassen. Dann folgte er ihr und sah sich in dem hellen Appartement neugierig um.

»Ist es nicht schön hier?«, fragte Lina Winkmann, ohne auf seine Worte zu reagieren. »Die alten Möbel aus meiner Wohnung gebe ich fast alle an den Secondhand-Laden ab. Und mit dem Rest haben wir dann nicht mehr viel Arbeit. Was meinst du? Ich könnte schon am kommenden Montag umziehen.«

Tom seufzte. »Mutti, du hast gerade einen Herzanfall hinter dir. Willst du dich nicht noch ein bisschen schonen?«

»Ach was, schonen.« Lachend winkte seine Mutter ab. »Ein ganz leichter Anfall war das. So was kommt vor, wenn man auf die Siebzig zugeht. Und hier im Seniorenhaus Lichtblick wird es mir ja an nichts fehlen. Deshalb habe ich mich doch für das betreute Wohnen entschieden, mein Junge. Wie ist es also, hast du nächste Woche ein bisschen Zeit, mir beim Umzug zu helfen?«

»Du gibst ja sonst doch keine Ruhe.« Um Toms Mundwinkel zuckte es. »Also gut, am Montagnachmittag habe ich keinen Unterricht. Das lässt sich also einrichten. Ich frage Leon, ob er auch mithelfen kann.«

»Das habe ich schon erledigt«, sagte Lina mit einem Zwinkern. »Er hat nichts dagegen. Ich hätte ihm und Hannah auch gerne Ruprecht anvertraut, aber sie haben ja schon einen Hund und jetzt, wo Hannah hochschwanger ist, will ich sie nicht zusätzlich damit belasten. Es war schon ausgesprochen lieb von ihnen, Ruprecht zu nehmen, solange ich im Krankenhaus bleiben musste. Aber jetzt …« Sie wurde wieder ernst. »Ich möchte mein Schätzchen nicht ins Tierheim geben, Tom. Er hat mir fast vier Jahre Gesellschaft geleistet. Du weißt, dass ich ihn als winzigen Welpen bekommen habe. Ich könnte es nicht ertragen, wenn er im Tierheim leiden müsste.«

»Mutti, im Tierheim muss ein Hund nicht leiden.«

»Du weißt schon, was ich meine.« Lina sah ihren Sohn streng an. »Ich würde ihn liebend gerne behalten, aber hier im Haus sind Hunde nicht erlaubt. Nur Hamster oder Wellensittiche.«

Wieder seufzte Tom. Dem unglücklichen Ausdruck, der in die Augen seiner Mutter getreten war, hatte er nichts entgegenzusetzen. Außerdem mochte er den kleinen Terriermischling Ruprecht ebenfalls gern. »Ich nehme ihn«, beschloss er und trat an eines der großen Fenster, die zum Stadtpark hinaus zeigten. Die Blätter der Kastanien- und Ahornbäume hatten sich gelb und braun verfärbt, und die Bäume warfen ihr Herbstkleid allmählich ab. Die nachmittägliche Herbstsonne ließ das Laub auf den Gehwegen golden aufleuchten.

»Macht es dir auch wirklich nichts aus, Tom?« Lina trat hinter ihn und legte ihm eine Hand auf den Arm.

»Wir können ihn ja schließlich nicht einfach abschieben, nicht wahr?« Er lächelte schwach.

Lina blickte nun ebenfalls über den Park hinweg, auf dessen Wegen vereinzelte Spaziergänger zu sehen waren. »Ruprecht ist ein pflegeleichter Hund, das verspreche ich dir. Und er wird dir ein bisschen Gesellschaft leisten. Du bist viel zu oft allein.«

»Mutti.« Tom schüttelte den Kopf. »Ich bin vormittags in der Schule und an zwei Tagen in der Woche auch nachmittags. Da muss ich mir noch etwas einfallen lassen. Vielleicht kann Leon ab und zu nach dem Hund schauen. Ist ja nicht weit von ihm zu mir. Und zweimal wöchentlich trainiere ich die Fußballmannschaft. Von Alleinsein kann da wohl keine Rede sein.«

»Ach, Tom.« Lina gab ihrem Sohn einen flüchtigen Kuss auf die Wange und zupfte ihn spielerisch an seinen blonden Locken, die er im Nacken zu einem Zopf zusammengebunden trug. »Dir fehlt eine Frau.«

Tom schmunzelte. »Keine Verkupplungsversuche bitte.«

»Mit wem sollte ich dich wohl auch verkuppeln wollen?« Lina tat entrüstet, lachte dann aber. »Du wirst schon noch die Richtige finden. Lass dir mit der Suche aber nicht zu lange Zeit. Sonst sind die besten Frauen irgendwann alle vergeben.«

»Lass das mal meine Sorge sein, Mutti. Wie ist es, soll ich dich jetzt zurück zu deiner Wohnung fahren?«

»Ja, bitte tu das. Aber lass uns vorher noch die Wand im Bad ausmessen, damit ich weiß, ob mein Wäscheschrank dort hineinpasst.«

»Komm schon, Lukas, beeil dich! Herr Marbach wird gleich hier sein.« Tessa Lamberti schüttelte das Fußballtrikot ihres neunjährigen Sohnes aus, faltete es und packte es in den Rucksack zu seinen Fußballschuhen. »Was treibst du denn so lange?«

»Ich komm ja schon. Hab nur schnell noch Mathe fertiggemacht.«

»Bist du mit den Hausaufgaben jetzt auch ganz fertig?«

»Ja, Mama.« Leicht genervt verdrehte Lukas die Augen. »Wir hatten heute nur Mathe auf.« Als es draußen vor dem Haus hupte, schnappte er sich seinen Rucksack. »Warum kommst du nicht mal mit zum Training? Das ist total lustig, und du könntest mal mit Tom reden und so. Er ist wirklich cool, Mama.«

»Lukas, du weißt, dass ich heute keine Zeit habe.« Tessa wuschelte ihrem Sohn durch den lockigen Blondschopf, der so wenig Ähnlichkeit mit ihrem eigenen kastanienbraunen Haar hatte, das nur in leichten Wellen auf ihre Schultern fiel. Dann knuffte sie ihn liebevoll gegen den Arm. »Ich muss noch die Abrechnungen für diesen Monat machen und die Lohnabrechnung für Pierre. Er soll doch schließlich pünktlich sein Geld bekommen, oder etwa nicht?«

»Doch, schon.« Lukas zog einen Flunsch. »Aber wenn du nie mit zum Training kommst, schnappt sich irgendwann eine der anderen Mütter Tom. Da sind welche, die sind geschieden und die sind in den Pausen ständig um ihn rum. Die haben Torschlusspanik, sagt Marios Papa. Aber wenn sie so weitermachen, hat eine von ihnen vielleicht Glück, und er geht mit ihr aus. Tom meine ich. Und dann guckst du in die Röhre.«

»Jetzt aber raus mit dir!« Tessa lachte und hielt dem Jungen die Tür auf. Amüsiert blickte sie ihm nach, wie er die Treppe hinabhüpfte und die Haustür aufriss. Augenblicke später hörte sie das Auto von Leon Marbach davonfahren. Sie war froh, dass Lukas so rasch Anschluss gefunden hatte. Erst vor knapp einem halben Jahr war sie in die hübsche Kleinstadt gezogen und hatte kurz darauf ihren Blumenladen eröffnet. Sie hatte ein Ladenlokal gekauft, das nicht nur in einem wunderhübsch restaurierten alten Fachwerkgebäude lag, zu ihrem Glück gab es im oberen Stockwerk auch noch die kleine Zweizimmerwohnung, die sie mit ihrem Sohn beziehen konnte. Auf diese Weise war sie tagsüber immer in der Nähe und konnte ein Auge auf Lukas haben. Und wenn er Sorgen oder ein Problem hatte, war sie immer nur ein paar Treppenstufen von ihm entfernt.

In Mario Marbach hatte er einen Klassenkameraden und Freund gefunden, der ebenso fußballverrückt war wie er selbst. Dass Lukas außerdem so gut mit dem neuen Trainer zurechtkam, war ein weiterer Pluspunkt. Tessa hatte zwar keine Absicht, um diesen Tom herumzuschwänzeln, wie es offenbar einige der anderen ledigen Mütter taten, aber da er nun schon seit Beginn des neuen Schuljahres die Mannschaft ihres Sohnes trainierte, war es wohl an der Zeit, doch einmal zu einem Training mitzugehen. Immerhin war sie ein bisschen neugierig geworden, denn Tom schien großen Eindruck auf Lukas zu machen. Vielleicht lag es aber auch nur daran, dass ihrem Sohn eine Vaterfigur fehlte, an der er sich orientieren konnte. Tessa erzog Lukas seit seiner Geburt allein, sein Vater war fortgegangen, ohne von ihm zu wissen. Übelnehmen konnte sie ihm das nicht, immerhin hätte sie ihm schreiben und von ihrer Schwangerschaft berichten können. Aber sie hatte es unterlassen, weil sie seinen hochfliegenden

Ambitionen nicht hatte im Weg stehen wollen. Er war nach Übersee gegangen, wo man ihm einen mehrjährigen Vertrag als Fußballprofi angeboten hatte. Und das war vermutlich das Einzige, was ihn je mit seinem Sohn verbinden würde: die Liebe zum Fußball. Dabei sollte es, wenn es nach ihr ging, auch bleiben.

Und auch Lukas' Versuche, sie zu einem Date mit diesem Wundertier von Trainer zu überreden, würde sie tunlichst ignorieren. Eine traurige Erfahrung mit einem Sportler reichte doch wohl. Sie hatte nicht vor, den gleichen Fehler zweimal zu begehen.

2. Kapitel

»Santa, wir haben hier einen Notfall«, schnarrte es aus der Gegensprechanlage. »Das Fließband in der Verpackungsanlage streikt schon wieder.«

Santa Claus, auch als Weihnachtsmann bekannt, stand seufzend von seinem Schreibtischstuhl auf. »Ich komme schon, Elf-Eins. Hast du Elf-Dreizehn schon erreicht?«

»Er ist noch mit dem neuen Schlitten auf Probefahrt unterwegs.«

»Also gut, ich bin gleich da.« Santa Claus griff nach der Arbeitsjacke, die am Garderobenhaken hing, und warf einen Blick in das Vorzimmer seines Büros. Dort saß seine Frau zusammen mit einer Elfe an einem weiteren Schreibtisch und sortierte die Post. »Schatz, ich muss rüber in die Verpackungsstraße. Das Fließband ist schon wieder ausgefallen. Würdest du bitte die heutigen Wunschzettel-E-Mails ausdrucken? Es sind jetzt schon über zwanzig Stück.« Er strich sind nachdenklich durch den Bart. »Es scheint, als fingen die Kinder immer früher mit dem Wünschen an.«

Seine Frau lächelte ihm zu. »Das kommt dir doch jedes Jahr so vor. Aber meistens sind es nur die Kinder mit den besonders großen Wünschen, die schon im Oktober und November an dich schreiben.«

Santa Claus nickte. »Ich hoffe, ich kann ihnen wenigstens

einen Teil ihrer Wünsche erfüllen.« Damit verließ er das Vorzimmer in Richtung seiner Geschenke-Fabrik.

Santas Frau stand auf und wollte gerade das Büro ihres Mannes betreten, als eine Klingel durch das Haus schrillte. »Ach je, meine Kekse sind fertig!«, rief sie und wandte sich an die kleine Elfe, die sich in Santas Büro zu seiner Assistentin ausbilden ließ. »Elfe-Sieben, kannst du dich bitte um die E-Mails kümmern? Ich möchte nicht, dass das Gebäck zu dunkel wird.«

»Aber klar doch!« Die kleine Elfe strahlte. »Das mache ich doch gern. Geh nur in die Küche. Die Kekse duften schon ganz wunderbar.«

Nachdem Santas Frau hinausgeeilt war, betrat die Elfe das Büro des Weihnachtsmannes und blickte sich wie immer staunend um. Sie hatte sich um den Posten in seinem Vorzimmer beworben, weil sie die Arbeit in den Spielzeug- und Verpackungsfabriken langweilig fand. Hier, in der Zentrale des Weihnachtsmannes, war es viel spannender. Die vielen Wünsche, die in der Vorweihnachtszeit per Post und per E-Mail hier ankamen, und das geschäftige Gewusel der Elfen, die dabei halfen, sie zu erfüllen, all das war immer wieder neu und aufregend.

Und dann die riesige Wand gegenüber dem Schreibtisch, auf der unzählige Video-Bildschirme angebracht waren. Santa Claus konnte von hier aus sämtliche Orte auf der Welt überwachen, an denen sich jemand etwas bei ihm gewünscht hatte. Momentan waren die Bildschirme jedoch noch außer Betrieb. Sie würden erst in einer oder zwei Wochen eingeschaltet werden, nachdem Elf-Dreizehn die nötigen Wartungen durchgeführt hatte.

Elfe-Sieben ging zum Schreibtisch des Weihnachtsmannes und warf einen Blick auf den Computerbildschirm. Santa Claus hatte das E-Mail-Postfach bereits geöffnet. Es enthielt tatsächlich schon über zwanzig Wunschzettel-Mails. Gerade eben trudelte noch eine weitere ein. Rasch machte sich die Elfe daran, jede E-Mail auszudrucken. Dann legte sie die Wunschzettel dazu, die heute per Post eingetroffen waren, nahm einen Hefter aus dem Schrank und beschriftete ihn sorgfältig mit dem heutigen Datum. Gerade als sie die Briefe und Ausdrucke lochen wollte, hörte sie ein Geräusch an der Tür.

»Hm, was riecht denn hier so lecker? Werden da etwa Kekse gebacken?«

Erschrocken sprang Elfe-Sieben auf. »Rudolf, was machst du denn hier drinnen?«, rief sie und eilte auf das Rentier mit der lustig rot leuchtenden Nase zu. »Du weißt doch, dass du hier nichts verloren hast. Geh sofort wieder nach draußen zu den anderen Rentieren!«

Rudolf bedachte die Elfe mit einem unschuldigen Blick. »Aber Blitz und Donner haben mich doch geschickt. Sie haben behauptet, es gäbe leckere Kekse. Ich hab ihnen erst nicht geglaubt, aber jetzt rieche ich es doch selbst. O bitte, bitte, können wir von den Keksen welche haben?«

Die kleine Elfe schüttelte streng den Kopf, griff nach Rudolfs Halfter und führte ihn sanft aus dem Büro hinaus. »Falls Santas Frau die Kekse für euch gebacken hat, wird sie euch schon welche nach draußen bringen. Aber ihr wisst genau, dass sie es nicht leiden kann, wenn ihr bettelt. Also los, geh zu den anderen zurück. Ich frage sie später, ob ihr ein paar Kekse bekommt.«

»Na gut, dann verhungern wir eben.« Rudolf ließ den Kopf hängen, doch in seinen Augen blitzte der Schalk, so dass Elfe-Sieben herzlich lachte.

»Jetzt aber wirklich raus mit dir, sonst kriege ich noch Ärger!« Als sie sicher war, dass Rudolf das Haus verlassen hatte, ging sie rasch zurück zum Büro. Sie hatte die Tür offen stehen gelassen, und gerade, als sie das Zimmer betreten wollte, fegte ein Windstoß durch das auf Kipp stehende Fenster herein. Die offene Tür verstärkte den Luftzug und binnen Sekunden wirbelten unzählige Papiere und Ausdrucke durch das Büro.

»O nein!«, rief die Elfe entsetzt und versuchte, ein paar der Papiere aufzufangen – ohne Erfolg. »So was Blödes!« Nachdem sich der Wind so schnell gelegt hatte, wie er aufgekommen war, machte sie sich seufzend daran, das entstandene Chaos wieder zu beseitigen.

3. *Kapitel*

»Wirst du wohl die Banane wieder hergeben!«, schimpfte Tom und versuchte, den quirligen Ruprecht an der Leine zu sich heranzuziehen. Der Hund hüpfte jedoch so fröhlich mit seiner Beute auf und ab, dass es Tom nicht gelang, sie ihm wieder abzunehmen. »Das war mein Essen«, grummelte Tom und gab es auf.

Ruprecht ließ sich auf sein Hinterteil sinken, legte die Banane vor sich ab und machte dann mit einem freundlichen Hundelächeln Männchen.

Wider Willen musste Tom lachen. »Nein, vielen Dank, mein Freund. Jetzt darfst du sie behalten. Hast ja sowieso schon hineingebissen.«

»Hi, Tom«, hörte er hinter sich zwei Jungenstimmen rufen. Als er sich umdrehte, kamen die beiden auf ihn zugerannt. Er lächelte. »Hi, Mario, hi, Lukas. Ihr seid ja früh dran heute. Alles klar?«

»Alles klar«, rief Mario. »Ich geh mich schon mal umziehen. Kommst du mit, Lukas? Wenn wir uns beeilen, können wir schon vor den anderen auf dem Platz sein.«

»Ja, gleich.« Im Gegensatz zu Mario blieb Lukas neugierig stehen, als er den Hund erblickte. »Ist das deiner?«, fragte er Tom, woraufhin dieser nickte.

»Ja, seit heute. Er hat meiner Mutter gehört, aber sie ist umgezogen und darf jetzt in der neuen Wohnung keine Hunde halten.«

»Wie gemein«, befand Lukas und beugte sich zu Ruprecht hinab. »Der ist aber süß.«

»Allerdings«, antwortete Tom grimmig. »Und ganz schön frech. Er hat meine Banane geklaut.«

»Echt?« Lukas kicherte. »Ich wusste gar nicht, dass Hunde Bananen fressen. Darf ich ihn streicheln?«

»Sicher, er beißt nicht.«

Sofort ging Lukas in die Hocke und strich dem kleinen Terriermischling über den Kopf. »Er sieht lustig aus mit der weißen Nase und den braunen Flecken um die Augen. Wie heißt er denn?«

Tom ging ebenfalls in die Hocke. »Ruprecht, wie der Knecht Ruprecht.«

»Das ist aber ein komischer Name.«

Tom lachte. »Ich weiß. Meine Mutter hat ihn so genannt, weil sie ihn genau am Nikolaustag vor vier Jahren als Welpen aus dem Tierheim geholt hat.«

»Warum hat sie ihn dann nicht Nikolaus genannt?«, wollte Lukas wissen.

In diesem Moment sprang Ruprecht mit einem auffordernden Bellen auf und sprang den Jungen an, so dass dieser vor Überraschung hintenüber kippte und auf dem Hosenboden landete. Ruprecht hüpfte auf seinen Bauch und schleckte ihm mehrmals übers Gesicht, bis Lukas laut lachte.

»He, he, Schluss jetzt, du Frechdachs«, schimpfte Tom und zog Ruprecht an der Leine von dem Jungen herunter. Dann reichte er Lukas die Hand und half ihm aufzustehen. »Ich schätze, deshalb hat sie ihn so genannt. Ein Nikolaus würde so was bestimmt nicht tun.« Er blickte sich um, als noch weitere Jungenstimmen laut wurden. »Da kommen die anderen. Los, geht euch umziehen. Das Training fängt pünktlich an.«

»Okay.« Lukas warf dem kleinen Hund noch einen sehnsüchtigen Blick zu. »Darf ich nach dem Training noch ein bisschen mit ihm spielen?«

Tom nickte ihm zu. »Vielleicht. Wenn es deinen Eltern nicht zu spät wird.«

»Nö.« Lukas schüttelte den Kopf. »Marios Papa holt uns doch immer ab. Er hat bestimmt nichts dagegen.«

Als Tessa das Auto vorfahren hörte, zog sie rasch die Töpfe von den Kochplatten, schaltete den Herd ab und wischte sich die Hände an einem Küchenhandtuch ab. Normalerweise kochte sie abends nicht, doch nachdem sie Lukas schon nicht den Gefallen hatte tun können, mit ihm zum Training zu fahren, hatte sie kurzerhand beschlossen, ihm wenigstens sein Lieblingsessen – Spaghetti Carbonara – zuzubereiten. Ihr Mitarbeiter und bester Freund, Pierre Roussel, hatte vor einer halben Stunde den Laden unten abgeschlossen und war nach Hause gegangen. Sie rechnete es ihm hoch an, dass er Überstunden gemacht hatte, damit sie ihrem Sohn eine Freude bereiten konnte. Die Lohnabrechnung würde sie nach dem Essen fertigstellen.

Sie hörte bereits die Schritte ihres Sohnes auf der Treppe poltern, und kaum hatte sie die Wohnungstür geöffnet, da wirbelte er auch schon herein und warf seinen Rucksack schwungvoll in die Ecke unter der Garderobe. »Hey, Mama! Heute war es sooo toll beim Training«, schwärmte er. »Du hast echt was verpasst. Tom hatte seinen neuen Hund dabei.

Ein Jack-Russel-Mischling. Der ist total süß und witzig und kann sogar Kunststücke. Und dann haben wir zwei neue Spielzüge geübt. Ich hab drei Tore geschossen. Aber der Hund war so witzig. Er hat Toms Banane geklaut. Wusstest du, dass Hunde Bananen mögen? Nach dem Training durfte ich noch mal mit ihm spielen und dann …« Mitten in seinem Redeschwall hielt er inne und schnüffelte. Seine Augen wurden kugelrund. »Hast du Spaghetti Carbonara gemacht?«

Tessa lächelte über sein verblüfftes Gesicht. »Ja, Schatz, extra für dich.«

»Yeah!«, schrie er begeistert auf und wollte in die Küche stürmen.

Tessa bekam ihn gerade noch am Ärmel seines Sweatshirts zu fassen. »Halt, mein Freund. Erst Hände waschen!«

»Okay.« Wie der Blitz rannte Lukas ins Bad. Erst jetzt merkte Tessa, dass Marios Vater in der Wohnungstür stand und sie lächelnd anblickte.

»Entschuldigung, Herr Marbach.« Rasch trat sie auf ihn zu. »Wenn es um Spaghetti Carbonara geht, ist er nicht zu halten.«

»Das kommt mir irgendwie bekannt vor«, antwortete er grinsend. »Bei uns löst das magische Wort ›Spaghetti-Pizza‹ ähnliche Begeisterungsstürme aus. Aber sagen Sie doch bitte Leon. Wir kennen uns doch schon lange genug, nicht wahr? Und dann können wir auch gleich zum Du übergehen, finde ich.« Er zwinkerte ihr zu.

»Also gut, wie Sie … äh … wie du meinst.« Tessa nickte.

»Lukas wird dir vermutlich den ganzen Abend mit dem Hund in den Ohren liegen. Er war auf dem Heimweg kaum zu beruhigen. Tom hat ihn heute von uns abgeholt und mit zum

Training genommen, weil er ihn nicht gleich am ersten Abend allein lassen wollte.« Als Leon Tessas verständnislose Miene sah, erklärte er: »Der Hund – Ruprecht heißt er – gehörte meiner Tante, Toms Mutter. Sie ist umgezogen und kann ihn nicht behalten, deshalb hat er ihn jetzt zu sich genommen. Für den Übergang war der Hund bei uns, und wir hätten ihn auch gern behalten, aber du weißt ja, dass Hannah im achten Monat schwanger ist. Und wir haben ja schließlich schon einen Hund. Mario und Paula waren zwar ein bisschen enttäuscht, dass wir Ruprecht wieder weggegeben haben, aber ich denke, so ist es besser.«

Tessa nickte. »Ich verstehe. Dann bist du also mit Tom verwandt.«

»So ist es. Er wohnt aber noch nicht lange hier in der Stadt. War vorher viel unterwegs und hat dann in Köln studiert. Jetzt ist er Sportlehrer hier am Gymnasium.«

»Lukas hat mir schon so etwas erzählt«, sagte Tessa. »Leider hatte ich bisher noch keine Gelegenheit, ihn kennenzulernen. Dabei schwärmt Lukas in den höchsten Tönen von ihm.«

»Ach, tatsächlich?« Leon lachte. »Na, Tom ist auch wirklich in Ordnung. Warum kommst du nicht beim nächsten Mal einfach mit zum Training? Hannah lässt übrigens fragen, ob du bei den Vorbereitungen für die Weihnachtsfeier des Sportvereins mithelfen möchtest. Sie sucht noch ein Opfer, das mit ihr zusammen Plätzchen backt.«

»Warum nicht?« Tessa lächelte. »Meine Plätzchen sind berühmt.«

»Ach ja?«

»Ihr werdet schon sehen.«

»Schön, dann sage ich Hannah Bescheid. Sie wird dich dann anrufen, okay?«

»Gern. Ich könnte auch …«

»Mama, komm endlich. Ich hab Hunger!«

Wieder lachte Leon. »Es scheint, als müsstest du jetzt erst mal die Raubtierfütterung hinter dich bringen. Unten im Auto sitzt noch so ein gefräßiges Kind. Ich hoffe, Hannah ist schon zu Hause. Sie hatte noch einen späten Arzttermin und wollte danach Paula vom Schwimmtraining abholen. Ich habe nämlich besagte Spaghetti-Pizza im Ofen warmgestellt.«

»Na dann guten Hunger. Viele Grüße an Hannah.«

Leon hob noch einmal kurz die Hand zum Gruß und verließ mit großen Schritten das Haus.

Tessa ging ihm rasch nach und schloss unten ab, dann folgte sie den wiederholten Rufen ihres Sohnes in die Küche. Lukas hatte bereits den Tisch gedeckt und wippte ungeduldig auf seinem Stuhl hin und her, bis sie ihm eine ordentliche Portion Spaghetti und Soße auf den Teller gehäuft hatte. Er stürzte sich darauf, als habe er den ganzen Tag noch nichts gegessen.

»Mama?«, nuschelte er, schluckte dann aber erst den Bissen hinunter, den er im Mund hatte.

»Hm?«

»Ruprecht ist echt ein toller Hund.«

Schweigend nahm sich Tessa ebenfalls eine kleine Portion Nudeln.

»Ist doch nett, dass Tom ihn nimmt, jetzt, wo seine Mutter keine Tiere mehr halten darf, oder?«

»Ja, das ist sehr nett vom ihm«, stimmte Tessa vorsichtig zu. Sie ahnte bereits, worauf ihr Sohn hinauswollte. Deshalb fügte sie bedächtig hinzu: »Aber es ist auch eine große Verantwortung, einen Hund zu halten. Man muss ihn füttern und pflegen und regelmäßig mit ihm spazieren gehen, auch bei schlechtem Wetter. Solche Terrier brauchen ziemlich viel Bewegung.«

»Ich weiß«, sagte Lukas und drehte gekonnt die Spaghetti um seine Gabel. »Tom sagt, er will mit ihm joggen gehen.«

»Eine gute Idee.«

»Mama, ich könnte doch auch mit dem Joggen anfangen, oder?«

Tessa legte den Kopf schräg. Sie wusste, wann Lukas sie aufs Glatteis führen wollte. »Sicher könntest du das. Aber dazu brauchst du ja keinen Hund, oder?«

Lukas verzog die Mundwinkel. »Aber mit einem Hund ist es viel lustiger. Und er kann mich beschützen.« Genießerisch schob er sich die Nudeln in den Mund und kaute ausgiebig. Schließlich blickte er sie mit einem herzerweichenden Blick an. »Bitte, Mama, ich möchte auch gerne so einen Hund haben!«

Tessa seufzte. »Und ich habe dir schon mehrfach erklärt, dass die Antwort nein lautet. Schau dich doch um, Lukas. In so einer kleinen Wohnung sollte man keinen Hund halten.«

»Aber …«

»Und außerdem ist ein Hund kein Spielzeug. Was, wenn du mal keine Lust hast, dich um ihn zu kümmern? Dann kannst du ihn nicht einfach in den Schrank legen wie deine Playstation.«

»Och, Mama!«

»Och, Lukas«, erwiderte sie im gleichen Tonfall und lächelte dann. »Du kannst doch deinen Trainer fragen, ob du hin und wieder mit Ruprecht spazieren gehen oder spielen darfst.«

Lukas' Miene hellte sich auf. »Das könnte ich machen. Ich frage ihn gleich beim nächsten Training.«

4. Kapitel

Gähnend stieg Tom die Treppe ins Obergeschoss seines Hauses hinauf, ohne das Licht anzumachen. Das Training heute war anstrengend gewesen. Nach den Kindern der E-Jugend hatte er noch eine Stunde lang das Team der A-Jugend trainiert und danach noch mit einem Elternpaar über die Zukunftsaussichten ihres talentierten Sohnes gesprochen. Es war also spät geworden, und morgen hatte er gleich um acht die erste Sportstunde. Müde tappte Tom auf seine Schlafzimmertür zu, die halboffen stand. Bevor er jedoch den Lichtschalter fand, trat er auf einen Gegenstand, der unter seiner Fußsohle ins Rollen geriet und dabei leise klingelte. Er verlor den Halt und ruderte erschrocken mit den Armen. Gerade noch rechtzeitig konnte er sich am Türrahmen festhalten, knallte aber mit dem Knöchel gegen die Tür. Fluchend machte er Licht und starrte auf den blauen Plastikknochen, der ihn beinahe zu Fall gebracht hätte. Dann hob er den Kopf und fixierte erbost Ruprecht, der mitten auf dem Bett lag und Tom aufmerksam beobachtete. Sein kurzer Schwanz wedelte lustig hin und her.

»Das findest du jetzt wohl witzig, wie?«, grollte Tom. »Was hast du überhaupt auf meinem Bett zu suchen?«

Ruprecht gab ein Geräusch von sich, das irgendwo zwischen Bellen und Jaulen lag, warf sich auf den Rücken und streckte alle Viere von sich.

»O nein, so nicht.« Tom schüttelte entschieden den Kopf. »Runter mit dir vom Bett! Du hast dein eigenes Körbchen.« Mit strengem Blick deutete er auf den mit einer flauschigen Hundedecke ausgelegten Weidenkorb.
Ruprecht blieb auf dem Rücken liegen, drehte jedoch den Kopf so, dass er Tom ins Gesicht blicken konnte. Als dieser sich nicht erweichen ließ, sprang der kleine Hund wie ein geölter Blitz auf die Füße und hüpfte vom Bett direkt in den Korb.

»Na bitte, warum nicht gleich so?« Zufrieden tätschelte Tom Ruprechts Kopf und legte dann auch noch den Plastikknochen in das Körbchen.

In diesem Moment klingelte das Telefon. Stirnrunzelnd warf Tom einen Blick auf die Uhr, die bereits fast halb elf anzeigte. Dann griff er nach dem Hörer auf seinem Nachttisch. »Wer stört?«, fragte er, obwohl er die Nummer im Display längst erkannt hatte.

»Entschuldige, dass ich so spät noch anrufe«, erklang die Stimme seiner Mutter. »Du weißt, dass das nicht meine Art ist. Aber ich kann einfach nicht einschlafen, bevor ich nicht weiß, ob es Ruprecht gutgeht. Ich habe dich doch nicht geweckt, oder? Du hast montags immer lange Training, oder nicht?«

»Schon gut, ich habe noch nicht geschlafen. Ruprecht geht es ausgezeichnet.« Tom warf einen kurzen Blick in das Körbchen, in dem sich der Hund zusammengekringelt hatte, und rieb sich dabei seinen Knöchel. »Er hat heute sogar einen neuen Freund gefunden.«

»Ach ja?«

Tom grinste. »Lukas – ein Junge aus meinem E-Jugend-Team.

Er war so begeistert von Ruprecht, dass er sich gar nicht von ihm losreißen konnte.«

»Das ist aber nett. Also nimmst du den Hund mit zum Training?«

»Eigentlich nur heute. Aber vielleicht kann ich Lukas dazu bewegen, sich hin und wieder um Ruprecht zu kümmern, wenn ich keine Zeit habe.«

Seine Mutter lachte. »Eine hervorragende Idee, aber jetzt solltest du dich ausruhen, nicht wahr? Du klingst müde. Bis bald!«

»Ja, bis dann.« Tom starrte auf seinen Hörer; seine Mutter hatte bereits aufgelegt. Amüsiert schüttelte er den Kopf und ließ sich rücklings auf die Matratze sinken. Im selben Moment klingelte das Telefon erneut.

Tom griff danach, ohne es anzusehen. »Ja, ich habe ihm auch genug Futter gegeben und einen seiner geliebten Kauknochen«, sagte er grinsend.

»Freut mich zu hören«, antwortete Leon am anderen Ende der Leitung.

Tom stutzte. »Du bist es! Ich dachte, es wäre meine Mutter.«

»Du telefonierst also spät abends noch mit deiner Mutter.« Leons Stimme klang erheitert. »Du enttäuschst mich, mein lieber Cousin. Ich hatte schon die Hoffnung, es sei aus einem anderen Grund bei dir besetzt.«

»Aus was für einem anderen Grund?«

»Rate mal.«

Tom verdrehte die Augen und schwang seine Beine aufs Bett. Er schob sich ein Kissen unter den Kopf. »Fängst du jetzt auch noch damit an? Nur weil du glücklich verheiratet bist, müssen es nicht alle deine Mitmenschen ebenfalls sein.«

»Ich habe ja nicht gesagt, dass du sie gleich heiraten sollst. Ein Date würde fürs Erste auch ausreichen – oder ein abendlicher Telefon-Flirt.«

Argwöhnisch runzelte Tom die Stirn. »Wen meinst du mit *sie?*«

»Na, *sie* eben. Keine Ahnung. Ich dachte, du hättest vielleicht eine Freundin.«

»Nein, habe ich nicht.«

»Warum nicht?«

Tom stieß heftig die Luft aus. »Hör mal, Leon, es ist schon reichlich spät für eine derart sinnentleerte Unterhaltung. Spuck schon aus, weshalb du anrufst.«

»Hannah hat endlich ein Opfer gefunden.«

»Hä?«

»Du weißt schon, jemanden, der mit ihr die Unmengen Plätzchen für die Weihnachtsfeier des Sportvereins backt.«

»Und was habe ich damit zu tun?« Tom runzelte die Stirn. »Ich kann nicht backen.«

»Sollst du ja auch gar nicht. Aber du bist doch im Organisationsteam. Wenn ich mich nicht irre, bist du sogar der Vorsitzende. Sie ist unheimlich nett und hübsch noch dazu.«

»Wer, Hannah? Das weiß ich.«

»Nein, Mensch! Sag mal, willst du mich nicht verstehen?«

Tom schloss leicht genervt die Augen. »Ich verstehe, dass du und meine Mutter offenbar mal wieder beschlossen habt, mich mit irgendeiner ach so netten Frau zu verkuppeln. Ich vermute, es handelt sich um die Mutter eines meiner Kicker. Was ist sie? Zum dritten Mal geschieden? Auf der Suche nach dem gestählten Körper des Ex-Profis, der sie in den siebten Himmel befördern soll?«

»Hast du was getrunken?«, kam es vom anderen Ende der Leitung.

»Nein, ich hab bloß kein Interesse.«

»Du kennst sie doch gar nicht.«

»Eben. Und dabei soll es auch …« Tom stockte. »Warum kenne ich sie nicht? Wenn sie die Mutter einer meiner Spieler ist, hab ich sie doch ganz sicher schon mal getroffen.«

Leon stieß einen triumphierenden Laut aus. Offenbar freute er sich, dass er Toms Aufmerksamkeit doch noch geweckt hatte. »Hast du nicht. Sie hält sich nämlich weitgehend vom Fußballstadion fern. Keine Ahnung, warum. Vielleicht mag sie den Sport nicht. Aber das ist ja wohl nebenrangig. Ich finde sie sehr nett, und Hannah mag sie auch gern. Sie hat ein Blumengeschäft in der Annastraße, ihr Sohn ist mit Mario und Paula in einer Klasse. Er heißt Lukas …«

»Lukas Lamberti?«, fiel Tom ihm ins Wort.

»Genau der. Er hat sich doch heute so gut mit Ruprecht angefreundet.«

»Und deshalb glaubst du, dass ich mich ebenso gut mit seiner Mutter anfreunden könnte?« Tom schüttelte entrüstet den Kopf. »Vergiss es. Ich habe jahrelange Erfahrung mit geschiedenen Frauen, die mir hinterherlaufen und von der großen Liebe ins Ohr säuseln. In Wahrheit suchen sie nur einen gut betuchten Mann, der ihnen die teuren Extras bezahlt, wegen denen sie von ihren Ex-Ehemännern verlassen wurden.«

»So ein Quatsch!«, brauste Leon auf. »Sie weiß doch gar nichts von deinem Geld. Und außerdem war sie nie ver …«

»Gute Nacht, Leon.« Tom schaltete das Telefon aus und warf es auf seinen Nachttisch. Dann zog er sich aus und schob sich unter seine Decke. Bevor er das Licht löschte, warf er noch einen kurzen Blick auf Ruprecht, der ihn wieder aufmerksam anblickte und dann mit einem ungeduldigen Laut den Kopf auf seine Pfoten legte.

»Du hältst dich da raus«, brummte Tom und knipste die Nachttischlampe aus.

»Kein Glück?«, fragte Hannah und legte Leon einen Arm um die Hüfte.

Sogleich zog er sie fest an sich. »Er hat einfach aufgelegt.«

»Vielleicht sollten wir ihn mit unseren Verkupplungsversuchen wirklich in Ruhe lassen. Wenn er absolut nicht will …«

»Wenn er nicht langsam eine vernünftige Frau findet, wird er wunderlich«, unterbrach Leon sie. »Ich kann ja verstehen, dass er sich nicht mit einer von diesen Übermüttern abgeben will, die während des Fußballtrainings ständig um ihn herumschwänzeln. Die können einem wirklich auf den Geist gehen. Tom hier und Tom da und hach, mein talentiertes Wundersöhnchen könnte ein Privattraining brauchen …«, gab er in affektiertem Tonfall wieder, was er heute und auch schon früher miterlebt hatte.

Hannah lachte. »Das kann ich mir lebhaft vorstellen. Einige der Mütter kenne ich aus dem Elternbeirat in der Schule.« Sie küsste Leon auf die Wange. »Aber verstehen kann ich sie auch. Tom ist nun mal eine Augenweide, und noch dazu hat er mal als Profi Fußball gespielt.«

»In einem absolut unbedeutenden Verein.«

»So unbedeutend nun auch wieder nicht«, korrigierte Hannah. »Und letztlich ist das auch vollkommen egal. Für viele Frauen ist Fußball eben nur gleichbedeutend mit den Beckhams und Ballacks – und wie sie alle heißen – dieser Welt. Gutaussehende Sportler mit einem fetten Bankkonto.«

Leon runzelte die Stirn. »Denkst du etwa genauso?«

»Ach, weißt du …« Hannah verdrehte schmachtend die Augen, musste dann jedoch wieder herzlich lachen. »Ich habe das doch nicht nötig, wo ich schließlich mit dem feschesten Förster auf diesem Planeten verheiratet bin. Außerdem bist du der einzige Mann, der mich derzeit attraktiv findet. Dafür hast du einen dicken Stein bei mir im Brett.« Sie streichelte zärtlich über ihren stark gewölbten Bauch. »Vielleicht hat eine dieser Möchtegern-Groupies ihm mal das Herz gebrochen.«

Leon, der sie gerade hatte küssen wollen, hielt überrascht inne. »Wie kommst du denn darauf?«

»Keine Ahnung.« Hannah zuckte mit den Achseln. »Das war nur eine Vermutung. Möglich wäre es doch immerhin und eine gute Begründung, weshalb er sich jetzt von allen Frauen fernhält.«

»Tessa Lamberti ist aber kein Möchtegern-Groupie.«

Hannah nickte. »Ich weiß. Vielleicht solltest du sie da heraushalten oder …« Sie lächelte schelmisch. »Die beiden auf etwas subtilere Weise aufeinander aufmerksam machen.«

»Und wie?«

»Na, zum Beispiel während der Vorbereitungen zur Weihnachtsfeier. Ich lade sie hierher zum Backen ein, und du sorgst dafür, dass Tom sich nicht drückt.« Bedeutungsvoll schwieg sie.

Nun küsste Leon sie doch. »Eine hervorragende Idee, mein Schatz!«

5. Kapitel

»Wo ist denn Ruprecht heute?«, fragte Lukas und sah sich neugierig auf dem Parkplatz vor dem Fußballstadion um.

Tom schloss gerade die Tür zum Eingang des Vereinshauses auf. »Ich hab ihn heute zu Hause gelassen.«

»Oh, schade.«

Lächelnd drehte Tom sich um und musterte das enttäuschte Gesicht des Jungen. »Hör mal, Lukas, ich hätte da eine Bitte an dich.«

»Was denn für eine Bitte?« Sichtlich desinteressiert zuckte Lukas mit den Achseln.

»Ich wollte dich fragen, ob du nicht Lust hättest, dich zwei oder dreimal in der Woche nachmittags für eine oder zwei Stunden um Ruprecht zu kümmern, während ich mich auf den Unterricht vorbereite.«

Der Kopf des Jungen ruckte hoch. »Echt? Ich meine, ich darf … ich soll …« Ein Strahlen trat in seine Augen. »Musst du auch Hausaufgaben machen wie ich?«

Leon schmunzelte. »So in der Art, ja. Ein Lehrer muss sich auch vorbereiten. Und du wärest mir wirklich eine große Hilfe. Natürlich nur, wenn deine Mutter damit einverstanden ist.«

»Ist sie, ist sie!« Erregt hüpfte Lukas auf und ab. »Sie hat mir gesagt, ich soll dich fragen, ob ich nicht mal mit Ruprecht spazieren gehen darf.«

»So, hat sie das?«

»Ja, weil wir doch in so einer kleinen Wohnung wohnen und ich keinen eigenen Hund haben darf.«

»Du wünschst dir einen Hund?«

»Und wie!«, rief Lukas. »Ich will unbedingt einen haben, aber Mama sagt, das geht nicht.«

»Wahrscheinlich hat sie recht. Ein Hund braucht viel Platz zum Laufen und Spielen.«

»Ich weiß.« Kurz ließ Lukas wieder den Kopf hängen, hob ihn aber gleich wieder. »Hast du ein großes Haus?«

Tom lachte. »O ja, größer als ein Mann alleine eigentlich braucht. Und einen großen Garten. Ich wohne draußen am Stadtrand.« Er nannte Lukas die Adresse. »Wenn du magst, komm doch einfach morgen Nachmittag so gegen drei zu mir.«

»Ich frag Mama, ob ich darf«, jubelte Lukas begeistert.

»Sollte es doch nicht klappen, kannst du mich ja anrufen«, schlug Tom vor. »Meine Nummer steht im Telefonbuch.«

»Es muss klappen«, sagte Lukas im Brustton der Überzeugung. »Ganz bestimmt!«

»Ach bitte, Mama, ich hab's Tom versprochen!«

»Lukas, es geht nicht. Ich kann hier jetzt nicht weg.« Bedauernd schüttelte Tessa den Kopf. »Wir können doch nicht einfach den Laden schließen.«

»Ich will aber so gerne zu Ruprecht. Du hast gesagt, ich darf mit ihm spielen, wenn Tom es erlaubt!«

Seufzend strich Tessa ihrem Sohn übers Haar. »Ich weiß, was ich gesagt habe. Aber ausgerechnet heute …«

»Hör mal, Tessa, ich hätte da eine Idee.« Ihr Freund und Angestellter Pierre trat zu den beiden. In der Hand hielt er einen sorgfältig in Papier verpackten Blumenstrauß von enormen Ausmaßen. »Ich muss doch sowieso raus vor die Stadt zu diesem Bauernhof, um den Geburtstagsstrauß abzuliefern. Also könnte ich Lukas mitnehmen und am Haus seines Trainers absetzen. Und nach Ladenschluss holst du ihn dann wieder ab.«

»Au ja!«, rief Lukas. »Bitte, Mama!«

»Wir schließen erst um sieben«, wandte Tessa ein. »Das ist viel zu lang. Du kannst nicht ganze vier Stunden dort bleiben.«

»Dann fahre ich mit dem Bus zurück«, schlug Lukas vor. »Ich weiß, wie das geht.«

»O nein, das machst du nicht. Besser wäre es …«

»Vielleicht kann dein Trainer dich ja zurückfahren«, sagte Pierre. »Oder ich hole dich ab. Ich mache doch sowieso früher Feierabend.«

Tessa schüttelte den Kopf. »Das kann ich wirklich nicht von dir verlangen.«

»Warum denn nicht?«

»Du hast bestimmt schon etwas anderes vor.«

»Tessa, Schätzchen, siehst du nicht, wie sehr dein Sohn darauf brennt, zu diesem Hund zu kommen?« Pierre zwinkerte ihr zu und tätschelte ihren Arm. »Tun wir ihm doch den Gefallen. Und heute Abend ist bei uns sowieso nur gemütlicher Heimkino-Abend vorgesehen. Ich koche, und Roland bringt den Wein und einen rührseligen Film mit.«

»Siehst du, du hast ein Date!«, protestierte Tessa.

Pierre grinste breit und fuhr sich mit gespreizten Fingern durch sein kurzes braunes Haar. »Wenn du es so nennen willst. Aber immerhin sind wir schon über ein halbes Jahr zusammen. Da wird Roland es schon verschmerzen, wenn ich eine halbe Stunde später zu Hause bin. Weißt du was, ich nehme Lukas jetzt mit.« Er blickte auf seine Armbanduhr. »Und zwar schnell, denn sonst kommen die Blumen zu spät beim Kunden an. Und dann frage ich seinen Trainer, ob er ihn zurückbringen kann. Falls nicht, spiele ich heute mal *Pierres Taxi.*« Ehe Tessa noch einmal widersprechen konnte, winkte Pierre ihrem Sohn schon, ihm zu folgen. »Komm, Lukas, wir müssen los. Mach nicht so ein Gesicht, Tessa. Ich tue das gerne. Wozu sind Freunde denn sonst da?« Und schon waren die beiden zur Tür hinaus.

Seufzend blickte Tessa ihnen durch das große Schaufenster nach. Pierre war wirklich ein Schatz. Manchmal fragte sie sich, was sie wohl ohne ihn getan hätte. Sie hatte ihn damals auf der Berufsschule kennengelernt, als sie nach Lukas' Geburt mit einer Ausbildung begonnen hatte. Er war ein paar Jahre jünger als sie, aber dennoch hatten sie sich vom ersten Tag an gut verstanden. Und als sie diesen Laden hier in der Stadt gekauft hatte, war er, ohne zu zögern, als ihr Assistent mit eingestiegen. Manchmal bedauerte sie, dass er so gar kein Interesse an Frauen hatte, denn sonst wäre er wohl der ideale Partner gewesen. Andererseits war die Freundschaft, die sie mit ihm verband, weitaus stabiler und dauerhafter, als es eine Liebesbeziehung wohl je hätte sein können.

Da in diesem Moment ein Kunde den Laden betrat, riss sich Tessa entschlossen von ihren Grübeleien los und setzte ein zuvorkommendes Lächeln auf. »Guten Tag!«, sagte sie betont freundlich zu dem älteren Herrn. »Womit kann ich Ihnen dienen?«

»Das war echt toll heute«, schwärmte Lukas und rutschte auf dem Rücksitz von Toms Wagen hin und her. »Ruprecht ist so ein cooler Hund.«

Tom lächelte. »Er scheint dich ja sehr zu mögen. Und bei dir gehorcht er auch viel besser als bei mir.«

»Wirklich?«

»Wenn ich es sage. Bei mir stellt er dauernd irgendwelchen Unsinn an.«

Lukas kicherte. »Er ist doch total lieb!«

Als Tom vor dem Blumenladen parkte, rutschte Lukas ein Stück nach vorne. »Komm doch noch mit rein. Dann kannst du auch mal meine Mama kennenlernen.«

Tom wusste, dass es kindisch war, dennoch wehrte er ab. »Sie ist bestimmt sehr beschäftigt. Ich will nicht stören.«

»Ach, komm.« Lukas setzte ein engelhaftes Lächeln auf. »Nur hallo sagen. Ich weiß gar nicht, was ihr Erwachsenen immer habt. Mama will auch nie mit zum Training kommen, damit sie dich nicht trifft.« Fast schon lauernd blickte er Tom an.

Sein Trainer merkte auch sofort auf. »Tatsächlich? Warum denn das?«

Lukas' Lächeln verbreiterte sich zu einem Grinsen. »Weil ich ihr gesagt habe, wie nett du bist.«

»Ah ja?«

»Und dass du keine Frau hast.« Lukas zögerte. »Du hast doch keine Frau, oder?«

Beinahe hätte Tom sich verschluckt. »Äh, nein, habe ich nicht. Aber hör mal, Lukas …«

»Dann ist es ja gut. Komm schon, ich hab sie extra mit dem

Handy angerufen und Bescheid gesagt, dass du mit reinkommst.«

»Lukas?« Bevor der Junge aus dem Auto springen konnte, hielt er ihn am Ärmel fest. »Hast du etwa vor, uns zu verkuppeln?«

Wieder grinste Lukas nur; im nächsten Moment war er draußen.

Ergeben seufzend folgte Tom ihm und fragte sich dabei, ob es tatsächlich schon so schlimm um ihn stand, dass sogar kleine Jungen sich befleißigt sahen, ihm ein Date zu verschaffen, oder ob das nur ein Trick dieser Frau war, um auf sich aufmerksam zu machen.

Er beschloss, wirklich nur kurz hallo zu sagen und sich dann gleich wieder zu verdrücken. Auf keinen Fall würde er sich in die Wohnung bitten lassen. Er hatte einfach kein Interesse, weder an alleinstehenden Müttern, noch an sonst irgendwelchen Frauen, auch wenn sie ganz offensichtlich viel Geschmack und Kreativität besaßen, wie er mit einem Blick auf das fantasievoll und ansprechend gestaltete Schaufenster des Blumenladens feststellte. Die einzige Frau, die es jemals geschafft hatte, seine volle Aufmerksamkeit zu fesseln, hatte er vor vielen Jahren verloren. Und solange er jede andere mit dem Bild von ihr verglich, dass er auch heute noch im Herzen trug, war an eine neue Beziehung gar nicht zu denken.

Lukas hatte inzwischen die Tür zu dem schmalen Seiteneingang des renovierten Fachwerkhauses geöffnet und war im Innern verschwunden.

Nur, um dem Jungen einen Gefallen zu tun, folgte Tom ihm in den Hausflur, von dem aus eine Tür zum Laden und eine Treppe zu der Wohnung im oberen Geschoss führten. Als

Toms Blick zufällig auf den schwungvollen Namenszug auf dem altertümlichen Briefkasten fiel, der neben der Treppe hing, hatte er das Gefühl, jemand habe ihm eine Faust in den Magen gerammt.

6. *Kapitel*

»Was soll das denn?«, murmelte Santa Claus irritiert vor sich hin und hackte wiederholt auf der Tastatur herum, die mit dem Computersystem der Videobildschirme verbunden war. »Da stimmt doch was nicht!« Ohne den Blick von dem Bildschirm abzuwenden, der sich nicht so steuern ließ, wie er sollte, griff er nach dem Telefon und drückte eine der Schnellwahltasten. »Elf-Dreizehn, ich habe hier ein Problem. Bildschirm neun lässt sich nicht korrekt ansteuern. Er zeigt immer wieder Bilder, die ich keinem der Wunschzettel zuordnen kann.«

»Hast du schon mal auf ›Reset‹ gedrückt?«, fragte Elf-Dreizehn zurück.

»Zweimal schon«, brummelte Santa Claus. »Es tut sich einfach nichts. Irgendetwas ist hier falsch eingestellt. Hast du Zeit, dir das anzusehen? Du weißt, dass ich morgen mit der Wunscherfüllung beginnen muss – jedenfalls bei den richtig großen Wünschen.«

»Bin schon da«, antwortete Elf-Dreizehn, einer der Ingenieure im Team der Weihnachtsmann-Elfen, und trat durch die Bürotür. Grinsend steckte er sein Handy in die Brusttasche seines Arbeitsoveralls. »Lass mal sehen. Bildschirm neun, sagst du?«

Santa Claus nickte etwas besorgt. »Ja, sieh selbst. Da ist immer ein Junge zu sehen, und die Frau dort ist offenbar seine Mutter. Normalerweise müssten ihre Namen und der Wohnort unten eingeblendet sein. Elfe-Sieben sagt, sie habe alle bisher eingegangenen Wunschzettel sorgfältig verarbeitet und die Informationen eingegeben. Aber für Bildschirm neun hatte sie noch gar keine Daten.«

Elf-Dreizehn beobachtete kurz die Vorgänge auf dem Bildschirm, dann übernahm er die Tastatur, konnte jedoch auch keine Änderung erreichen. Er runzelte die Stirn. »Kann es vielleicht sein, dass sich da ein besonders großer Wunsch manifestiert, über den der Wunschzettel noch nicht bei dir eingegangen ist?«

Der Weihnachtsmann schüttelte den Kopf. »Für diesen Fall haben wir doch einen besonderen Filter eingebaut, damit die Bildschirme nicht automatisch belegt werden. Dort dürften nur die Kinder erscheinen, deren Wunschzettel wir registriert haben.«

Elf-Dreizehn tippte noch einmal auf der Tastatur herum. »Also glaubst du, dass hier möglicherweise ein Programmierfehler vorliegt.«

»Könntest du das überprüfen?«

»Klar, aber das wird eine Weile dauern. Weißt du denn wenigstens, wer der Junge auf dem Bildschirm ist?«

Santa Claus schüttelte den Kopf. »Noch nicht, aber ich werde gleich mal Elf-Zwei und Elfe-Acht losschicken. Die beiden sind sehr gute Detektive.« Sein Blick fiel wieder auf den Bildschirm, auf dem sich Merkwürdiges tat. »Schau mal«, sagte er und tippte Elf-Dreizehn aufgeregt an. »Bei den Menschen dort scheint es aber einige Schwierigkeiten zu geben.«

7. Kapitel

Unruhig strich sich Tessa eine ihrer rotbraunen Haarsträhnen hinters Ohr. Sie wusste selbst nicht, warum sie plötzlich so nervös reagierte. Lukas hatte sie angerufen und ihr mitgeteilt, dass er seinen Trainer unbedingt zum Abendessen einladen wollte. Sie hatte ihm den Spaß nicht verderben wollen, obwohl sie von dem Gedanken, einen fremden Mann zu bewirten, nicht eben angetan war. Schon gar nicht, nachdem Pierre ihr bei seiner Rückkehr in den höchsten Tönen vorgeschwärmt hatte, was für ein Prachtexemplar von Mann dieser Tom sei. Aber von solchen Traumtypen, so hatte sie versucht, ihrem Freund klarzumachen, hatte sie die Nase voll. Vor allem, wenn es sich bei ihnen um Fußballspieler handelte. Einmal hatte sie den Fehler gemacht, sich in einen von ihnen zu verlieben. Und nur, dass ihr Sohn Lukas aus jener Beziehung hervorgegangen war, hatte sie damals über deren unglückseligen Ausgang hinweggetröstet. Seither betrachtete sie Männer insgeheim als militärisches Sperrgebiet.

Und aus diesem Grund hatte sie auch nur ihre berühmten überbackenen Reste-Sandwiches zubereitet, kein aufwendiges Abendessen. Abgesehen davon, dass sie ja am Mittag schon einmal gekocht hatte, wäre ihr dazu auch kaum genug Zeit geblieben.

Als sie ein Auto vorfahren hörte, öffnete sie rasch die Wohnungstür, eilte jedoch gleich wieder zurück in die Küche, holte die Sandwiches aus dem Ofen, arrangierte sie appetitlich auf einer Platte und eilte dann ins Bad, riss sich die Schürze herunter und überprüfte im Spiegel ihr Make-up. Als sie merkte, was sie da tat, verzog sie unwillig die Mundwinkel und streckte sich die Zunge heraus. Trotzdem griff sie auch noch rasch nach der Bürste und fuhr sich mehrmals durchs Haar.

Dabei hörte sie bereits die Schritte ihres Sohnes auf der Treppe. »Mama? Wir sind da! Tom kommt auch gleich rauf. Er wollte erst nicht mit reinkommen, aber ich hab gesagt … Mama, wo bist du denn?«
Tessa legte rasch die Bürste weg und trat aus dem Badezimmer. »Hier, Lukas. Kein Grund, so laut herumzuschreien.«

»Hast du Reste-Sandwiches gemacht? Hm, lecker!« Lukas strahlte. »Ich bringe nur schnell den Rucksack in mein Zimmer. Mensch, wo bleibt denn Tom?« Mit Schwung warf Lukas seinen Rucksack durch die Tür seines Zimmers und rannte dann wieder hinaus ins Treppenhaus.

Tessa ging rasch noch einmal in die Küche, um sich zu vergewissern, dass alles ordentlich aussah, und hörte dabei Lukas' Stimme.

»Hey, Tom, komm endlich! Es gibt Reste-Sandwiches, die musst du unbedingt …« Eine kurze Pause entstand, dann fragte er offenbar verunsichert: »Was machst du denn für ein komisches Gesicht, Tom? Stimmt was nicht?«

Unwillkürlich horchte Tessa auf, konnte jedoch nicht hören, ob dieser Tom etwas darauf antwortete. Sie atmete einmal tief durch und ging dann an die Haustür, um ihren Gast zu begrüßen.

Lukas hatte ihn an der Hand genommen und zog ihn hinter

sich her, Tom folgte ihm aber augenscheinlich nur sehr zögernd.

»Guten Abend«, setzte Tessa freundlich an. »Kommen Sie doch herein. Ich habe …« Als sie in Toms Gesicht blickte, verstummte sie und starrte ihn an. Sie hatte das Gefühl, ihr Herzschlag habe für einen Moment ausgesetzt. Dann setzte er fast schmerzhaft wieder ein. Krampfhaft schluckte sie.

»Thomas«, brachte sie schließlich mit etwas Mühe heraus.

»Guten Abend, Tessa«, antwortete er mit leicht schwankender Stimme. Zwar hatte er zwei Minuten länger Zeit gehabt als sie, sich auf das unverhoffte Wiedersehen vorzubereiten, doch mehr als einen rasenden Pulsschlag hatte ihm dieser Vorsprung nicht eingebracht. Sie sah noch genauso aus wie in seiner Erinnerung. Nein, besser noch. Sie war reifer geworden – natürlich, immerhin waren fast zehn Jahre vergangen. Und sie trug ihr Haar jetzt nur noch schulterlang. Aber sie war eindeutig Tessa – seine Tessa! Hätte er das ahnen sollen? Wie viele Frauen mit dem Nachnamen Lamberti gab es wohl in Deutschland? Und sagte man nicht, dass man sich im Leben immer zweimal begegnet?

Tom versuchte sich zusammenzureißen. Vor ihm stand die Frau, die er vor zehn Jahren verlassen hatte, um auf einem anderen Kontinent seinen Flausen von einer großen Karriere nachzujagen. Die Frau, die ihn hatte ziehen lassen und dann selbst spurlos verschwunden war. Noch aus Amerika und auch später, nach seiner Rückkehr nach Deutschland, hatte er versucht, Kontakt zu ihr aufzunehmen. Doch sie war aus ihrer Heimatstadt weggezogen, ohne jemand zu sagen wohin. Selbst seine intensive Internetrecherche hatte ihm nichts weiter eingebracht als die Einsicht, dass Tessa Lamberti einfach nicht gefunden werden wollte. Und jetzt stand sie vor ihm – und hatte einen Sohn.

»Ich …« Noch einmal schluckte Tessa. »Ich wusste nicht, dass du …«

»Du bist es«, sagte er gleichzeitig, und sie hielten beide verlegen inne.

Tessa fing sich als Erste wieder. »Du bist also der neue Fußballtrainer.«

Lukas blickte mit großen Augen zwischen den beiden hin und her. »Was ist denn jetzt los? Kennt ihr euch etwa?«

Mit einiger Mühe riss sich Tessa von Toms Anblick los. »Äh, ja, mein Schatz. Wir kennen uns. Wir waren …« Sie zögerte. »Weißt du, Lukas, wir waren früher einmal miteinander befreundet.«

»Hey, das ist ja toll!«, rief Lukas begeistert. »Warum hast du mir das denn nicht gleich gesagt?«, wandte er sich an Tom.

Tom hüstelte verlegen. »Ich wusste nicht, dass Tessa deine Mutter ist.«

»Ja«, bekräftigte Tessa rasch. »Und ich wusste nicht einmal, wie dein Trainer mit Nachnamen heißt.«

»Aber ich hab dir doch am ersten Schultag den Info-Flyer gegeben«, protestierte Lukas. »Da stand alles drin.«

Tessa biss sich auf die Lippen. »Ja, weißt du …« Sie hatte den Flyer bestenfalls überflogen. Alles, was mit Fußball zu tun hatte, hatte sie seit Jahren möglichst weit von sich geschoben. Ebenso wie vieles, was mit dem Training ihres Sohnes zu tun hatte. Und nur, damit sie nicht mehr an jenen Fußballspieler denken musste, den sie einst hatte gehenlassen.

Doch jetzt stand er vor ihr, und sie musste irgendwie mit der Situation zurechtkommen.

»Thomas …« Sie setzte ein, wie sie hoffte, unverbindliches Lächeln auf. »Willst du nicht hereinkommen?«

Tessa ging voraus in die Küche, in der sie den kleinen Esstisch für drei Personen gedeckt hatte. Lukas zog Tom einfach an der Hand mit sich, so dass dieser gezwungen war, ihm zu folgen.

»Du machst also noch immer Reste-Sandwiches«, sagte er und ärgerte sich, dass ihm nichts Intelligenteres als diese Frage einfiel.

»Die macht Mama oft«, erklärte Lukas an Tessas Stelle. »Hast du sie schon mal gegessen?«

Lächelnd nickte Tom. »O ja, das habe ich. Einmal hatten wir nach einem großen Fußballspiel eine Party, und am nächsten Tag war noch so viel Essen vom Partyservice übrig, dass deine Mutter die gesamte Mannschaft mit ihren Reste-Sandwiches versorgt hat.«

»Echt?« Mit großen Augen blickte Lukas Tessa an. »Davon hast du mir ja noch nie was erzählt.«

Tessa lächelte unsicher. »Nun setzt euch doch. Lukas, erst Hände waschen. Bestimmt hast du vorhin noch den Hund angefasst.«

»Ja, ja.« Maulend rannte der Junge hinüber ins Bad.

»Das sollte sich dann vielleicht auch tun«, sagte Tom und ging zur Spüle. »Darf ich?« Er wusch sich rasch die Hände und blickte dabei Tessa an. »Das ist wirklich eine Überraschung. Ich hätte nicht gedacht, dass wir …«

Da Lukas in diesem Augenblick wieder in die Küche gestürmt kam, schüttelte Tessa kurz aber bestimmt den Kopf und wandte sich erneut dem Esstisch zu.

Während des Essens führte Lukas die Unterhaltung an. Natürlich wollte er genau wissen, wann sich Tessa und Tom kennengelernt hatten, doch Tessa antwortete betont oberflächlich und kurz angebunden. Tom registrierte es mit einem merkwürdigen Gefühl in der Magengrube. Es schien, als wolle sie an der Vergangenheit so wenig wie möglich rühren. Oder war ihr die Zeit, die sie einst mit ihm verbracht hatte, über die Jahre so unwichtig geworden, dass sie es nicht für nötig erachtete, mehr als ein paar vage Worte darüber zu verlieren? Das würde allerdings seinem ersten Eindruck widersprechen, denn er hatte vorhin an der Tür ganz deutlich den Schock über das unvermutete Wiedersehen in ihren Augen erkannt. Deshalb beschloss er, der Wahrheit möglichst bald auf den Grund zu gehen – und wenn auch nur, um endlich mit diesem Teil seines Lebens abschließen zu können. Das hatte er nämlich, wie ihm jetzt bewusst geworden war, nie wirklich geschafft.

8. *Kapitel*

»Schlaf jetzt«, sagte Tessa mit milder Strenge und löschte das Licht in Lukas' Zimmer.

»Ich will aber viel lieber mit euch im Wohnzimmer sitzen und reden.«

»Lukas, es ist schon spät, und du hast morgen Schule.«

»Tom hat morgen auch Schule. Und bestimmt redet ihr jetzt über ganz viele interessante Sachen von früher, und ich kriege es nicht mit.«

»Gute Nacht, Lukas«, antwortete Tessa jedoch nur, dann zog sie die Tür hinter sich zu. Aus dem Kinderzimmer erklang ein leises Maulen.

»Ich will nichts mehr hören, mein Freund!«

Hinter der Tür wurde es still.

Einen Moment lang blieb Tessa noch an der Tür stehen und versuchte sich zu wappnen. Sie hatte Tom nach dem Essen nicht einfach hinauswerfen können, deshalb hatte er sich während des allabendlichen Zu-Bett-gehen-Rituals ihres Sohnes in ihr winziges Wohnzimmer gesetzt, das ihr gleichzeitig auch als Schlafzimmer diente. Als sie nun den Raum betrat, stand er hastig von der Couch auf und trat ihr entgegen.

Sie schob vorsichtshalber die Tür ins Schloss, machte jedoch keine Anstalten, ihm entgegenzugehen.

Tom musterte sie aufmerksam und neugierig. Tessa ärgerte sich, dass ihr Magen davon ins Flattern geriet.

»Ich hätte nicht gedacht, dass wir uns noch einmal wiedersehen«, begann er. »Nicht, nachdem du so spurlos verschwunden warst.«

»Ich war spurlos verschwunden?« Tessa wusste natürlich, dass er recht hatte. Nach der Trennung hatte sie alle Brücken hinter sich abgebrochen. »Ich habe nicht damit gerechnet, dass du noch einmal aus Amerika zurückkehrst.«

»Ich auch nicht«, gab Tom zu. »Aber dann … Heimweh«, setzte er nach kurzem Zögern hinzu. »Wusstest du wirklich nicht, dass ich der neue Trainer deines Sohnes bin?«

Tessa schüttelte den Kopf. »Alle nennen dich jetzt Tom, das habe ich nicht mit dir zusammengebracht.«

»Stimmt, das ist ein Überbleibsel aus Amerika, an das sich auch hier jeder schnell gewöhnt hat. Ich selbst ja auch.«

Tessa nickte und hob gleichzeitig die Schultern. »Siehst du, und ich habe diesen Flyer wohl auch nicht so genau beachtet. Und warum auch? Lukas hat mir gleich erzählt, dass du ein guter Trainer bist, also habe ich mich nicht weiter darum gekümmert.« Sie stockte. »Immerhin gibt es noch andere Dinge im Leben als Fußball.« Der letzte Satz klang selbst in ihren eigenen Ohren trotzig.

Tom konnte sich ein ungläubiges Grinsen nicht verkneifen. »Und das von der Frau, die ein Abseits schneller erkennen kann als die meisten Schiedsrichter.« Als er merkte, wie sich ihre Miene verschloss, setzte er sich wieder. Auf seinen Wink hin ließ Tessa sich ihm gegenüber auf einem abgeschabten roten Sessel nieder.

»Du hast dir ein eigenes Geschäft aufgebaut«, versuchte

Tom es mit einem Themenwechsel. »Das war bestimmt nicht einfach.«

Langsam senkte Tessa den Kopf. »Nein, war es nicht. Aber es ist mein Traum.« Sie hielt kurz inne. »So wie der Fußball dein Traum war. Ich liebe Blumen und …«

»Ich bin sicher, dass du eine hervorragende Floristin bist«, unterbrach er sie. »Das sieht man schon an den hübschen Gebinden, die du in deinem Schaufenster ausstellst.«

Überrascht ruckte Tessas Kopf wieder hoch. Tom lächelte. »Dein Schaufenster ist bestimmt das Schönste in der gesamten Annastraße. Seit wann lebt ihr hier?«

Tessa faltete die Hände im Schoß. »Seit etwa einem halben Jahr.«

Tom nickte. »Und Lukas? Ich meine … Du erziehst ihn allein, nicht wahr? Sein Vater …«

»… ist unwichtig«, unterbrach Tessa ihn hastig. Ihr Herz schlug plötzlich wieder unruhig in ihrer Brust. Sie wusste nicht, ob sie das Richtige tat. »Er …« Sie schluckte. »Er war ein Fehler, schätze ich. Aber Lukas würde ich niemals eintauschen wollen.«

»Ich verstehe.« An Toms Miene ließ sich nicht ablesen, ob er ihr glaubte oder was er dachte. »Lukas ist ein toller Junge.«

»Das ist er.«

»Du kommst also zurecht.«

Zum ersten Mal versuchte Tessa ein Lächeln, und es gelang ihr sogar. »Wir kommen sogar ausgezeichnet zurecht. Mein Laden ist gut angelaufen, Lukas hat hier schon einige Freunde gefunden und …« Sie hielt inne, als sie erneut seinen intensiven Blick auf sich ruhen spürte. »Was ist?«

Tom rückte ein Stück auf der Couch nach vorne. Es sah zunächst aus, als wolle er nach Tessas Hand greifen, doch er unterließ es. »Du hast dich kaum verändert«, sagte er leise.

Unwillkürlich machte Tessas Herz einen Sprung. »Doch«, antwortete sie. »Ich habe mich verändert. Und du dich auch.«

»Weiterentwickelt«, widersprach er. »Das ist etwas anderes.«

»Mag sein.«

»Ich habe nach dir gesucht, nachdem ich aus Amerika zurückgekehrt war.«

Tessas Blick flackerte kurz, doch sie riss sich zusammen. »Wann war das?«

»Vor fünf Jahren«, antwortete er ruhig. »Aber du hattest alle Spuren verwischt, und auch deine Eltern haben mir nicht verraten, wohin du gegangen bist.«

Verblüfft starrte Tessa ihn an. »Du hast mit meinen Eltern gesprochen?«

Tom nickte. »Das war meine erste Anlaufstelle. Dein Vater hätte mich, glaube ich, am liebsten sofort rausgeschmissen. Er ist wohl nicht gut auf mich zu sprechen.«

Wundert dich das?, hätte sie beinahe gefragt, doch sie biss sich gerade noch rechtzeitig auf die Zunge. Auf keinen Fall würde sie Tom erzählen, wie sehr sie in der ersten Zeit nach seinem Fortgehen gelitten hatte. Ihre Eltern und ihre Schwester hatten ihr geholfen, darüber hinwegzukommen. Ganz sicher war es gut gewesen, dass sie Tom damals nicht verraten hatten, wo sie sich aufhielt.

»Es ist schon spät«, sagte sie mit einem Blick auf die Uhr. »Ich habe morgen einen langen Tag vor mir.«

Tom verstand und erhob sich. »Mir geht es ähnlich.« Er zögerte. »Ich habe morgen Nachmittagsunterricht, und am Freitagnachmittag spielt meine A-Jugend, also …« Vorsichtig setzte er erneut an: »Lukas ist ganz vernarrt in meinen Hund. Ich habe ihm versprochen, dass er am Samstag mit ihm spielen oder spazieren gehen darf. Vielleicht hast du Lust …«

»Mein Geschäft ist auch samstags geöffnet«, fiel sie ihm ins Wort. »Da werde ich also keine Zeit haben. Aber vielleicht kann ich Pierre bitten, Lukas auf seiner Auslieferungstour mitzunehmen und bei dir abzusetzen.«

»O, klar, wie du meinst.« Tom nickte und ging zur Tür. »Aber vielleicht ein andermal?«

»Vielleicht.« Tessa zog die Schultern hoch und war froh, als Tom hinaus in den Flur trat. »Also dann …« Bevor sie die Tür schließen konnte, ergriff er doch noch ihre Hand und drückte sie leicht.

»Ich bin froh, dass ich dich zu guter Letzt doch noch wiedergefunden habe.«

Irritiert legte sie den Kopf auf die Seite. »Du hast mich doch gar nicht gefunden. Das war bloß ein dummer … ein Zufall.«

Tom lächelte leicht. »Wie du meinst, Tessa.« Er ließ ihre Hand wieder los.

Tessa blieb so lange in der Tür stehen, bis sie das Motorengeräusch von Toms Wagen vernahm. Erst dann drückte sie ihre Wohnungstür betont langsam ins Schloss und lehnte sich dagegen.

»Machst du Witze, natürlich wirst du deinen Tom am Samstag besuchen«, rief Pierre entrüstet, nachdem Tessa ihm berichtet hatte, was am vergangenen Abend vorgefallen war.

Sie schüttelte den Kopf. »Er ist nicht *mein* Tom. Es war einfach ein blöder Zufall, dass er der Trainer von Lukas' Mannschaft …«

»Ach, hör schon auf.« Pierre ergriff ihre Hände. »Ich sehe dir doch ganz genau an, was mit dir los ist. Und glaub mir, das war kein Zufall, sondern Schicksal. Warum hast du ihm nicht gleich erzählt, dass Lukas sein …«

»Nein!« Wieder schüttelte Tessa den Kopf, diesmal noch entschlossener. »Ich will das nicht. Du weißt, wie es mir damals ergangen ist. Ich habe hier endlich Ruhe und einen guten Ort zum Leben gefunden. Tom hat dabei bisher keine Rolle gespielt, und so soll es auch bleiben.«

»Aber er hat ein Recht darauf, zu erfahren, dass er einen Sohn hat.«

»Mag sein.« Tessas rebellischer Gesichtsausdruck wich einer leichten Unsicherheit. »Aber nicht jetzt. Noch nicht. Ich weiß ja noch gar nicht, ob er …« Hilflos zuckte sie mit den Schultern. »Ich kann das nicht, Pierre.«

Ihr Freund lächelte sanft. »Du *willst* es nicht, Schatz. Das kann ich gut verstehen.«

»Ich will das nicht noch einmal durchmachen müssen.«

»Natürlich nicht. Aber hältst du es nicht auch für besser herauszufinden, was er heute für ein Mensch ist? Immerhin lebt ihr in derselben Stadt. Er ist der Fußballtrainer deines Sohnes. Seines Sohnes!« Pierre seufzte, als er Tessas Gesichtsausdruck sah. »Schatz, wenn es auch bisher noch niemandem aufgefallen ist, solltest du vielleicht mal darüber nachdenken, woher Lukas seine hübschen blonden Locken hat.«

Entsetzt starrte Tessa ihn an. »Du meinst …«

Pierre zog sie in seine Arme und drückte sie leicht. »Tessa-

Mädchen, du weißt doch selbst, wie ähnlich die beiden einander sehen. Ich war ganz schockiert, als ich Tom neulich sah. Da hätte ich die Zusammenhänge gleich begreifen müssen. Aber ich wusste ja nicht …«

»O Gott!« Tessa löste sich aus der Umarmung und schlug die Hände vors Gesicht. »Bisher hat niemand etwas darüber gesagt.«

Ohne auf ihren Widerwillen zu achten, zog Pierre sie wieder an sich und streichelte ihr sanft übers Haar. »Vielleicht hat es tatsächlich noch niemand gemerkt. Die Leute sehen schließlich immer nur das, was sie sehen wollen. Aber was geschieht, wenn Lukas seinen Freunden erzählt, dass du und Tom früher einmal befreundet wart?«

Tessa stieß einen entsetzten Laut aus und drückte ihr Gesicht gegen Pierres Schulter.

»Du musst es ihm früher oder später sagen. Lieber früher als später«, flüsterte er in ihr Ohr. Vorsichtig schob er sie von sich und blickte in ihr verzweifeltes Gesicht. »Fahr mit Lukas am Samstagnachmittag dorthin und rede mit Tom.«

»Aber das Geschäft …«

»Wenn du nach vier fährst, dürfte hier nicht mehr allzu viel los sein. Das Weihnachtsgeschäft hat schließlich noch nicht begonnen. Die zwei Stunden werde ich schon allein zurechtkommen.«

»Aber wenn wir Lieferungen für den Nachmittag haben …«

»Wir liefern doch samstags nur bis drei Uhr aus.« Pierre blickte ihr eindringlich in die Augen. »Im Notfall behaupte ich, wir sind ausgebucht.«

»Pierre!«

»Fahr zu ihm.«

»Du willst mich mit allen Mitteln überreden, nicht wahr? Obwohl du weißt, dass ich …«

»Tessa, fahr zu ihm!« Pierres Stimme ließ keinerlei Widerspruch mehr zu. »Und jetzt schließ den Laden auf, ich glaube, da kommt die erste Kundschaft für heute.«

»Tom, wie schön, dass du kommst. Hast du mir die Wandhaken für meine Bilder mitgebracht?« Lina Winkmann gab ihrem Sohn einen Kuss auf die Wange und zog ihn in ihre inzwischen gemütlich eingerichtete neue Wohnung.

Tom zog eine Schachtel aus der Manteltasche und schüttelte sie leicht, so dass man die Wandhaken darin klappern hörte. »Du warst ja fleißig«, stellte er fest. »Hast du schon alle Kartons ausgeräumt?«

»Aber ja, mein Junge. Ich hatte sehr nette Hilfe von dem freundlichen Herrn, der nebenan wohnt.«

»Ach ja?« Tom merkte auf.

Seine Mutter schmunzelte. »Ja. Überrascht es dich vielleicht, dass ich in meinem Alter noch Herrenbekanntschaften mache?«

Tom grinste. »Nicht im Geringsten. Aber als dein Sohn lasse ich Vorsicht walten. Wie heißt er, wie hoch ist seine Pension?«

Lina kicherte. »Scherzkeks. Heinz-Georg ist ehemaliger Postbeamter und verwitwet. Und weil du es sowieso erfahren wirst: Er hat mich schon zweimal zum Essen eingeladen. Und morgen gehen wir zusammen ins Kino.«

»O là là. Muss ich meinen guten Anzug zur Reinigung bringen?«

Empört gab Lina ihm einen Klaps auf den Arm. »Hör schon auf! Erzähl mir lieber, wie es meinem kleinen Schätzchen geht. Fühlt er sich wohl bei dir?«

Tom verdrehte die Augen. »Das kann man wohl sagen. Warum hast du mir verschwiegen, dass er ein dreister Obstdieb ist? Ich musste so eine Schale mit Deckel kaufen, weil er schon zweimal nachts auf den Tisch gesprungen ist und meine Bananen und Äpfel gefressen hat.«

»Du liebe Zeit!« Lina schlug sich die Hand vor den Mund und versuchte ein Lachen zu unterdrücken.

»Und er hat einen meiner guten Fußballschuhe entführt. Das ist sehr ärgerlich, denn wenn ich ihn bis morgen nicht wiederfinde, muss ich barfuß auf den Platz gehen.«

Lina konnte nicht länger an sich halten und prustete los. »Hast du mal in deinen Blumenbeeten nachgesehen? Vielleicht hat er ihn verbuddelt.«

»O nein!«

»Tut mir leid. Bei mir hatte er sich diese Unarten nach einer Weile abgewöhnt. Aber hör mal ...« Lina bot ihrem Sohn Kaffee und Kuchen an, woraufhin er sich bereitwillig an den kleinen Esstisch setzte. »Heinz-Georg brachte mir neulich Blumen mit.«

»So?« Tom hob nur die Augenbrauen.

Lina nickte. »Ja, und zwar aus einem neuen Geschäft in der Annastraße. Er sagte, es wird von einer entzückenden, offenbar alleinstehenden Frau geführt, die ...«

Tom stöhnte, dann grinste er. »Mutti, gib dir keine Mühe. Ich kenne die Frau.«

»Du kennst sie? Umso besser. Nun ja, sie soll zwar einen Sohn haben, aber ...«

»Es ist Tessa.«

»Tessa?« Für einen Moment blickte Lina ihn verständnislos an, dann schlug sie eine Hand vor den Mund. »*Deine* Tessa? Warum hast du mir nicht erzählt, dass sie in der Stadt lebt?«

Tom hob die Schultern. »Weil ich es selbst bis vor kurzem nicht wusste.«

Lina beugte sich vor und nahm vorsichtig Toms Hand. »Wie geht es ihr?«

Tom nahm vorsichtig einen Schluck Kaffee. »Soweit ich sehen konnte, geht es ihr ausgezeichnet.«

»Wie hat sie reagiert? Wusste sie, dass du …?«

»Nein, sie war ebenso überrascht wie ich.« Tom stellte die Tasse zurück auf den Tisch und fuhr sich durchs Haar. »Ich war wie vor den Kopf gestoßen, als ich sie sah.«

»Verständlich.« Lina blickte ihm prüfend ins Gesicht. »Kommst du damit klar?«

»Das muss ich wohl. Immerhin bin ich der Fußballtrainer ihres Sohnes.«

Lina nickte vor sich hin, dann nahm sie beiläufig ein Stück Kuchen von der Platte. »Du liebst sie noch immer.«

Toms Kopf ruckte hoch. Er blickte seiner Mutter schweigend und etwas erschrocken in die Augen, aber er widersprach ihr nicht.

»Hallo, Tessa? Ich bin's, Hannah. Ich darf doch du sagen, oder?«

»Klar doch. Hallo, Hannah.« Tessa legte den Kochlöffel beiseite und schaltete die Temperatur am Herd herunter. Ein kurzer Blick auf die Uhr verriet ihr, dass Lukas in knapp zwanzig Minuten von der Schule heimkommen würde. Das Essen würde also pünktlich fertig sein.

»Leon sagte mir, dass du dich bereit erklärt hast, mit mir zusammen die Plätzchen für die Weihnachtsfeier im Sportverein zu backen. Das finde ich sehr nett von dir. Inzwischen fällt mir doch alles ein bisschen schwer, aber ich habe versprochen, bei den Vorbereitungen zu helfen.«

»Gern geschehen.« Tessa lächelte etwas gequält. An diese Sache hatte sie gar nicht mehr gedacht.

»Weißt du, wir möchten gerne am Sonntag mit den Planungen anfangen, wenn es dir nichts ausmacht. Hättest du Zeit?«

»Ja, warum nicht.«

»Toll! Wie wäre es so gegen zwei bei uns? Dann können Lukas und Mario einen schönen Nachmittag zusammen verbringen. Paula ist schon ganz versessen darauf, uns beim Backen zu helfen. Ich glaube, ich muss ihr noch mal ganz deutlich sagen, dass wir am Sonntag erst mal nur einen Schlachtplan für die Feier entwerfen.«

Tessa atmete tief durch. »Also gut. Um zwei dann.«

»Ich freue mich!«

Nachdem Hannah aufgelegt hatte, blickte Tessa das Telefon noch einen kurzen Moment lang zweifelnd an, bevor sie es beiseitelegte. Dann schüttelte sie über sich selbst den Kopf. Was war schließlich dabei, mit Hannah und ein paar anderen Frauen zusammen einen netten Nachmittag zu verbringen und sich an den Vorbereitungen für diese Weihnachtsfeier zu beteiligen? So langsam lief sie Gefahr, sich abzukapseln. Und warum? Nur, weil der Zufall oder das Schicksal – der Zufall, beharrte sie – es so eingerichtet hatte, dass sie mit Tom in derselben Stadt lebte. Sie war doch wirklich alt genug, damit auf rationale Weise umzugehen!

In einem der Töpfe auf dem Herd begann es leise zu brodeln, deshalb riss sie sich von diesen Gedanken los und konzentrierte sich voll und ganz darauf, ihrem Sohn ein gutes Mittagessen zuzubereiten.

Triumphierend drehte sich Hannah zu Leon um, der gerade dabei war, einen Forstbericht in seinen Computer einzugeben.

»Siehst du, der erste Schritt ist schon getan«, sagte sie grinsend. »Tessa kommt am Sonntag mit Lukas zu uns, und jetzt müssen wir nur noch Tom überreden, ebenfalls dabei zu sein. Schließlich ist er der Vorsitzende des Festausschusses, nicht wahr? Da muss er sich doch an allen Planungen für die Feier beteiligen.«

»Wenn er hört, dass du den Mütterbeirat eingeladen hast, wird er ganz sicher irgendeine Ausrede erfinden.« Skeptisch blickte Leon vom Bildschirm auf.

»Das lass mal meine Sorge sein.« Hannah rutschte vorsichtig von der Kante des Schreibtischs herunter und blickte aus dem Fenster. »Da kommen Mario und Paula. Also lass uns rasch essen.« Sie gab Leon einen Kuss auf die Wange. »Mit Abräumen bist du heute dran. Ich muss mich gleich unbedingt ein bisschen hinlegen.«

9. *Kapitel*

»Das ist kein Programmierfehler«, sagte Elf-Dreizehn. »Irgendetwas anderes muss dafür verantwortlich sein, dass sich dieser Bildschirm nicht ansteuern lässt. Die Filter sind in Ordnung und die Parameter alle korrekt eingestellt.«

»Vielleicht ein Computervirus?« Ratlos kratzte sich Santa Claus am Kopf.

»Das Anti-Viren-Programm ist auf dem neuesten Stand und funktioniert einwandfrei. Auch die Firewall zeigt keinerlei Fehlfunktionen, Santa. Ich glaube, du hast da ein anderes Problem. Bist du sicher, dass du nicht irgendeinen Wunschzettel übersehen hast?«

Der Weihnachtsmann zuckte mit den Schultern. »Wir sind alle Ordner noch einmal durchgegangen. Jeder Wunschzettel ist ordnungsgemäß abgeheftet.«

»Und die E-Mails? Hast du die auch noch einmal überprüft? Vielleicht ist eine davon im Spam-Ordner gelandet.«

Santas Miene hellte sich auf. »Das könnte sein! Ich werde gleich mal nachsehen.« Dann zögerte er jedoch. »Aber du sagst doch, dass die Filter alle einwandfrei funktionieren. Wie sollte sich dann einer der Wünsche durch die Barrieren des Programms mogeln können?«

Elf-Dreizehn tippte sich nachdenklich mit dem Zeigefinger gegen die Lippen. »Das weiß ich auch nicht. Es müsste ein sehr intensiver Wunsch sein, vielleicht auch einer, der von mehreren Menschen gleichzeitig geäußert wurde. Dadurch kann möglicherweise ein so starkes Energiefeld entstanden sein, dass die Filter damit nicht fertiggeworden sind. So etwas ist zwar bisher noch nicht vorgekommen, aber möglich wäre es immerhin.«

»Ein außergewöhnlich intensiver Wunsch?« Langsam ging der Weihnachtsmann auf den Bildschirm zu, auf dem im Augenblick Tessa zu sehen war, die eine Schale mit Chrysanthemen und winzigen Zierkürbissen dekorierte. Neben ihr saß der blonde Junge und kritzelte auf einem Schreibblock herum. »Merkwürdig. Ich kann überhaupt nichts Besonderes an den beiden erkennen.« Er drehte sich zu Elf-Dreizehn um, der ebenfalls nähergetreten war. »Du vielleicht?« Santa Claus blickte wieder auf den Bildschirm. »Die Frau dort heißt Tessa Lamberti, der Junge Lukas. Sie leben in geordneten Verhältnissen, Tessa führt einen Blumenladen. Mehr konnten Elf-Zwei und Elfe-Acht noch nicht herausfinden.«

»Na, das ist doch schon was«, befand Elf-Dreizehn. »Was ist mit dem Vater des Jungen?«

Santa hob die Schultern. »Es scheint keinen zu geben oder vielmehr …« Er zögerte.

»Ist er gestorben?«

»Nein.« Santa schüttelte den Kopf. »Das glaube ich nicht. Es muss etwas anderes …«

Da in diesem Moment die Szene auf dem Bildschirm wechselte, schwieg Santa kurz. Dann stieß er plötzlich einen leisen Pfiff aus. »Hast du das gesehen, Elf-Dreizehn? Die beiden kennen wir doch! Ich habe ihnen vor einigen Jahren die Hündin Billa geschickt …«

»Billa?« Elf-Dreizehn hob verwundert den Kopf.

»Ja, sie ist ein Weihnachtsengel.«

»Seit wann arbeitest du mit Engeln zusammen?«

Santa winkte ab. »Das war ein schwieriger Fall. Ich habe mir Billa damals vom Christkind ausgeliehen. Aber es hat funktioniert.«

»Aha.« Elf-Dreizehn deutete auf den Bildschirm. »Aber was hat dieser Mann dort damit zu tun?«

Santa Claus und sein Elf blickten einander an.

»Das frage ich mich auch gerade. Diese Ähnlichkeit …«

Elf-Dreizehn nickte. »Ich schätze, du solltest Elf-Zwei und Elfe-Acht noch einmal losschicken.«

10. Kapitel

»Heiliger Bimbam, was ist das denn?« Wie angewurzelt blieb Tom in seiner Haustür stehen und starrte auf das Durcheinander, das sich ihm zu Füßen bot. Mehrere Rollen Toilettenpapier waren vollständig abgerollt und über den gesamten Fußboden verteilt. Einige Ausläufer zogen sich bis ins Wohnzimmer und sogar die Treppe hinauf ins Obergeschoss.

Tom stellte die Tüten mit seinen Einkäufen neben der Treppe ab. »Ruprecht, du kleiner Satansbraten!«, rief er erbost.

Sofort kam der kleine Hund mit wedelndem Schwänzchen aus der Küche geflitzt und hüpfte fröhlich bellend an ihm hoch. In seinen Barthaaren klebten noch winzige Fetzen des Toilettenpapiers.

»Was um alles in der Welt hast du angestellt!« Noch immer entsetzt, schüttelte Tom den Kopf. »Wie soll ich dieses Chaos denn …« Er blickte auf seine Armbanduhr und erstarrte. »… innerhalb von zehn Minuten wieder aufräumen? Ich bin sowieso schon spät dran, weil an der Kasse im Supermarkt so viel Betrieb war.«

Ruprecht setzte sich vor ihn und blickte ihn neugierig an.

Verzweifelt seufzte Tom und machte einen Schritt vorwärts, bückte sich, um das Papier aufzusammeln. Ruprecht hüpfte um ihn herum und lief dann schnüffelnd auf die Einkaufstüten zu.

Sogleich ließ Tom das Papier wieder fallen. »O nein, Freundchen, vergiss es. Das ist mein Essen!« Eilig packte er die Tüten und stakste durch die verknäuelten Papierhaufen in Richtung Küche. Dort stöhnte er kurz auf; Ruprecht hatte etwas von dem Papier um seinen Wassernapf herum verteilt und danach offenbar Durst bekommen. Auf dem Boden rings um den Napf klebte nun eine zartblaue durchweichte Toilettenpapier-Pampe.

»Na wunderbar.« So schnell es ging, verstaute Tom seine Einkäufe im Kühlschrank und im Vorratsschrank, dann sammelte er zuerst das nasse Papier auf und entsorgte es im Mülleimer.

Gerade als er die Bescherung im Flur angehen wollte, klingelte es an der Haustür. Freudig bellend schoss Ruprecht wieder in den Flur und gebärdete sich wie wild. Resignierend verdrehte Tom die Augen und öffnete die Tür.

»Hi, Tom!« Lukas grinste und wehrte lachend den Hund ab, der wie ein Springbällchen auf und ab hüpfte und versuchte, ihm das Gesicht zu lecken. »Hey, Ruprecht, nicht so wild! Ich kann ja gar nicht … Wow, was ist denn hier passiert?« Mit großen Augen sah sich Lukas um.

Hinter ihm trat Tessa näher. Sie hatte sich zunächst das große Haus in Ruhe von außen angesehen und den hübsch angelegten, wenn auch um diese Jahreszeit recht kahlen Vorgarten bewundert. So lebte Tom jetzt also. Sie nahm an, dass er das Haus von seinem sicherlich nicht geringen Gehalt als Fußballprofi bezahlt hatte. Es lag ruhig am Stadtrand, etwas abseits vom Neubaugebiet und wurde auf zwei Seiten von mannshohen Rosenhecken abgeschirmt. Das Haus schien noch nicht sehr lange erbaut worden zu sein; an einem der Kellerfenster klebte noch der Aufkleber der Fensterbaufirma.

Der verwunderte Ausruf ihres Sohnes ließ sie aufhorchen. Als sie das Chaos im Flur erblickte und Tom, der etwas unglücklich eine Handvoll hellblaues Toilettenpapier in den Händen zerknäuelte, musste sie unwillkürlich kichern. So sehr sie sich auch bemühte, das Lachen ließ sich nicht unterdrücken.

»Hallo, Tom. Was ist denn hier explodiert?«

Tom verzog kläglich die Mundwinkel. »Der Hund.« Als er in Tessas lachende Augen blickte, breitete sich ein angenehmes Ziehen in seiner Herzgegend aus. »Ich war spät dran, weil ich noch einkaufen musste. Als ich eben heimkam, fand ich …« Er machte eine vage Handbewegung. »… das hier.«

»Soll ich dir beim Einsammeln helfen?«, fragte Lukas, der sich inzwischen ohne Bedenken inmitten der Papierberge auf die Knie niedergelassen hatte und mit Ruprecht spielte.

Tom blickte kopfschüttelnd auf ihn hinab. »Ich glaube, es wäre besser, wenn du den kleinen Satansbraten an die Leine nimmst und eine Runde mit ihm spazieren gehst. Würdest du das machen? Inzwischen beseitige ich das Durcheinander.«

»Au ja! Darf ich, Mama?«

»Sicher, warum nicht.« Tessa nickte, noch immer lächelnd. »Aber geht nicht zu weit weg.«

Lukas zog die Nase kraus. »Ich verlauf mich schon nicht. Hier kenne ich mich aus. Wenn man die Straße weiter entlanggeht, kommt man zum Haus von Marios und Paulas Eltern.«

»Das stimmt.« Tom nickte. »Aber nimm lieber den Weg,

der hinter dem Haus in Richtung Wald führt. Dort fahren keine Autos.«

»Okay.« Als wäre er bei Tom zu Hause, lief Lukas zielstrebig zur Garderobe, schnappte sich die Leine, legte Ruprecht geschickt das Geschirr an und war auch schon wieder an der Tür. »Bis nachher!«, rief er fröhlich und lief winkend davon. Ruprecht sprang begeistert um ihn herum.

Tom und Tessa blickten den beiden kurz hinterher.

»Er hat mich ausgelacht«, murmelte Tom. »Ich schwöre, der Hund hat sich über mich kaputtgelacht.«

Wieder kicherte Tessa. »Soll ich dir beim Aufräumen helfen?« Ohne auf seine Antwort zu warten, ging sie an ihm vorbei und begann, das Toilettenpapier von der Treppe zu klauben. Gemeinsam hatten sie die Bescherung rasch beseitigt. Anschließend ging Tom in die Küche, um Kaffee aufzusetzen. Tessa folgte ihm und sah sich bewundernd um. »Der Traum jeder Hausfrau.«

»Bitte?« Tom wandte sich um. »Ach so, die Küche. Hannah, die Frau meines Cousins, hat sie ausgesucht. Ich habe keine Ahnung von Kücheneinrichtung. Das gesamte Haus hat sie geplant. Sie ist Architektin«, fügte er nach einer kurzen Atempause hinzu.

Tessa nickte. »Ein tolles Haus, wirklich. Ein bisschen groß vielleicht, aber wunderschön.«

»Mein Finanzberater meinte, ich solle unbedingt in eine Immobilie investieren«, erklärte Tom und stellte Tassen, Teller und eine Keksdose auf ein Tablett.

»Finanzberater?« Tessa biss sich zu spät auf die Lippen. Auf keinen Fall wollte sie neugierig erscheinen.

Tom lachte jedoch nur. »Ohne ihn wäre ich aufgeschmissen. Im Grunde verdiene ich als Lehrer vollkommen ausreichend, aber die fünf Jahre in Amerika haben sich finanziell sehr … gelohnt«, fügte er vorsichtig an. »Wenn man so will, bin ich jetzt eine verdammt gute Partie.«

Tessas Miene, eben noch heiter, erstarrte und verschloss sich. Ohne zu antworten, ging sie Tom voraus in das weitläufige Wohnzimmer, das von einer Couchlandschaft in hellgelbem Leder beherrscht wurde. Schränke und Regale waren im Kolonialstil gehalten, an der Wand hing ein überdimensionaler Flachbildfernseher, und die riesigen, von duftigen hellgelb gestreiften Stores umgebenen Fenster gaben den Blick auf den großen Garten und im Hintergrund auf den Wald frei.

Einen Moment lag blickte Tessa sich einfach nur um und fühlte sich plötzlich seltsam fehl am Platze. Sie sollte gar nicht hier sein. Tom und alles, was mit ihm zu tun hatte, gehörten schon seit vielen Jahren nicht mehr zu ihrem Leben. Er hatte sich seine Träume offenbar verwirklicht. Dass er nun als offenbar reicher Mann zurückgekehrt war, verursachte ihr Unbehagen. Sie selbst hatte gerade erst begonnen, ihren Traum wahr werden zu lassen, und plötzlich das Gefühl, hier nicht mithalten zu können.

»Hör zu, ich …«, setzte sie an.

Doch gleichzeitig sagte er: »Tessa …« Er hatte das Tablett auf dem Couchtisch abgestellt und trat nun wieder auf sie zu. »Ich wollte dich nicht in Verlegenheit bringen. Und ganz bestimmt habe ich dich nicht hierher eingeladen, um mit meinem Haus oder meinem Geld anzugeben.«

»Nein?« Tessa versuchte wieder zu lächeln, doch es misslang ihr. »Grund genug hättest du aber dazu.«

Ernst blickte Tom ihr in die Augen. »Meinst du wirklich?

Womit genau soll ich denn angeben? Damit, dass ich vor vielen Jahren die Frau, die ich liebte, sitzengelassen habe, um auf der Suche nach Ruhm und Ehre in der Weltgeschichte herumzujetten? Oder damit, dass man mich dafür auch noch mit riesigen Geldsummen beworfen hat, von denen ich mir dann, als es mir zu blöd wurde, dieses Haus bauen ließ, in dem ich jetzt allein mit einem übergeschnappten Hund Nachlaufen spielen kann?« Er schüttelte den Kopf. »Ganz sicher aber damit, dass ich nirgendwo sagen kann, wer ich bin, ohne dass mir irgendwelche aufdringlichen Frauen jedweden Alters auf die Pelle rücken, weil sie glauben, ein Ex-Fußballprofi wäre genau die richtige Therapie für ihre Geldsorgen.«

»Du kannst einem beinahe leidtun«, antwortete Tessa giftiger als beabsichtigt. Sie wandte sich ab. »Vielleicht sollte ich lieber …«

»Halt, Tessa, warte!« Bevor sie aus dem Wohnzimmer fliehen konnte, fasste Tom sie an der Schulter und drehte sie wieder zu sich um. »Es tut mir leid. Ich weiß, dass ich damals einen Fehler gemacht habe. Als ich dieses Angebot aus Amerika bekam, dachte ich, ich könne das nur durchziehen, wenn ich allein und ungebunden bleibe. Wie hätte das funktionieren sollen – eine Beziehung auf Distanz? Ein ganzer Ozean zwischen uns. Ich war geblendet von den Aussichten, die dort winkten, und fand, dass eine feste Freundin oder gar eine Frau da nicht hineinpasste. Vor meinem inneren Auge tanzten nur noch Bilder von Partys, weiblichen Fans … Verflixt, ich war gerade einundzwanzig! Und, ganz ehrlich, hättest du das ausgehalten?«

Tessa zog den Kopf zwischen die Schultern und verschränkte die Arme vor der Brust. »Das weiß ich nicht.« Sie drehte sich ein wenig zur Seite, um durch die Fenster auf den Wald blicken zu können. »Vielleicht nicht. Deshalb war ich ja mit der Trennung einverstanden. Ich wusste, ich konnte dich nicht halten.« Sie schwieg kurz. »Wir waren zu jung; wir haben beide Fehler gemacht.« Sie schluckte und trat einen Schritt von ihm zurück. »Vergessen wir es.«

Tessas Herz holperte unruhig in ihrer Brust, denn Tom fasste sie erneut an der Schulter und zog sie wieder näher. »Meinst du das ernst?«

Sie sträubte sich. »Besser wäre es.«

»Und wenn ich nicht will?«

Tessa kniff die Augen zu schmalen Schlitzen zusammen, als er sie in seine Arme zog. »Wenn du was nicht willst?«

Seine Lippen näherten sich langsam ihrem Gesicht; Tessa hatte das Gefühl, keine Luft mehr zu bekommen.

Forschend blickte Tom ihr in die Augen. »Dich vergessen«, raunte er. Erschrocken versuchte sie, ihn von sich zu schieben, doch er hielt sie eisern fest. »Das kann ich nämlich nicht, Tessa.«

»Dann solltest du …« Sie brach ab, als seine Lippen ihren Mund ganz leicht, fast behutsam, berührten. Eine Welle unterschiedlichster Gefühle überrollte sie. Sie versteifte sich in seinen Armen. Als er den Kuss jedoch langsam vertiefte, kapitulierte sie und gab nach.

Etwas atemlos löste er sich wieder ein wenig von ihr und lächelte vorsichtig. »Ich glaube, das vergessen wir beide nicht so schnell, Tessa.«

Sofort kehrte der abwehrende Ausdruck in ihre Augen zurück, obwohl ihr Herz noch immer einen Stepptanz zu vollführen schien. Bedachtsam löste sie sich aus seinen Armen und trat einen Schritt zurück. »Wir können nicht einfach da weitermachen, wo wir vor zehn Jahren aufgehört haben.«

Tom hob die Hand und strich ihr eine Haarsträhne hinters Ohr. »Das hatte ich auch nicht vor. Mir schwebte vielmehr etwas Neues, vielleicht viel Besseres vor.«

Bevor er sie erneut an sich ziehen konnte, ging sie schnell zum Couchtisch und begann, Teller und Tassen zu verteilen. »Darüber muss ich erst nachdenken.«

Tom ließ sich ihr gegenüber nieder. »In Ordnung«, sagte er ruhig. »Dann erzähl mir doch etwas über dein Geschäft. Dieses alte Fachwerkgebäude ist wunderschön restauriert.« Er nahm die Kaffeekanne und goss ihr ein.

Tessa atmete tief ein und versuchte sich zu entspannen. »Stimmt«, antwortete sie so unbefangen wie nur möglich. »Als ich es sah, habe ich mich sofort darin verliebt. Übrigens hatte Hannah Marbach bei der Renovierung ihre Hand im Spiel. Der Besitzer hatte sie, glaube ich, für ein Gutachten beauftragt. Als ich in die Stadt zog, lernte ich sie in der Schule kennen. Lukas geht ja mit Mario und Paula in dieselbe Klasse. Wir kamen ins Gespräch, und sie gab mir den Tipp, dass der Besitzer des Hauses verkaufen wolle. Da habe ich zugegriffen.«

»Eine gute Entscheidung«, befand Tom und öffnete die Keksdose. »Leider nur gekaufte«, sagte er mit einem entschuldigenden Schulterzucken. »In der Küche stelle ich mich nicht besonders geschickt an.«

Tessa nahm sich einen Keks und legte ihn auf ihren Teller. »Und das bei dieser Wahnsinnsküche. Was für eine Verschwendung!«

Tom lehnte sich ein wenig auf seinem Sessel zurück. »Vielleicht kochst oder backst du ja einmal etwas für mich darin.«

Tessa zog unwillkürlich wieder die Schultern hoch, bemühte sich jedoch um eine gleichmütige Miene. »Übertreib es nicht.«

Er ließ sich nicht von ihrer Abwehrreaktion beeindrucken. »Du kochst ausgezeichnet, Tessa, das weißt du selbst. Und deine Kuchen und Plätzchen sind legendär.«

Tessa konnte nicht verhindern, dass ihre Mundwinkel zuckten und sich zu einem Lächeln verzogen. »Deine gehören eher zu der berüchtigten Marke Ziegelstein.«

»Sag ich doch!« Theatralisch legte Tom eine Hand auf sein Herz. »Also hab bitte ein Einsehen mit einem armen hungernden Mann!«

»Verhungert siehst du nicht gerade aus.«

»Aber lechzend nach deiner unübertrefflichen Kochkunst.« Tom grinste und schlug wieder einen normalen Ton an. »Wir könnten zum Beispiel morgen Abend alle zusammen kochen und essen. Das würde Lukas bestimmt Spaß machen. Er könnte Ruprecht heimlich unterm Tisch füttern ...«

»Morgen?« Tessa biss sich auf die Unterlippe. Die ganze Sache ging ihr ein bisschen zu schnell. »Morgen habe ich schon etwas vor«, sagte sie, obwohl das Treffen mit Hannah ja schon am frühen Nachmittag stattfand. »Vielleicht nächste Woche.«

»Da muss ich ein Jugendwochenende des Vereins betreuen«, gab Tom bedauernd zurück.

»Na, dann ein andermal.« Tessa schwieg unbehaglich.

»Weichst du mir aus?« Prüfend blickte Tom ihr ins Gesicht.

»Möglicherweise.«

»Warum?«

Tessa erwiderte seinen Blick tapfer, obgleich ihr Herz dabei wieder deutlich aus dem Rhythmus geriet. »Ich weiß nicht, ob ich dich wieder in mein Leben lassen will, Thomas.« Hastig stand sie auf und ging zu einem der großen Panoramafenster. Schweigend blickte sie auf die weite Rasenfläche und die noch jungen Ziersträucher, von denen einige mit Flies eingepackt waren, um die zarten Triebe vor dem Frost zu schützen. Sie hörte, wie Tom hinter sie trat, wehrte sich jedoch nicht, als er sie sanft zu sich umdrehte und erneut küsste. Diesmal war die Berührung seiner Lippen nicht behutsam, sondern fordernd und von kaum unterdrückter Leidenschaft. Tessa stieß einen überraschten Laut aus und hielt sich an Toms Schultern fest. Ein plötzlicher Strudel von Gefühlen riss sie einfach mit sich und ließ ihr keine Gelegenheit mehr zum Denken.

In einer kurzen Atempause umfasste er ihr Gesicht sanft mit den Händen und hielt ihren Blick gefangen. »Kann es nicht sein«, raunte er, »dass ich schon längst wieder in deinem Leben bin? Und du in meinem?« Ehe sie antworten konnte, verschloss er ihre Lippen mit seinem Mund und löste sie erst wieder, als es an der Haustür klingelte und gleichzeitig ein fröhliches Bellen erklang.

11. Kapitel

»Komm schon, Tom, du hast versprochen heute herzukommen!«, schmeichelte Hannah ins Telefon und trommelte gleichzeitig ungeduldig mit den Fingern auf die Tischplatte.

Tom brummelte ungehalten. »Da wusste ich auch noch nicht, dass es ums Plätzchenbacken geht! Was soll ich denn dabei? Das könnt ihr Frauen doch viel besser unter euch ausmachen.«

Hannah zuckte zusammen. »Autsch! Noch so ein frauenfeindlicher Spruch, und du bekommst von meinen Plätzchen nie wieder etwas ab!«

»Schon gut, entschuldige.« Tom wechselte das Telefon ans andere Ohr. »War nicht so gemeint. Aber ich muss doch nicht wirklich …«

»Doch, Tom, unbedingt«, beharrte Hannah. »Wir wollen ja auch über die Dekoration sprechen. Du als Vorsitzender des Festausschusses musst einfach anwesend sein.« Sie hielt kurz inne. »Es wird bestimmt nett.«

Seufzend gab Tom nach. »Also schön. Wer kommt denn noch alles?«

»Ach, wie immer«, säuselte Hannah. »Renate, Sabine … die Truppe halt.«

»Um drei?«

»Halb drei, wenn es dir nichts ausmacht.«

»Na, dann bis später.« Tom schaltete sein Telefon aus und verdrehte die Augen. Ein Nachmittag mit dem Mütterbeirat, wie Hannah die Frauenclique immer nannte, war nicht gerade das, was er unter einer netten Sonntagsbeschäftigung verstand. Viel lieber hätte er in Ruhe noch einmal über Tessa nachgedacht und einen Plan geschmiedet, wie er die Mauer aus Abwehr, die sie um sich errichtet hatte, durchbrechen könnte. Seit er sie wiedergesehen hatte und noch mehr, seit sie sich gestern kurz so nahe gekommen waren, hatte er begriffen, dass sie die Frau war, mit der er zusammen sein wollte. Und wenn das bedeutete, auch für ihren Sohn zu sorgen, würde er diese Aufgabe mit Freude übernehmen. Er mochte Lukas; der Junge war ihm in kurzer Zeit ans Herz gewachsen, und das nicht erst, seit er wusste, wer Lukas' Mutter war. Schon seit er den Posten als Fußballtrainer des Sportvereins übernommen hatte, war der Junge ihm aufgefallen. Fast bildete er sich ein, eine besondere Verbindung zu ihm zu verspüren. Einen Sohn wie Lukas hätte er gern gehabt. An dem Abend, als er Tessa zum ersten Mal wiederbegegnet war, hatte er sogar für einen kurzen Moment mit dem Gedanken gespielt, er könne der Vater des Jungen sein. Lukas war neun Jahre alt – von der Zeit her wäre es also durchaus möglich gewesen. Tessa hatte jedoch keinerlei Andeutungen in diese Richtung gemacht.

Seufzend griff er noch einmal zum Telefon, denn es gab noch jemanden, dessen Zweifel er zerstreuen musste.

»Winkmann«, erklang die Stimme seiner Mutter am anderen Ende der Leitung.

»Hallo, Mutti. Wie geht es dir?«

»Gut, wie immer, mein Junge.« Im Hintergrund klapperte Geschirr.

Tom hob die Brauen. »Störe ich?«

Lina lachte. »Aber nein, ganz und gar nicht. Heinz-Georg leistet mir heute Nachmittag ein bisschen Gesellschaft. Warum rufst du an? Hast du etwas auf dem Herzen?«

Im wahrsten Sinne des Wortes, dachte Tom und musste über den sechsten Sinn seiner Mutter grinsen. »Ich habe dir etwas mitzuteilen«, begann er etwas umständlich.

»Oh oh«, kam es denn auch prompt aus dem Hörer. »Und das wäre?«

»Ich weiß jetzt, wie meine Zukunft aussehen soll.«

»Komm herein, Tessa, setz dich zu uns«, forderte Hannah sie auf, nachdem sie ihr den Mantel abgenommen hatte. Lukas war mit Mario gleich draußen geblieben, um mit ihm in seinem Baumhaus zu spielen. Da das Wetter heute zwar kalt, aber sonnig war, hatten die beiden Mütter nichts dagegen.

An dem großen Esstisch im Wohnbereich saßen bereits vier Frauen und Leon, der gerade mit interessiertem Nicken seiner Tischnachbarin zuhörte, dabei aber gleichzeitig hilfesuchende Blicke in Hannahs Richtung abschoss. Diese lächelte jedoch nur. »Hier ist noch ein Platz frei.« Sie wies auf einen der Stühle und setzte sich dann selbst Tessa gegenüber. »Renate und Sabine kennst du ja schon vom Elternbeirat, nicht wahr? Und das hier sind Ella und Katrin. Die beiden sind alleinerziehend, wie du.« Hannah machte eine ausholende Geste. »Ich weiß noch, wie das ist. Zum Glück habe ich den besten Mann auf der Welt gefunden.« Sie zwinkerte Leon zu und plauderte weiter. »Katrins Sohn spielt bei den Bambini-Kickern, und Sabines Tochter ist in der Handballgruppe des Vereins. Wir haben festgestellt, dass wir fünf – oder vielmehr wir sechs, denn nun bist du ja auch dabei, Tessa – die Einzigen sind, die überhaupt Lust haben, bei den Vorbereitungen zur Weihnachtsfeier zu helfen. Was hast du denn da mitgebracht?« Sie deutete auf die mit Alufolie abgedeckte Schüssel, die Tessa auf den Tisch gestellt hatte.

Tessa nahm die Folie ab, und sogleich ertönte ein vielstimmiges »Ah!« und »Oh, die sehen aber lecker aus!«

»Ich dachte, wenn es schon um Weihnachtsplätzchen geht, bringe ich euch gleich mal eine kleine Kostprobe mit, um euch zu zeigen, dass ich mich für die Aufgabe eigne.«

»Eine tolle Idee!«, rief Renate und schüttelte dabei ihre kurzen blonden Haare. Sie nahm sich ein Plätzchen, biss hinein und verdrehte genießerisch die Augen. »Hervorragend! Die kommen schon mal unbedingt auf unsere Liste«, beschied sie. Dann blickte sie auf ihre Uhr. »Wir sollten langsam anfangen, finde ich. Wann wird denn unser verehrter Herr Ausschussvorsitzender hier sein, Hannah?«

Hannah blickte ebenfalls auf die Uhr. »Tom hat versprochen, gegen halb drei hier zu sein. Es kann also nicht mehr lange dauern.«

»Tom?«, rutschte es Tessa erschrocken heraus. Rasch biss sie sich auf die Lippen und bemühte sich um eine gleichgültige Miene. »Tom kommt heute auch?«

Hannah nickte mit einem strahlenden Lächeln. »Aber ja doch. Als Vorsitzender muss er doch bei allen Planungen dabei sein, oder etwa nicht?«

»Ach, Hannah, würdest du mich bitte kurz entschuldigen? Ich möchte mich rasch noch einmal frisch machen«, fiel Katrin ihr ins Wort und stand auf. »Ihr könnt ja schon mal ohne mich anfangen.«

»Das ist eine gute Idee, Katrin. Warte, ich komme mit.« Auch Ella erhob sich und folgte Katrin ins Gästebad.

Renate kicherte. »Hab ich's mir doch gedacht. Die beiden sind bestimmt nur im Ausschuss, weil sie hoffen, auf diese Weise die Aufmerksamkeit unseres geschätzten Fußballtrainers auf sich zu ziehen. Verstehen kann ich sie ja. Wäre ich selbst nicht glücklich verheiratet, hätte ich bestimmt auch schon ein Auge auf Tom Winkmann geworfen. Merkwürdig, dass ihn bisher noch keine Frau eingefangen hat. Aber bei seinem Aussehen kann er ja auch wirklich wählerisch sein, was? Und wie man munkeln hört, ist er auch sonst kein schlechter Fang. Wenn man nur das Haus nimmt, das er sich hat bauen lassen. Wie viel hat es gekostet, sagtest du, Hannah?«

Hannah lachte. »Dazu habe ich nie etwas gesagt, Renate. Werde ich auch nicht. Das ist ganz allein Toms Angelegenheit.« Lauschend hob sie den Kopf. »Wenn man von der Sonne spricht … Ich glaube, da kommt er gerade.«

Normalerweise wäre Tom zu Fuß gegangen, doch just, als er das Haus verlassen hatte, begann es zu regnen. Auf dem kurzen Weg zum Forsthaus haderte er mit seinem Schicksal, das ihn dazu verdammte, einen Nachmittag in Gesellschaft klatschsüchtiger Mütter zu verbringen. Womöglich auch noch einiger unverheirateter. Dafür schuldete Hannah ihm einen ziemlich großen Gefallen.

Als er sein Auto am Straßenrand parkte, erblickte er jedoch Tessas Wagen; schlagartig stieg seine Laune rasant an. Sie hatte ihm gar nicht erzählt, dass sie sich auch am Festausschuss beteiligen wollte. War das vielleicht der Termin, den sie gestern vorgeschoben hatte, um einen Grund zu haben, seine Einladung abzulehnen? »Na warte«, murmelte er grinsend.

Bevor er den Klingelknopf drücken konnte, flog die Haustür bereits auf. »Hallo, Tom, komm rein!« Hannah zog ihn am Ärmel seines Parkas ins Haus. »Die anderen sind schon alle da. Leon wird froh sein, ein wenig männliche Unterstützung zu bekommen.«

»Dann will ich mal mit in die Höhle der Löwinnen gehen«, antwortete er heiter und folgte ihr. Im Wohnzimmer angekommen, gab er freundlich jeder der Frauen die Hand.

»Dies hier ist Tessa«, sagte Hannah zu ihm. »Sie ist die Mutter einer deiner …«

»Ich weiß.« Tom lächelte und ergriff nun auch Tessas Hand. Ihr verlegener Blick veranlasste ihn, ihr aufmunternd zuzuzwinkern.

Hannah blickte erstaunt zwischen ihnen hin und her. »Ihr kennt euch? Ich dachte …«

»Wir sind uns schon begegnet«, antwortete Tom. »Nicht wahr, Tessa?« Ehe sie antworten konnte, blickte er auffordernd in die Runde. »Also los, lasst uns anfangen. Ich bin sicher, ihr habt jede Menge guter Einfälle für die Weihnachtsfeier.«

Renate nahm dies als ihr Stichwort und begann sogleich, ihre Ideen vor den anderen auszubreiten. Schon bald war sie mit Sabine, Ella und Katrin in eine lebhafte Diskussion über Plätzchensorten und die Farben der Servietten verwickelt. Hannah und Tessa beteiligten sich nur sporadisch am Gespräch. Leon und Tom zogen sich unauffällig ein Stückchen zurück und beobachteten das Geschehen in einträchtigem Schweigen.

Zwischendurch servierte Hannah Kaffee, Kakao und Kuchen. Als sie später das Geschirr wieder abräumen wollte, stand Tessa eilig auf. »Ich helfe dir«, bot sie an und griff nach der leeren Kaffeekanne und einem Stapel Teller.

In der Küche drehte Hannah sich zu ihr um. »Ich schätze, du hattest ähnliche Fluchtgedanken wie ich, was? Renate kann ziemlich anstrengend sein.«

Tessa nickte nur vage und erschrak, als die Küchentür aufging und Tom hereinkam. Er hielt die restlichen Tassen in der Hand und stellte sie zu den anderen auf die Anrichte. »Renate fragt nach dir.« Er lächelte Hannah zu. »Irgendwas wegen Weihnachtsmann-Figuren, die sie auf die Tische stellen will.«

»Ach herrje, noch eine neue Idee? Ich sollte vielleicht lieber vorher das Geschirr in die Spülmaschine räumen.«

»Ach was, das schaffen wir auch ohne dich.« Tom scheuchte sie mit einer nachlässigen Handbewegung hinaus und öffnete mit der anderen Hand bereits den Geschirrspüler.

»Also gut.« Mit einem entschuldigenden Blick auf Tessa ging Hannah zurück ins Wohnzimmer.

Kaum war sie zur Tür hinaus, zog Tom die überraschte Tessa nah zu sich heran und hauchte ihr einen Kuss auf die Lippen. Sofort hatte sie das Gefühl, von kleinen elektrischen Ladungen durchzuckt zu werden.

»Hey«, brachte sie mit etwas Verspätung und weniger Autorität als geplant heraus.

Tom zwinkerte ihr erneut lächelnd zu. »Was für eine Überraschung! Das wird bei uns anscheinend zu Gewohnheit. Wenn ich gewusst hätte, dass du heute hier bist, hätte ich nicht den ganzen Vormittag an einer Ausrede herumfeilen müssen, weshalb ich nicht herkommen kann.«

»Ausrede?«

Tom griff nach den Tellern und stellte sie ordentlich in die Spülmaschine. »Hättest du nicht auch gern eine, die dich vor Renates Anschlägen auf deine Freizeit bewahrt? Man meint, sie plane ein Staatsbankett! Ich weiß gar nicht, wie wir diese ganzen Dekorationen in so kurzer Zeit beschaffen sollen. Vor allem, wenn ich daran denke, wie wenig geschickt sich Leon mit Hammer und Säge anstellt.«

Tessa kicherte. »Ich bin zum Glück nur für die Plätzchen zuständig.«

»Sehr weise.« Nachdem Tom auch noch die letzte Tasse in der Maschine verstaut und die Tür geschlossen hatte, zog er Tessa noch einmal an sich. »Wenn wir hier raus sind, ist es zwar schon dunkel, aber noch nicht sehr spät. Und nach den ganzen süßen Sachen steht mir der Sinn nach etwas Herzhaftem. Machst du noch immer diese himmlischen Spaghetti Carbonara?«

»Ja.« Tessa versuchte, sich aus seiner Umarmung zu befreien. Nicht auszudenken, wenn jemand sie beide sah!

»Das trifft sich gut.« Tom küsste sie trotz ihrer Gegenwehr. »Ich habe die Zutaten zufällig alle daheim.«

»Dann viel Spaß beim Kochen.«

»Den werden wir ganz bestimmt haben.« Er küsste sie noch einmal.

»Wir?« Atemlos blickte sie in sein Gesicht, auf dem sich ein verschmitztes Grinsen ausbreitete.

»Oh, ich dachte daran, Lukas nachher zum Essen bei mir einzuladen. Ruprecht hat schon nach ihm gefragt. Und wenn du nichts Besseres vorhast, kannst du dich uns gerne anschließen.«

Tessa holte tief Luft. »Hör mal, Tom. So geht das nicht.«

»Warum nicht? Hast du etwas Besseres vor, als für deinen Sohn zu kochen? Würdest du das nicht zu Hause auch machen?«

»Darum geht es doch gar nicht. Ich kann aber nicht …«

»Bitte, Tessa. Ich möchte etwas Zeit mit dir verbringen. Mit dir und Lukas. Wie sonst sollen wir denn herausfinden, ob wir für den jeweils anderen Platz in unserem Leben haben?«

»Ich …« Tessa schüttelte den Kopf. »Also gut, meinetwegen. Aber das hat nichts weiter zu bedeuten!«

»Wie du meinst.« Tom gab ihr einen letzten Kuss und verließ die Küche.

Tessa schloss kurz die Augen, um sich zu sammeln, dann ging sie ihm nach.

»Ihr habt aber lange gebraucht, um die paar Teller und Tassen wegzuräumen«, empfing Renate die beiden und musterte sie mit anzüglichen Blicken.

Tessa zuckte zusammen, doch Tom lachte nur erheitert. »Ach, weißt du, bei der Küchenarbeit kommen mir manchmal die besten Ideen.«

»Ach ja?«

»Jawohl. Und da die Gelegenheit günstig war, habe ich Tessa gleich nach ihrer Meinung gefragt. Sie macht doch diese hübschen Gestecke in ihrem Laden, und da kam mir der Einfall, wir könnten anstelle der kleinen Weihnachtsmänner, Schalen mit Tannenzweigen und Weihnachtsschmuck auf die Tische stellen. Tessa würde sie uns sehr günstig zusammenstellen, nicht wahr, Tessa?«

»Ähm …« Tessa sah ihn irritiert an, nickte aber sicherheitshalber.

»Siehst du, Renate, und dann könnten wir außerdem …«

In diesem Moment sprang die Tür auf, und Lukas und Mario kamen hereingepoltert. »Mama, dürfen wir Kuchen mit ins Baumhaus nehmen?«, fragte Mario.

»Sicher, warum nicht?« Hannah nickte. »Aber jeder nur ein Stück!« Sie blickte auf ihre Armbanduhr. »Wo bleibt eigentlich Paula? Sie wollte doch so gerne bei unseren Planungen dabei sein.«

»Hier bin ich«, rief in diesem Moment ihre Tochter und betrat ebenfalls das Wohnzimmer. Sie trug noch ihren Anorak, ihre Wangen waren von der kalten Luft gerötet. Um ihre Beine wuselte ein schwarzer Labrador, über dessen rechtem Auge ein beigefarbener Fleck prangte. »Tante Linda konnte uns nicht eher herfahren«, berichtete sie. »Heute ist ein neues Kälbchen geboren worden, und weil Onkel Peter doch heute die neuen Hühner holt, musste sie selbst aufpassen.«

»Ist Tante Linda schon wieder weg?«, fragte Hannah, woraufhin Paula nur nickte.

»Also gut, dann setz dich zu uns, wenn du magst.«

Mario hatte indes einen Teller geholt und hievte nun zwei große Stücke Kuchen darauf. Lukas hielt eine Flasche Limonade in der Hand.

»Los, gehen wir wieder!«, rief Mario. »Papa, kommst du auch mal kurz mit raus? Oben an der Leiter zum Baumhaus ist eine Sprosse locker.«

Leon wollte sich gerade erheben, als Tom ihn aufhielt. »Warte, lass mich das lieber machen. Ich kann mich noch dunkel daran erinnern, wie laut du geflucht hast, als du das Baumhaus gebaut hast.«

»Tu dir keinen Zwang an. Ich reiße mich nicht darum.« Leon ließ sich erleichtert wieder auf seinen Stuhl zurücksinken.

»Au ja, komm mit, Tom!« Lukas nahm Tom ganz selbstverständlich an der Hand und zog ihn mit sich. Mario folgte ihnen, und beide Jungen redeten aufgeregt auf Tom ein.

»Ach je, jetzt haben sie natürlich die Gabeln vergessen.« Hannah stand auf und ging zur Tür. »Ich bringe ihnen rasch welche raus. Baumhaus hin oder her, mit den Händen essen sollten die beiden lieber nicht, sonst haben wir gleich zwei Schokoladenmonster.« Sie wandte sich an Tessa. »Hast du das Baumhaus schon mal gesehen?«

Tessa schüttelte den Kopf. »Nein, das Vergnügen hatte ich noch nicht.«

»Dann komm mal mit. Ein Wunderwerk der Baukunst.« Hannah lächelte. »Außerdem habe ich mich sozusagen am Fuße dieses Baumes damals in Leon verliebt.«

»Tatsächlich?« Tessa stand auf und ging hinter Hannah her in den Flur.

»O ja, die Geschichte erzähle ich dir bei Gelegenheit.«

»Also da soll mich doch …« Kaum waren die beiden aus dem Wohnzimmer, da blickte Renate die übrigen Frauen nacheinander mit großen Augen an. »Habt Ihr das mitbekommen?«

»Was denn?«, fragte Sabine arglos. »Die Geschichte von Hannah und Leon kennen wir doch alle.«

»Das doch nicht!« Aufgeregt winkte Renate ab. »Habt ihr nicht bemerkt, dass Tom den ganzen Nachmittag Tessa nicht für einen Moment aus den Augen gelassen hat? Für uns andere hatte er nicht einmal einen winzigen Blick übrig. Schon gar nicht für Katrin oder Ella.« Bedauernd sah sie die beiden Freundinnen an. »Tut mir leid für euch.«

»Stimmt, jetzt, wo du es sagst …« Sabine tippte sich nachdenklich gegen die Nase.

»Und noch etwas.« Renate hatte verschwörerisch die Stimme gesenkt. Sogleich richteten sich alle Blicke gespannt auf sie. »Ist euch aufgefallen, wie ähnlich Tessas Junge dem lieben Tom sieht?«

»Lukas?« Sabine legte den Kopf auf die Seite. »Darauf habe ich nicht geachtet.«

»Das ist doch ganz offensichtlich!«, beharrte Renate. Sie wandte sich an Leon. »Sag du doch auch mal was dazu!«

Leon blickte sie etwas unwillig an. »Was soll ich dazu sagen?«

»Himmel!« Renate verdrehte die Augen. »Er ist doch dein Cousin, oder nicht?«

Leon zuckte mit den Schultern. »Deshalb mische ich mich aber noch lange nicht in seine Angelegenheiten ein.«

»Männer«, stöhnte Sabine.

Renate fuchtelte mit einer Hand vor den Gesichtern der anderen herum. »Ich sage euch, da ist was im Busch!«

12. Kapitel

»Santa? Wo bleibst du denn?« Elf-Zwei betrat das Büro des Weihnachtsmanns und blickte sich suchend um. »Die Elfen-Brigade steht draußen bereit und wartet auf deine Anweisungen zur heutigen Wunscherfüllung!«

»Ja, ja, gleich.« Santa Claus winkte nachlässig ab, ohne seinen Blick von Bildschirm neun zu nehmen.

»Was machst du da?« Interessiert trat Elf-Zwei näher.

»Ich beobachte. Schau!« Er deutete aufgeregt auf die Bilder, die der Bildschirm lieferte. »Da geht etwas vor, und ich weiß partout nicht, was.«

»Habt ihr noch immer nicht herausgefunden, was es mit diesen Leuten auf sich hat?«

Santa Claus schüttelte betrübt den Kopf. »Gestern habe ich alle E-Mails überprüft, in den Spam-Ordner geschaut … Ich finde keinen Anhaltspunkt.«

»Vielleicht ist der Wunschzettel, um den es geht, bei der Post verlorengegangen«, schlug Elf-Zwei vor.

Nachdenklich hob der Weihnachtsmann nun doch seinen Blick vom Bildschirm. »Meinst du? Aber wenn er nicht hier angekommen ist, kann sich der Wunsch doch eigentlich nicht so stark manifestieren. Ach, es ist zum Verrücktwerden!«

Elf-Zwei zuckte mit den Schultern. »Wenn du dich aufregst, änderst du doch nichts. Die Sache wird sich bestimmt noch aufklären. Und vergiss bitte nicht, da draußen warten noch sehr viele andere Kinder darauf, dass du ihre Wünsche erfüllst.«

»Ach ja, die Elfen-Brigade.« Santa Claus seufzte. »Also gut, lass uns nach draußen gehen. Ich habe für heute schon einen sehr ausgeklügelten Plan entworfen …«

Die beiden verließen das Büro, ließen jedoch die Tür offenstehen. Da das Fenster auf Kipp stand, wehte wieder einmal eine Windbö in das Zimmer und raschelte in einigen Papieren auf dem Schreibtisch, auf die der Weihnachtsmann einen tannenbaumförmigen Briefbeschwerer gelegt hatte. Und wie schon einmal verstärkte sich der Luftzug durch die offene Tür und pfiff bis hinaus ins Vorzimmer. Dabei ließ er auch einen einzelnen, dicht beschriebenen Briefbogen flattern, der sich hinter dem Fuß eines Bücherregals verfangen hatte.

13. Kapitel

»Das war ein toller Tag, Mama!« Lukas kuschelte sich gemütlich unter seine Bettdecke und lächelte Tessa zu, die rasch noch ein paar Kleidungsstücke vom Boden aufsammelte und in den Wäschebehälter warf. »Tom ist total nett, oder?«

»Hm?« Tessa drehte sich zu ihrem Sohn um und ließ sich dann auf der Bettkante nieder. »Ja, das ist er wohl.«

»Ich mag ihn gern.« Lukas grinste schläfrig. »Du auch?«

»Ja, also …« Tessa zögerte.

»Das war eine super Idee mit dem Kochen heute. Die Spaghetti waren lecker. Das hat Tom auch gesagt. Und Ruprecht mochte sie auch.«

»Ruprecht?« Tessa schüttelte tadelnd den Kopf. »Schatz, Spaghetti Carbonara sind doch kein Hundefutter! Wann hast du ihm denn davon gegeben?«

»Och, so zwischendurch halt.« Als Lukas ihr auf die gleiche verschmitzte Weise zuzwinkerte, wie Tom es häufig tat, zuckte Tessa leicht zusammen. Umständlich drehte Lukas sich auf die Seite. »Ich glaube, Tom mag dich gern.«

»Ach ja?«

»Ja, weil er dich den ganzen Abend so angeschaut hat.« Mit übertrieben großem Blick und heftigem Wimpernschlag sah Lukas zu ihr auf, dann lachte er. »Und du hast genauso zurückgeguckt.«

»Wie bitte?« Erschrocken starrte Tessa ihren Sohn an.

»Na ja, vielleicht nicht ganz so. Aber du magst ihn doch auch, oder nicht?« In seine Stimme war ein leises Drängen getreten. Ehe sie antworten konnte, fragte er bereits weiter: »Wann war das eigentlich, als ihr mal zusammen wart? Ist das schon lange her?«

»O ja, sehr lange, mein Schatz. Das war noch vor deiner Geburt.« Tessa haderte mit sich. War es nicht besser und zudem eine Sache der Fairness, Lukas die Wahrheit zu sagen? Doch was würde das für sie selbst bedeuten? Würde sie damit nicht tatsächlich Tom wieder in ihr Leben lassen – und das weit mehr, als sie vielleicht würde ertragen können?

»Und warum habt ihr euch wieder getrennt damals?«

Tessa zögerte. Sie spürte, dass sie auf dünnes Eis geriet. »Weißt du, es hat einfach nicht geklappt mit uns. So etwas kommt vor.«

»Habt ihr euch gestritten?«

»Nein, nicht direkt. Die Sache war … ist kompliziert. Wir waren einfach noch zu jung, um zusammenbleiben zu können.«

»Aber jetzt seid ihr älter«, stellte Lukas unumwunden fest.

Aber sind wir deshalb auch klüger?, fragte Tessa sich.

»Also könntet ihr jetzt wieder zusammen sein«, folgerte Lukas und blickte sie erwartungsvoll an.

Seufzend strich Tessa ihm eine blonde Locke aus der Stirn. »Lukas, ganz so einfach, wie du dir das vorstellst, ist das nicht.«

»Warum nicht? Wenn ich euch mögt …« Lukas schob sich einen Arm unter den Kopf. »Wenn ihr damals zusammengeblieben wäret, wäre Tom heute mein Papa, oder?«

Tessa zuckte erschrocken zusammen und suchte nach Worten.

»Weißt du eigentlich, wo mein richtiger Vater heute ist?«

»Ähm …« Tessa schluckte und räusperte sich verzweifelt. In diesem Moment wurde sie jedoch vom Klingeln ihres Telefons erlöst. Rasch stand sie auf. »Schlaf jetzt, mein Schatz. Wir reden morgen weiter, ja?«

»Okay. Gute Nacht, Mama.«

Tessa löschte das Licht und zog die Tür hinter sich zu. Dann griff sie nach dem Telefon.

»Lamberti?«

»Hi, Tessa, wie geht's?«

»Sophie!« Tessa lächelte erfreut, als sie die Stimme ihrer jüngeren Schwester erkannte. Eilig ging sie ins Wohnzimmer hinüber, schloss auch dort die Tür und setzte sich auf die Couch. »Bin ich froh, dass du anrufst! Wo steckst du? Ich konnte dich seit Tagen nicht erreichen.«

»Ich weiß, mein Handy war kaputt. Was ist denn los? Du klingst so merkwürdig.«

»Ich kann nicht am Telefon mit dir darüber sprechen.«

»So schlimm?«

Tessa seufzte. »Ehrlich gesagt: Ich weiß es nicht.« Sie machte eine kurze Pause. »Thomas ist wieder da.«

»Was? O Gott, Tessa, du liebe Zeit.« Sophies Stimme überschlug sich fast. »Ich komme zu dir, sobald ich kann. Ich wollte sowieso … Das erzähle ich dir, wenn ich da bin. Hast du eine Gästeliege oder so was?«

»Nein, aber …«

»Egal, ich nehme mir ein Hotel, bis meine Wohnung bezugsfertig ist. Pass auf, ich regele hier alles und bin so schnell es geht bei dir, ja? Gib mir eine Woche, höchstens zehn Tage.«

»Ja, danke, Sophie. Aber …« Tessa stockte und runzelte die Stirn. »Von was für einer Wohnung sprichst du denn da? Hast du vor umzuziehen?«

»Äh, ja. Ich komme wieder nach Deutschland. Genau genommen ziehe ich zu dir, also in die Stadt. Weißt du, ich will endlich mein eigenes Fotostudio eröffnen. Das wollte ich dir ja eigentlich erzählen. Aber das muss jetzt warten. Ich fange sofort an zu packen, okay? Mach's gut, mein Schatz. Und Kopf hoch. Ich hab dich lieb!«

Es knackte in der Leitung, als Sophie die Verbindung unterbrach. Tessa starrte überrascht ihr Telefon an.

»Guten Tag, die Dame. Was kann ich für Sie tun?« Mit einem freundlichen Lächeln ging Pierre auf die Kundin zu, die gerade den Laden betreten hatte und sich neugierig umsah.

Sie musterte ihn eingehend, dann lächelte sie ebenfalls. »Guten Tag. Ich möchte gern mit Frau Lamberti sprechen, falls sie da ist.«

»Das ist sie. Einen Moment bitte.« Pierre ging zu einer unauffälligen schmalen Tür, die in Tessas winzigen Büroraum führte. »Tessa?« Er verstummte, denn sie telefonierte gerade. Mit Handzeichen gab er ihr zu verstehen, dass eine Kundin nach ihr gefragt hatte. Dann ging er in den Laden zurück. »Sie kommt gleich.«

»Ja, bitte?« Tessa hatte das Gespräch bereits beendet und trat nun ebenfalls durch die Tür. »Was kann ich …« Sie stockte, als sie die Kundin erkannte. »Frau Winkmann, guten Tag!«

»Hallo, Tessa.« Lina Winkmann lächelte ihr zu. »Wenn ich mich recht erinnere, waren wir schon einmal bei den Vornamen angekommen, oder nicht? Es ist zwar schon lange her …«

»Das ist es wirklich«, bestätigte Tessa.

»Ich würde mich gern mit dir unter vier Augen unterhalten.« Lina hielt nichts davon, um den heißen Brei herumzureden.

Tessa nickte. »Gehen wir in mein Büro.« Sie bedachte Pierre mit einem kurzen Blick; er nickte ihr aufmunternd zu.

Nachdem die beiden Frauen in dem kleinen Arbeitszimmer Platz genommen hatten, kam Lina gleich auf den Grund ihres Besuchs zu sprechen. »Tom und du, ihr seid wieder zusammen, habe ich gehört.«

Tessa schluckte. »Ähm, nicht so richtig. Noch nicht. Ich meine …«

»Es ist mir gleich, wie du es nennst«, unterbrach Lina sie. »Ihr seid euch wieder begegnet, und nach dem, was Tom mir gegenüber angedeutet hat, seid ihr euch wieder nähergekommen.«

Tessas Miene verschloss sich. »Und das gefällt dir nicht. Ist es das, was du mit mitteilen willst?«

Lina lächelte innerlich über Tessas Reaktion, blieb jedoch äußerlich ganz ernst. »Ich war besorgt«, gab sie zu. »Ihr wart damals beide noch sehr jung und eure Affäre recht stürmisch.«

Tessas Kopf ruckte hoch. »Es war mehr als eine Affäre!«

»Vielleicht.« Lina nickte ihr zu. »Im Nachhinein wurde mir das auch klar. Damals dachte ich jedoch, du seiest eines dieser Groupies, die auf der Suche nach einem reichen Mann sind.«

Sprachlos starrte Tessa sie an. Ihr fiel beim besten Willen

keine Erwiderung darauf ein. Lina schien jedoch auch keine Antwort zu erwarten, denn sie sprach bereits weiter: »Versteh mich nicht falsch, ich hatte – und habe – nichts gegen dich persönlich, im Gegenteil. Aber die Vermutung lag nahe, dass du eines dieser Mädchen warst. Tom sieht gut aus, er war damals gerade auf dem Weg, eine große Karriere im Profifußball zu machen. Ich habe ihn darin immer unterstützt. Er sollte alles erreichen, was er sich wünschte. Schließlich hatten wir es nach dem Tod seines Vaters nicht immer leicht.«

»Du dachtest, ich würde ihn aufhalten?«

Lina schüttelte den Kopf. »Ich dachte, ihr würdet einander aufhalten. Liebe Zeit, Tom war gerade einundzwanzig, du fast zwei Jahre jünger!«

Tessa verstand plötzlich. »Hast du ihn überredet, die Beziehung zu mir zu beenden?«

Lina faltete die Hände im Schoß. »Ich habe ihm nahegelegt, darüber nachzudenken, und ich bestreite nicht, dass ich froh war, als er meinen Rat befolgte. Aber …« Sie hob eine Hand, als Tessa empört Luft holte. »Ich weiß auch, dass es ihm nicht leichtfiel.«

»Ein schwacher Trost«, murmelte Tessa.

Lina nickte. »Mag sein.« Ihr Blick wanderte durch den Raum und blieb an einem gerahmten Foto an der Wand hinter Tessa hängen, das Lukas zeigte, der grinsend und in voller Fußballmontur einen kleinen silbernen Pokal in die Kamera hielt. Ihre Augen weiteten sich. »Vielleicht habe ich dich damals unterschätzt«, sagte sie vorsichtig. »Wie ich sehe, hast du dein Leben heute gut im Griff. Du hast ein schönes Geschäft, ziehst deinen Sohn alleine groß … Warum hast du es Tom nicht gesagt?«

Tessa drehte sich selbst kurz zu dem Foto um, dann hob sie die Schultern und antwortete spröde: »Hätte ich damit nicht das Klischee bestätigt?«

Linas Gesichtszüge wurden weich. »Ein Kind hätte …«

»Alles verändert, ja.« Tessa stand auf. »Hör zu, Lukas ist mein Sohn und damit auch mein Problem. Ich hielt es damals für besser, Toms Träumen nicht im Weg zu stehen.«

»Du stellst keine Ansprüche an ihn.«

»Nein. Und ich weiß auch nicht, ob es gut ist, dass wir …«

»Weiß er es inzwischen?«

»Nein.«

Lina erhob sich ebenfalls. »Warum nicht?«

Als Tessa nicht darauf antwortete, lächelte Lina. »Hör zu, ich werde ganz sicher nicht den Fehler begehen, mich noch einmal in eure Angelegenheiten einzumischen.«

»Ach nein?«

»Ganz sicher nicht. Du musst wissen, was du tust. Aber ich weiß, dass Tom schon wieder große Pläne hat.« Sie lächelte. »Er ist ein Mann von schnellen Entschlüssen. Bitte sorg dafür, dass ihr einander nicht noch einmal derart wehtut.« Mit diesen Worten wandte sie sich ab und verließ das Büro. Wenig später vernahm Tessa das leise Schleifen der Ladentür.

Ermattet und verwirrt sank Tessa zurück auf ihren Stuhl.

»Was war das denn?« Pierre trat zu ihr und ergriff ihre Hand. »Habe ich das richtig mitbekommen? War das etwa der Schwiegerdrachen?«

Tessa musste wider Willen lachen. »Sieht ganz so aus.«

»Was wollte sie von dir?«

»Wenn ich das wüsste.«

Tom ärgerte sich ein wenig, weil ihm sein voller Terminplan und die zusätzlichen Verpflichtungen, die die Vorbereitungen zur Weihnachtsfeier ihm auferlegten, keine Möglichkeit ließen, sich in den folgenden Tagen noch einmal mit Tessa zu treffen. Zwar hatten sie zweimal kurz telefoniert, aber sie war jedes Mal so distanziert gewesen, dass es ihm geradezu körperlich wehtat. Die Mauer, die sie um sich errichtet hatte, war massiver, als er zunächst angenommen hatte, und sie pflegte sie mit äußerster Sorgfalt. Dennoch glaubte er nicht, dass ihn sein Gefühl täuschte. Tessa empfand ebenso noch etwas für ihn wie er für sie. Ihre Angst, erneut enttäuscht zu werden, verstand er sehr wohl. Doch wie in aller Welt sollte er ihre Sorgen zerstreuen, wenn er dazu verdonnert war, meterhohe Stapel von Einladungen einzutüten?

Missmutig schob er eine weitere Einladung in einen Umschlag und klebte ihn zu. Zu seinen Füßen hatte sich Ruprecht zusammengerollt und nagte hingebungsvoll an einem Kauknochen aus Rindsleder. Plötzlich sprang er auf, bellte empört und raste zur Tür hinaus. Überrascht hob Tom den Kopf; im nächsten Moment klingelte es an der Haustür.

Zwar erwartete er niemanden, doch kurz durchzuckte ihn die vage Hoffnung, Tessa könnte sich zu einem Besuch entschlossen haben – oder zumindest Lukas, der schon seit einiger Zeit nicht mehr hier gewesen war, weil er für zwei Klassenarbeiten lernen musste.

Dem ungewöhnlich aggressiven Gebell seines Hundes wentnahm Tom jedoch, dass ein Fremder vor der Tür stehen musste. Als er öffnete, lächelte er überrascht. »Katrin, hallo! Was machst du denn hier?« Ärgerlich blickte er auf den Hund hinab, der noch immer wütend bellte und sogar dabei knurrte. »Hey, Ruhe jetzt. Das ist doch kein Einbrecher, Ruprecht!«

»Der ist aber niedlich!«, rief Katrin und beugte sich über Ruprecht, richtete sich jedoch sogleich wieder erschrocken auf, als er sie anknurrte.

»Schluss jetzt, du kleines Scheusal.« Tom schüttelte erbost den Kopf. »Geh sofort in dein Körbchen!«

Ruprecht blickte fragend zu ihm auf, ging dann aber gehorsam ins Wohnzimmer auf seinen Platz. Das Brummeln, das er dabei ausstieß, klang wie ein verärgertes Schimpfen.

»So etwas.« Tom trat von der Tür zurück. »Ich weiß nicht, was in ihn gefahren ist. So führt er sich normalerweise nicht auf. Komm doch herein, Katrin.«

»Macht doch nichts. Bestimmt ist er nur misstrauisch, weil er mich noch nicht kennt.« Katrin folgte ihm lächelnd in den Flur und ließ sich aus ihrer Jacke helfen. »Entschuldige, dass ich dich so einfach überfalle, aber Renate erzählte mir, dass du mit den Einladungen beschäftigt bist, und da dachte ich, du könntest vielleicht Hilfe brauchen. Außerdem kann ich nachher schon einen Stapel fertiger Einladungen mit zur Post nehmen, wenn es dir recht ist.«

»Aber klar, eine gute Idee.« Tom führte sie in sein Arbeitszimmer und bot ihr einen Stuhl an. Katrin ging aber zunächst zu einem der Fenster, die, wie die Wohnzimmerfenster, mit Blick zum Garten lagen. »Schön hast du es hier«, sagte sie und drehte sich lächelnd zu ihm um. »Ein Wahnsinnshaus. Aber fühlst du dich hier so ganz allein nicht manchmal einsam?«

Tom trat neben sie und blickte ebenfalls kurz hinaus. »Nein, eigentlich nicht. Und ich habe auch nicht vor, hier lange allein zu bleiben.«

»Ach nein?«

»Nein. Weißt du, ich habe … andere Pläne.« Tom dachte an Tessa, seine Lippen verzogen sich ebenfalls zu einem Lächeln. Beunruhigt bemerkte er, wie Katrin näher zu ihm heranrückte.

»Und was sind das für Pläne?« Ehe er etwas sagen konnte, ergriff sie wie zufällig seine Hand. »Dies wäre ein wunderbarer Ort für eine Familie, nicht wahr? Für Kinder … du hast einen tollen Garten da draußen. Und der Wald ist nur einen Steinwurf entfernt.«

»Ähm ja.« Tom räusperte sich. »Das ist wohl so. Aber ich …«

»Ach, entschuldige.« Katrin ließ seine Hand los und lachte übertrieben heiter. »Jetzt habe ich dich erschreckt, nicht wahr? Das wollte ich nicht. Aber weißt du, wenn ich dich ansehe … na ja, mir sind meine Fantasien einfach ein bisschen zu rasch von der Zunge gehüpft. Auf keinen Fall will ich dich zu irgendwas drängen.«

»Drängen?« Irritiert versuchte Tom, mit Katrins Gedankengang mitzuhalten. Bei ihren nächsten Worten runzelte er die Stirn.

»Ich bin froh, dass Renate mir den Tipp mit den Einladungen gegeben hat. Andernfalls hätte ich mich wohl nicht getraut … Nun ja, jetzt bin ich ja hier … bei dir.« Wieder nahm sie seine Hand und trat ganz nah zu ihm heran.

Aus dem Wohnzimmer erklang ein ungehaltenes Knurren, doch auch ohne Ruprechts offenbar guten Instinkt hatte Tom jetzt begriffen, worauf Katrin aus war. Sie hatte den Kopf gehoben und sah ihm mit einem Blick in die Augen, von dem er ganz deutlich die Aufforderung zu einem Kuss ablesen konnte.

Entschlossen trat er einen Schritt zurück und entzog ihr seine Hand. »Hör zu, Katrin, du bist wirklich nett, und ich enttäusche dich nur ungern, aber …«

»Was?« Ihre Stimme klang ernüchtert.

»Ich sagte ja, ich habe andere Pläne.« Er suchte nach Worten und wusste, dass er garantiert die falschen wählen würde, ganz gleich, was er jetzt noch sagte. Andererseits hatte er ähnliche Situationen schon mehrfach erlebt und wusste ganz genau, dass zu viel Freundlichkeit und Verständnis die Angelegenheit nur noch schlimmer machen würden. »Du kommst darin nicht vor.«

»Ach so.« Um Katrins Mund bildete sich ein verkniffener Zug.

Tom wollte noch weitersprechen, doch da klingelte es erneut. Ruprecht fegte wie ein Wirbelwind zur Haustür und bellte – diesmal jedoch deutlich freudiger. »Entschuldige mich bitte kurz.« Froh, der unangenehmen Situation entfliehen zu können, eilte Tom ebenfalls zur Tür, vor der ein Paketbote stand und ihm einen Scanner samt Plastikstift zur Unterschrift unter die Nase hielt. »Zwei Pakete hab ich heute für Sie, Herr Winkmann«, sagte er und grinste, als Ruprecht freudig an ihm hochsprang. »Den haben Sie aber noch nicht lange.«

»Nein, stimmt. Ich habe ihn von meiner Mutter geerbt.«

»Oh, mein Beileid.«

»Wie?« Verblüfft sah Tom ihn an, dann lachte er. »O nein, nicht was Sie denken. Meine Mutter ist umgezogen und konnte den Hund nicht mitnehmen.«

»Ach so.« Nun grinste auch der Paketbote. »Eines der Pakete ist ziemlich sperrig.«

»Soll ich Ihnen helfen, es herzutragen?«

»Das wäre sehr nett.«

Während Tom mit dem Paketboten beschäftigt war, ging Katrin missmutig in seinem Arbeitszimmer auf und ab. Also hatte Renate doch richtig vermutet. Tom hatte sich anscheinend in diese Tessa verguckt. Katrin war sich sicher, dass sie bei Tom eine Chance gehabt hätte, doch nun konnte sie sich das schöne Haus und das angenehme Leben für sich und ihren Sohn Ronny wohl abschminken. Und erst recht die Aussicht auf eine schöne Romanze mit diesem unglaublich gutaussehenden Mann.

In Gedanken haderte sie mit ihrem Schicksal und fragte sich gerade, was an dieser Tessa wohl so besonders sein mochte, als ihr Blick auf ein Blatt Papier auf dem Schreibtisch fiel. Das englische Wort »Contract« – Vertrag – stach ihr ins Auge; interessiert trat sie näher. Beinahe erleichtert lächelte sie, als sie begriff, um was es sich bei dem Papier handelte.

Als Tom wenig später wieder ins Arbeitszimmer kam, hatte sie ein unverbindliches Gesicht aufgesetzt. »Ich denke, ich sollte jetzt gehen«, befand sie. »Soll ich schon ein paar Einladungen mitnehmen?«

Tom atmete erleichtert auf, weil ihm eine weitere Konfrontation offenbar erspart blieb. »Das wäre nett von dir. Hier in diesem Karton habe ich die ersten hundert Einladungen schon fertig sortiert und frankiert.«

»In Ordnung, dann mache ich mich mal vom Acker.« Katrin lächelte etwas gekünstelt, nahm sich den Karton und ihre Jacke und marschierte zur Tür. Als sie an Ruprecht vorbeikam, der sich wieder in sein Körbchen gelegt hatte, knurrte er sie noch einmal warnend an.

»Schon gut, schon gut, ich gehe ja schon«, murmelte sie eingeschnappt und verließ mit einem knappen Gruß in Toms Richtung das Haus.

Aufatmend schob er die Tür hinter ihr ins Schloss. Als Ruprecht neben ihm auftauchte, schüttelte er resignierend den Kopf. »Sag bloß, das hast du geahnt?«

Ruprechts Schwänzchen wedelte heftig, er verzog das Gesicht zu einem typischen Hundelächeln. »Wau«, sagte er.

»Also gut«, sagte Tom. »Aber das nächste Mal warnst du mich bitte etwas deutlicher!«

Zwei Wochen später fand das letzte große Vereins-Fußballturnier des Jahres statt. Obwohl die Mannschaft der E-Jugend, in der auch Lukas spielte, nach einem Unentschieden schon gegen vier Uhr nachmittags fertig gewesen war, blieb Tessa mit ihrem Sohn noch bis Turnierende im Stadion. Tom hatte ihnen einen Platz in der Nähe der Ersatzbank organisiert, so dass sie nicht nur die Spiele aus erster Reihe verfolgen, sondern auch ihm bei seiner Arbeit zusehen konnte.

Tessa gestand sich ein, dass er ihre Aufmerksamkeit fesselte. Sie kannte Toms Fähigkeiten als Fußballspieler, ihn nun jedoch als Trainer in seinem Element zu erleben, war vollkommen neu für sie. Seine Beliebtheit bei den jungen Spielern war unübersehbar. Im Vergleich zu dem Trainer des gegnerischen Fußballklubs aus der Nachbarstadt blieb er auch in hektischen Situationen oder im Fall eines gegnerischen Tors ruhig und regte sich auch nicht lautstark über jeden Fehlpass auf. Dennoch hatte sie den Eindruck, dass er seine Mannschaften anzuleiten und zu motivieren wusste. Nach einiger Zeit ertappte Tessa sich dabei, angestrengt nach einer negativen Eigenschaft Ausschau zu halten, die Tom in einem weniger idealen Licht erscheinen lassen würde. Als sie sich dessen bewusst wurde, fragte sie sich, was wohl der Grund für ihr Misstrauen war. Sie hatte nicht den Mut, noch einmal Vertrauen zu ihm zu fassen. Dabei hatte er sie niemals angelogen oder betrogen. In der vergangenen Woche hatte er sie gleich dreimal überredet, sich mit ihm zu treffen. Sie war skeptisch und zurückhaltend geblieben, konnte jedoch inzwischen nicht umhin, sich mehr und mehr zu ihm hingezogen zu fühlen. Dennoch saß da diese unbestimmte Angst tief in ihrem Herzen, sich noch einmal auf ihn einzulassen. Zu lange hatte es gedauert, bis die Verletzungen, die sie bei der Trennung vor zehn Jahren davongetragen hatte, geheilt waren.

Lukas war am heutigen Tag kaum zu bremsen gewesen. Dass sein Team nur mit einem Unentschieden vom Platz gegangen war, hatte ihn zwar gefuchst, aber als das zweite Spiel des Nachmittags angepfiffen wurde, war seine Enttäuschung nach kurzer Zeit vergessen gewesen. Tessa hatte nicht vorgehabt, den gesamten Nachmittag im Stadion zu verbringen, wollte Lukas jedoch den Spaß nicht verderben. Da Pierre ihr versprochen hatte, den Laden heute alleine zu betreuen, stand sie auch nicht unter Zeitdruck. Lediglich ihr Magen machte sich zur Mitte der zweiten Halbzeit immer deutlicher bemerkbar – immerhin hatte sie seit einem schnellen Salat zum Mittagessen nichts mehr zu sich genommen.

Sie dachte gerade darüber nach, was sie am Abend essen sollten, als Tom zu ihr herübergeschlendert kam. »Hey, Sportsfreund!« Er zog Lukas spielerisch dessen Baseballkappe über die Augen. »Wie sieht's aus – habt ihr Hunger?«

Lukas schob sich grinsend die Kappe wieder aus der Stirn. »Und wie! Mamas Magen hat gerade ganz laut geknurrt.«

»Lukas!« Tessa verzog verlegen die Lippen.

»Was denn? Stimmt doch, oder nicht?«

Tom lachte. »Wenn ihr Lust habt, lade ich euch später zu mir zum Essen ein.«

»Au ja!« Lukas strahlte. »Was gibt es denn?«

Tessa legte den Kopf auf die Seite. »Ich dachte, du kochst nicht.«

»Selten«, gab Tom zu. »Aber glücklicherweise gibt es da einen sehr guten Pizzaservice.«

»Ja, bitte, Mama, lass uns Pizza essen«, rief Lukas begeistert.

Tessa wand sich. Wäre noch ein gemeinsamer Abend nicht zu viel der Ermutigung? Außerdem hatten sie sich zuletzt nur auf neutralem Terrain getroffen. In seinem Haus hätte er deutlichen Heimvorteil. »Eigentlich wollte ich noch ein bisschen Bürokram erledigen.«

»Och, Mama!« Enttäuscht zog Lukas einen Flunsch.

»Och, Lukas!«, antwortete sie darauf, wie sie es immer tat. Dann rang sie sich – um seinetwillen, wie sie sich einredete – zu einem Entschluss durch. »Tom kann ja mit der Pizza zu uns kommen.« Dann würde der Heimvorteil wenigstens an sie gehen, dachte sie.

»Echt?« Sofort hellte Lukas' Miene sich wieder auf. »Tom?« Fragend blickte er zu Tom auf, der Tessa kurz zulächelte. »In Ordnung. Dann muss ich aber auch Ruprecht mitbringen. Ich kann ihn schließlich nicht noch länger zu Hause alleine lassen.« Er warf einen prüfenden Blick auf das Spielfeld und gab einem der Spieler ein Handzeichen.

»Na gut, meinetwegen.« Tessa nickte. »So gegen sieben Uhr?«

»Ich werde da sein.« Tom zwinkerte ihr zu. »Die Pizza mit allem drauf?«

Tessa nickte, Lukas schüttelte den Kopf. »Meine nur mit Salami und Schinken. Keine Pilze oder eklige Oliven!«

»Okay, ist notiert. Dann bis nachher.« Tom winkte den beiden noch einmal zu und konzentrierte sich wieder voll auf das Spiel, das in den letzten Zügen noch einmal spannend wurde.

Während Lukas auf dem Heimweg wie ein Wasserfall redete und sämtliche Höhepunkte des Nachmittags noch einmal Revue passieren ließ, fiel Tessa siedend heiß ein, dass sie am Morgen die Wohnung nicht aufgeräumt und auch ihr Bettzeug nicht von der Schlafcouch entfernt hatte. Wenn sie daran gedacht hätte, wäre ihr nie in den Sinn gekommen, jemanden für den Abend einzuladen – schon gar nicht Tom.

Zuhause angekommen überlegte sie fieberhaft, wo sie mit dem Aufräumen zuerst beginnen sollte. Sie verdonnerte den maulenden Lukas zum Aus- und Einräumen der Spülmaschine, wischte selbst in Rekordzeit durch das kleine Badezimmer und stürzte sich dann auf die herumliegenden Kleidungsstücke im Wohnzimmer. Sie wollte gerade nach der Bettwäsche greifen, als es bereits an der Tür klingelte. Erschrocken blickte sie auf die Uhr und stellte fest, dass es erst Viertel vor sieben war.

Lukas war bereits zur Tür gerannt und begrüßte lachend Ruprecht, der wie ein Wirbelwind in die Wohnung geschossen kam. Tom folgte ihm etwas langsamer. Auf dem Arm balancierte er zwei große Pizzakartons, an seinem Ellenbogen baumelte eine Tüte, in der sich zwei Plastikschalen mit gemischtem Salat und eine Flasche Wein befanden. »Hallo zusammen«, sagte er und schob mit dem Fuß die Tür hinter sich ins Schloss. »Ich hoffe, wir sind nicht zu früh.«

Während er das Essen auf den Küchentisch stellte, raffte Tessa so rasch es ging das Laken samt Kissen und Decken von der Couch und stopfte alles in die Truhe unter dem Fenster. Dann fuhr sie sich ordnend mit dem Fingern durch die Haare und blickte leicht verzweifelt an sich herunter. Sie war noch nicht einmal dazu gekommen, sich umzuziehen.

Erschöpft ließ sie sich auf den Fußteil der noch immer ausgeklappten Schlafcouch sinken. In diesem Moment kam Ruprecht auf sie zugesprungen, beschnüffelte sie kurz und kletterte dann zu ihrer Überraschung flink auf ihren Schoß.

»Nanu, da scheinst du ja ziemlich schnell einen Fan gefunden zu haben.« Mit einem Schmunzeln trat Tom ins Wohnzimmer. Tessa war sich sicher, dass er ihre hektische Aufräumaktion bemerkt hatte. Verlegen streichelte sie den kleinen Hund, der ihr daraufhin zärtlich seine kalte Nase ins Gesicht stupste.

»Soll ich schon mal den Tisch decken?«, fragte Lukas aus dem Flur. Tessa nickte. »Das wäre sehr lieb von dir, mein Schatz.«

»Dann kommt aber auch gleich!«

Tom blickte dem Jungen kurz nach, als dieser in der Küche verschwand, dann setzte er sich neben Tessa. »Du weißt doch wohl, dass du dir wegen mir keine Umstände zu machen brauchst.«

»Nein, ich meine ja, ich …« Tessa stockte und ärgerte sich, dass seine plötzliche Nähe ihr so auf den Magen schlug.

Tom legte seine Hand über ihre, mit der sie Ruprecht unablässig über den Rücken streichelte. »Bei mir zu Hause sieht es auch nur so ordentlich aus, weil ein einzelner Mann kaum die Möglichkeit hat, in dem großen Haus ein Chaos zu verursachen. Außerdem habe ich eine gute Putzfrau.«

Tessas Verlegenheit steigerte sich noch. Ehe sie darüber nachdenken konnte, hatte Tom mit der anderen Hand ihr Gesicht zu sich gedreht und streifte mit den Lippen sanft ihren Mund. Ihr Herzschlag setzte für einen Moment aus und machte im nächsten Augenblick einen Satz, als sie die Schritte ihres Sohnes im Flur vernahm. »Wo bleibt ihr denn?«, fragte er ungeduldig. »Die Pizza wird doch kalt …« Lukas blieb wie angewurzelt im Türrahmen stehen und starrte sie an. Tom löste sich betont langsam von ihr und drehte sich zu Lukas um, obwohl Tessa heftig zusammengezuckt war. »Wir sind schon unterwegs.«

Lukas blickte erst Tom, dann seiner Mutter prüfend ins Gesicht. In seinen Augen glitzerte es, und auf seine Lippen trat ein feines Grinsen. »Dann los, Leute! Ich hab einen Bärenhunger.« Er drehte sich auf dem Absatz um und rannte zurück in die Küche. Ruprecht bellte fröhlich und folgte ihm auf dem Fuße. Tom stand auf und zog Tessa mit sich hoch. »Lass uns essen.«

Tessa atmete einmal tief durch. »Tom, ich …«

Doch da war er ebenfalls schon in der Küche verschwunden.

Das gemeinsame Essen verlief heiter; natürlich war das Fußballturnier Hauptthema des Abends. Tom und Lukas fachsimpelten über die verschiedenen Spielzüge und analysierten auch das Verhalten der gegnerischen Mannschaften. Tessa verfolgte das Gespräch überwiegend schweigend, doch hin und wieder beeindruckte sie ihren Sohn mit einer Beobachtung oder einem Kommentar, so dass er schließlich verblüfft feststellte: »Ich wusste gar nicht, dass du dich mit Fußball so gut auskennst, Mama.«

Da sich ihre Nervosität im Laufe des Abends gelegt hatte, lächelte sie freimütig. »Ich hatte einen guten Lehrer.« Sie blickte zu Tom, der daraufhin jedoch den Kopf schüttelte.

»Ich habe dir vielleicht ein paar Grundbegriffe beigebracht. Dein gutes Auge hast du jedoch von Natur aus.« Er beugte sich zu Lukas hinüber. »Deine Mutter hat früher regelmäßig nach einem Spiel die Schiedsrichter ausgeschimpft, wenn sie ein Abseits oder ein Foul übersehen hatten.«

»Echt?« Mit großen Augen blickte Lukas sie an.

»Wir haben sie irgendwann nur noch ›Miss Adlerauge‹ genannt.«

»Wow!« Nun war Lukas offensichtlich beeindruckt. »Davon musst du mir unbedingt mehr erzählen, Mama!«

Tessa blickte, nun doch wieder etwas verlegen, auf die Uhr. »Ich glaube, das verschieben wir lieber auf ein andermal. Es wird langsam Zeit für dich.«

»Och, Mama! Darf ich nicht noch ein bisschen fernsehen? Heute ist doch Samstag! Oder mit Ruprecht spielen.«

Tom sammelte das Besteck ein und stellte die Pizzakartons ineinander. »Heute läuft ›Der kleine Lord‹, sagte er beiläufig. »Den könnten wir uns alle zusammen ansehen.« Er wandte sich an Tessa. »Wenn du deine Büroarbeit ein bisschen verschieben kannst.«

Tessa biss sich auf die Lippen. Anscheinend wusste Tom noch genau, wie sehr sie diesen Film liebte. Damit hatte er sie sofort geködert. »Also gut, dann lasst uns ins Wohnzimmer gehen. Lukas, du ziehst dir vorher schon mal deinen Schlafanzug an und putzt dir die Zähne!«

14. Kapitel

Tom und Tessa hatten es sich auf der ausgeklappten Schlafcouch gemütlich gemacht, Lukas saß zwischen ihnen, und am Fußende hatte sich Ruprecht zusammengerollt. Der vorweihnachtliche Film war jedoch erst zur Hälfte um, als Lukas bereits tief und fest schlief. Sein Kopf war gegen Toms Schulter gesunken; Tessa wollte ihn schon wecken und in sein Zimmer schicken, doch Tom schüttelte den Kopf und gab ihr mit Handzeichen zu verstehen, dass ihn der Junge nicht im Geringsten störte.

Also blieben sie bis zum Ende des Films einträchtig nebeneinander sitzen. Nach dem Abspann trug Tom Lukas vorsichtig in dessen Bett. Tessa folgte ihm und sah ihm dabei zu, wie er ihren Sohn – seinen Sohn! – sorgsam zudeckte und dann das Licht löschte. Diese traute Szene schnürte ihr mit einem Mal die Kehle zu. Ihre innere Stimme forderte sie unmissverständlich auf, ihm endlich die Wahrheit zu sagen.

»Lukas ist ein toller Junge«, flüsterte Tom, nachdem er die Tür des Kinderzimmers hinter sich zugezogen hatte.

Tessa schluckte nervös und nickte. »Das ist er. Aber … also ich …«

Sanft legte Tom ihr einen Finger an die Lippen. »Kein Aber, Tessa. Er ist ein toller Junge«, wiederholte er. »Und das ist kein Wunder, denn seine Mutter ist eine wundervolle Frau.«

Als er sie küsste, stockte Tessa der Atem. »Tom, ich …« Sie kam nicht dazu weiterzusprechen, denn seine Hände wanderten von ihren Schultern über ihre Arme hinab, dann zog er sie näher zu sich heran und begann, ihr Gesicht und ihren Hals mit seinem Lippen zu erkunden.

Tessa hatte das Gefühl, als jagten Hunderte kleiner Stromstöße durch ihren Körper. Sie versuchte sich zu erinnern, was sie hatte sagen wollen, doch ihr Verstand schien sich abgeschaltet zu haben.

Ehe sie sich versah, landete sie mit Tom erneut auf ihrer Schlafcouch und ließ es zu, dass seine Küsse und Berührungen leidenschaftlicher wurden. »Tessa.« Er hob den Kopf und blickte atemlos auf sie herab. Sein Blick war so intensiv, dass sie sich ihm nicht hätte entziehen können, selbst wenn sie gewollt hätte. »Ich habe dich vermisst.« Er strich ihr eine Haarsträhne aus der Stirn. »Du kannst dir gar nicht vorstellen, wie sehr.«

Wieder streiften seine Lippen ihren Mund, dann ihre Wange, ihren Hals. Kurz hielt er inne, dann knöpfte er langsam ihre Bluse auf und schob sie sanft auseinander. Seine Lippen folgten seiner Hand und wanderten erst zu ihrer Schulter, dann weiter nach unten.

Tessa versuchte sich darüber klarzuwerden, ob es richtig war, was sie hier tat, doch die köstlichen Gefühle, die sie bei jeder von Toms Berührungen durchrieselten, nahmen ihr die Entscheidung schließlich ab.

Es war noch keine sieben Uhr, als Tessa am Sonntagmorgen erwachte. Etwas irritiert blickte sie sich um, da ihr Kopf auf einem Sofakissen ruhte. Dann spürte sie Toms Körper, der sich im Schlaf eng an sie schmiegte, und seinen Arm, mit dem er sie fest umfangen hielt. Irgendwann in der Nacht hatte er ihre Bettdecke aus der Truhe gezogen und über sie ausgebreitet, doch die restliche Bettwäsche lag noch an Ort und Stelle.

Einen Moment lang versank Tessa wohlig in der Erinnerung an die vergangene Nacht, dann jedoch fuhr sie erschrocken hoch und tastete nach der kleinen Lampe auf dem Couchtisch. »Tom?« Sie rüttelte ihn leicht am Arm. »Komm schon, wach auf!«, flüsterte sie. »Du musst gehen!«

»Hm?« Tom schlug die Augen auf. Als er sie erblickte, ging ein Strahlen über sein Gesicht. »Guten Morgen, Tessa. Ich dachte schon, ich hätte alles nur geträumt.«

»Wir müssen aufstehen!«, drängte sie. »Wenn Lukas aufwacht …«

»Oh.« Tom fuhr sich mit gespreizten Fingern durch sein langes Haar. »Klar.« Er tastete nach seiner Hose und streifte sie rasch über. »Ich muss sowieso gegen neun schon im Stadion sein. Die B- und A-Jugend spielen heute.« Er hielt inne und zog Tessa, die ebenfalls dabei war, sich anzuziehen, lächelnd an sich. »Sehen wir uns heute Nachmittag bei Hannah?«

Tessa runzelte verwirrt die Stirn, dann fiel es ihr wieder ein. »Das Plätzchenbacken! Ja, sicher, das hatte ich doch versprochen.«

»Wunderbar.«

»Willst du etwa mitbacken?«

»Lieber nicht.« Tom küsste sie zärtlich. »Aber als Vorsitzender des Festausschusses muss ich doch Kostproben nehmen.«

Tessa kicherte. »Dann sollten wir besser gleich die doppelte

Menge einplanen.« Da seine Hände sich verdächtig selbständig zu machen begannen, schob sie ihn entschieden von sich. »Schau, dass du hinauskommst«, flüsterte sie.

Tom küsste sie noch einmal, dann griff er nach seinem Pullover und zog ihn rasch über. »Bis später also«, raunte er, schnappte sich seine Jacke, legte Ruprecht die Leine an und öffnete die Wohnungstür.

»Huch!« Eine junge Frau mit ähnlich rotbraunem Haar wie Tessa sprang einen Schritt zurück und blickte ihn erst verblüfft, dann ungläubig und schließlich verärgert an. Den Schlüssel, den sie in der Hand hielt, schob sie bedächtig wieder in ihre Umhängetasche. »Hallo, Thomas«, sagte sie ruhig, jedoch mit deutlich unfreundlichem Unterton.

Tom war ebenfalls einen Schritt zurückgewichen, doch dann erkannte er sie und lächelte. »Hallo, Sophie. Wir haben uns lange nicht gesehen.«

Zwischen Sophies Augen entstand eine steile Falte. »Nicht lange genug, wie ich finde. Was tust du hier?«

Tom lächelte unerschüttert weiter. »Wonach sieht es denn aus?« Er trat zu ihr in den Flur. »Hör zu, Lukas schläft noch«, flüsterte er. »Wir wollen ihn doch nicht wecken, oder? Entschuldige uns, wir müssen los.«

Sophie blickte ihm sprachlos nach, wie er mit dem Hund die Treppe hinab eilte, dann nahm sie ihren Koffer und betrat die Wohnung.

Tessa lief verlegen auf ihre Schwester zu. »Hallo, Sophie. So früh hatte ich nicht mit dir gerechnet.«

Sophie stellte den Koffer ab und ging mit ernster Miene auf sie zu. »Offensichtlich.« Sie nahm Tessa in den Arm und drückte sie. »Bist du von allen guten Geistern verlassen?«

Peinlich berührt fuhr sich Tessa durch ihr wirres Haar. »Vielleicht. Sophie, es ist nicht so …«

»Wie es aussieht?« Mit finsterer Miene schob sich Sophie an ihr vorbei ins Wohnzimmer, erfasste die Situation mit einem Blick und kam einen Moment später zurück in den Flur. In der Hand hielt sie das T-Shirt, das Tom am Vorabend getragen hatte. Schweigend hielt sie es Tessa unter die Nase.

»Also gut.« Tessa seufzte. »Es ist doch so, wie es aussieht. Sei mir bitte nicht böse. Ich konnte einfach nicht …« Sie unterbrach sich, als die Kinderzimmertür sich öffnete und Lukas seinen Kopf herausstreckte.

»Was ist denn hier los?«, fragte er und blinzelte verschlafen.

Erschrocken riss Tessa ihrer Schwester das T-Shirt aus der Hand und verbarg es hinter ihrem Rücken. »Nichts Besonderes, Lukas. Sophie ist gekommen, um uns zu besuchen.«

Lukas blinzelte erneut, dann lächelte er breit und rannte auf Sophie zu, um sie zu umarmen. »Hi, Sophie! Warum kommst du denn so früh? Es ist Sonntag!«

Sophie warf Tessa einen kurzen Blick zu, dann lachte sie. »Ich bin die ganze Nacht gefahren, weißt du. Da sind die Autobahnen frei.«

»Wow.« Lukas löste sich von ihr und blickte zu Tessa. »Wo ist Tom? Ist er schon weg?«

Tessa wurde rot. »Äh, ja, Lukas. Er ist gestern …«

»Er hat hier übernachtet«, sagte Lukas grinsend. »Du brauchst das nicht vor mir geheim zu halten, Mama. Ich hab gesehen, dass er neben dir auf der Couch geschlafen hat, als ich heute Nacht mal aufs Klo gegangen bin.«

»Oh. Also …« Die Röte auf Tessas Wangen vertiefte sich noch.

»Wenn er schon weg ist, gehe ich wieder ins Bett«, beschloss Lukas. »Bestimmt ist er schon ins Stadion gefahren, oder? Kommt er heute Abend wieder her?«

»Ich weiß nicht.« Tessa fühlte sich mit der Situation ein wenig überfordert und warf Sophie einen hilfesuchenden Blick zu. Ihre Schwester zuckte jedoch nur mit den Schultern und verschränkte die Arme vor der Brust. »Heute Nachmittag treffen wir uns bei Marios und Paulas Eltern zum Plätzchenbacken für die Weihnachtsfeier.«

»Kommt er da auch hin?« Lukas' Miene hellte sich auf und er schaute seine Mutter mit großen Augen an.

»Das hat er gesagt.«

»Super!« Der Junge drehte sich schwungvoll um und verschwand wieder in seinem Zimmer.

Tessa atmete durch und ging in die Küche, um Kaffee aufzusetzen. Sophie folgte ihr. »Hör mal, Tessa, ich bin anscheinend nicht ganz auf dem neuesten Stand. Als du sagtest, Thomas wäre wieder aufgetaucht, hatte ich nicht damit gerechnet, dass ihr schon wieder zusammen seid.«

Tessa zuckte zusammen und legte den Messlöffel zurück in die Kaffeedose. »Das sind wir auch nicht. Oder … Na ja, als wir telefoniert haben, waren wir es noch nicht.« Sie zuckte mit den Schultern. »Das ging alles so schnell.«

»Ein wenig zu schnell, will mir scheinen.« Sophie blickte ihr prüfend ins Gesicht. »Tessa, weiß er, dass Lukas …«

»Pst!« Erschrocken legte Tessa einen Finger an die Lippen. »Nein, er weiß es ebenso wenig wie Lukas.«

Überrascht runzelte Sophie die Stirn. »Und warum nicht?«

»Weil …« Tessa zögerte. »Es hat sich noch keine Gelegenheit ergeben, es ihm zu sagen.«

»Aber ausreichend Gelegenheit, um mit ihm ins Bett zu steigen.«

»O Gott, Sophie, so ist es doch gar nicht.« Verzweifelt rieb sich Tessa über die Augen.

Sophie trat auf sie zu und nahm sie in den Arm. »Dann erzähl mir endlich, wie es ist.«

15. Kapitel

»Santa, wir brauchen dich dringend in der Geschenke-Fabrik«, vermeldete Elf-Eins und betrat das Büro des Weihnachtsmanns. »Die Verladestation will einfach nicht anspringen.«

»Auch das noch! Jedes Jahr dasselbe«, murrte dieser genervt. »Ich sollte mir wirklich Gedanken über eine neue Fabrikanlage machen. Also gut, ich komme.« Er stand auf und warf sich seinen Mantel über. Dabei streifte er mit dem Ärmel einen Becher mit Stiften, der polternd zu Boden ging. Die Stifte kullerten quer durchs Zimmer.

»Ach, verflixt!« Santa bückte sich und klaubte die Stifte wieder auf.

»Warte, ich helfe dir.« Elf-Eins eilte herbei und sammelte einen Radiergummi ein, der ebenfalls zu Boden gegangen war. »Da unter dem Regal liegt auch noch ein Bleistift«, verkündete er und tastete bereits danach. »Hey, Santa, wann hast du hier denn zuletzt aufgeräumt?«

»Wie?« Der Weihnachtsmann hatte die Stifte inzwischen zurück in den Becher gestellt und war schon an der Tür. »Was meinst du damit?«

Elf-Eins richtete sich wieder auf und hielt ihm ein Blatt Papier unter die Nase. »Das hab ich hinter dem Fuß des Regals gefunden.«

Überrascht nahm Santa Claus ihm den Briefbogen ab und überflog ihn. Plötzlich weiteten sich seine Augen. »Das gibt's doch nicht. Hier ist er!«

»Wer?«

»Na, der Wunschzettel, nach dem ich seit Wochen suche. Lag er etwa die ganze Zeit dort unter dem Regal? Wie ist er bloß dort hingekommen?«

»Was steht denn drin?«, wollte Elf-Eins neugierig wissen.

Der Weihnachtsmann runzelte die Stirn. »Das sind zwei große Wünsche, Elf-Eins. Die kann ich unmöglich noch bis Weihnachten erfüllen. Hier, lies selbst!«

Nun überflog auch der Elf rasch den Brief und kräuselte dann besorgt die Lippen. »Das schaffen wir wirklich nicht mehr, Santa. Den Hund vielleicht, wenn wir Glück haben, aber das andere …«

In diesem Moment begann an Bildschirm neun ein rotes Lämpchen zu leuchten. Gleichzeitig erklang ein lautes Piepsen, das den Weihnachtsmann sofort alarmierte. Er eilte zur Videowand und hätte beinahe einen Fluch ausgestoßen. »So was Ärgerliches!«, rief er. »Wenn ich den Wunschzettel doch nur früher gefunden hätte. Sieh dir das nur an! Wenn mir nicht rasch etwas einfällt, steht diesen Menschen ein sehr trauriges Weihnachtsfest bevor.«

Elf eins trat neben ihn und blickte ebenfalls besorgt auf die Bilder, die der Bildschirm lieferte. »O je, können wir denn gar nichts … Moment mal!«, unterbrach er sich. »Santa, schau doch mal. Siehst du den Hund?«

»Sicher.« Santa hob verzagt die Schultern. »Der gehört diesem Tom.« Plötzlich hob er den Kopf. »Aber natürlich –

der Hund! Elf-Eins, du bist ein Genie! Hol mir Elf-Siebzehn her, der spricht die Hundesprache am besten. Ich glaube, ich weiß jetzt, was zu tun ist.«

16. *Kapitel*

Prüfend blickte Tessa in ihren Badezimmerspiegel und fragte sich, warum man einem Menschen große Entscheidungen nicht vom Gesicht ablesen konnte. Denn eine solche hatte sie heute getroffen.

In den vergangenen Tagen hatten sie und Lukas viel Zeit mit Tom verbracht. Auch wenn es vielleicht nicht ganz fair gewesen war, hatte sie erst abwarten wollen, um zu sehen, wie ihre Beziehung zu Tom weiterging, bevor sie ihm gestand, dass er Lukas' Vater war. Auch hatte sie Lukas beobachtet und festgestellt, dass er inzwischen eine große Zuneigung zu Tom entwickelt hatte, die sie nicht mehr ignorieren konnte.

Und obwohl sie sich geschworen hatte, achtsam zu sein und sich nicht von ihren Gefühlen mitreißen zu lassen, konnte sie nicht verhindern, sich erneut und unwiderruflich in ihn zu verlieben. Deshalb hatte sie beschlossen, den beiden endlich die Wahrheit zu sagen.

Am frühen Nachmittag des Samstags, an dem die große Weihnachtsfeier stattfinden sollte, trafen sich die Helfer des Festausschusses schon früh im Vereinssaal, um letzte Hand an die Dekoration zu legen. Tom hatte versprochen, rechtzeitig zum Beginn der Feier dort zu sein, doch vorher wollte er unbedingt noch zwei Dinge erledigen. Eines davon war eine

Formsache, die er rasch und ohne weiter darüber nachzudenken hinter sich brachte, das andere nahm jedoch wesentlich mehr Zeit in Anspruch, denn obwohl es sich um einen spontanen Einfall handelte, wollte er doch so sorgfältig wie möglich vorgehen, damit alles perfekt sein würde.

Ein wenig aufgeregt war er dann allerdings doch, als er sich schließlich mit leichter Verspätung endlich auf den Weg zum Vereinshaus beim Stadion machte.

»Herrje, wo bleibt er denn nur?« Nervös lief Renate hinter der kleinen Bühne auf und ab. »Ohne Tom können wir doch nicht anfangen!« Sie griff nach dem Weihnachtsmannkostüm, das über einem Stuhl hing, ließ es aber gleich wieder fallen. »Was machen wir denn auf einer Weihnachtsfeier ohne Weihnachtsmann?«

»Nun beruhige dich doch.« Hannah tätschelte ihr die Schulter. »Vielleicht ist er im Verkehr steckengeblieben. Bestimmt wird er gleich hier sein.«

»Und wenn nicht? Wo steckt er bloß?« Als Tessa den kleinen Raum hinter der Bühne betrat, schoss Renate auf sie zu. »Hast du Tom gesehen?«

Tessa schüttelte verwundert den Kopf. »Ist er denn noch nicht hier? Ich dachte, er wäre längst dabei, sich in diesen entzückenden Fummel zu werfen.« Sie deutete lachend auf das Kostüm. Dann wurde sie jedoch ernst. »Ihm wird doch nichts zugestoßen sein?«

»Jetzt fang du nicht auch noch an.« Hannah verdrehte die Augen. »Heute ist der letzte Samstag vor Weihnachten; die Stadt ist voll von kaufwütigen Menschen. Bestimmt steckt er nur irgendwo im Stau.«

»Ich versuche mal, ihn auf seinem Handy zu erreichen«, schlug Tessa vor, doch Hannah winkte ab.

»Das haben wir schon versucht. Da geht nur die Mailbox dran.«

»Tessa, kannst du mal kurz kommen?« Katrin streckte den Kopf zur Tür herein. »Wir sollten langsam die Tüten mit dem Gebäck für die Kinder hereintragen, damit Tom sie gleich griffbereit hat, um sie zu verteilen.« Sie sah sich um und entdeckte das Weihnachtsmannkostüm auf dem Stuhl. »Ist er etwa noch nicht da?«

Die drei Frauen blickten sie genervt an.

»Schon gut.« Katrin zog den Kopf ein. »Also hilfst du mir?«

»Bin schon unterwegs.« Tessa folgte ihr in die kleine Kaffeeküche, in der sie mehrere Kartons voll hübsch dekorierter und randvoll mit Plätzchen gefüllter Weihnachtstüten untergebracht hatten.

»So langsam sollte Tom aber wirklich eintrudeln«, befand Katrin beiläufig, während sie einen der Kartons hochhob. »So unzuverlässig kennt man ihn gar nicht. Andererseits …«

»Was?« Auch Tessa griff nach einem Karton, merkte jedoch bei Katrins letztem Wort auf.

»Nun ja, vielleicht ist er ja schon so mit Packen beschäftigt, dass er die Zeit vergessen hat.« Katrin lächelte Tessa unschuldig zu und verschwand hinaus in Richtung Bühne.

Irritiert blickte Tessa ihr nach. In ihrer Magengegend machte sich ein flaues Gefühl breit. Eilig verließ sie ebenfalls die Küche, stellte ihren Karton neben den anderen auf den Rand der Bühne und fasste dann Katrin am Arm. »Was meinst du damit, er ist mit Packen beschäftigt?«

»Na mit Packen für Amerika.« Katrin hielt bewusst ihren

beiläufigen Tonfall bei. Als sie sah, wie Tessa erstarrte, machte sie ein betroffenes Gesicht. »Ach, das weißt du noch gar nicht?« Sie ging wieder in die Küche, Tessa folgte ihr.

»Was weiß ich nicht?«

»Männer!« Mit einem gekonnt mitleidigen Augenaufschlag blickte Katrin sie an. »Süßholz raspeln können sie hervorragend, aber so Kleinigkeiten wie eine Auswanderung vergessen sie dabei glatt.«

Tessa wurde blass. Sie hatte das Gefühl, ein eisiger Ring lege sich um ihr Herz. Trotzdem bemühte sie sich, ganz ruhig zu bleiben. »Wovon redest du da?«, fragte sie.

Katrin, die bereits einen weiteren Karton hochgehoben hatte, stellte ihn auf der kleinen Anrichte ab und sah Tessa treuherzig an. »Hat er dir wirklich nicht gesagt, dass er im Januar bei einem amerikanischen Fußballklub als Trainer anfängt? Irgendwo in Texas, glaube ich. Mindestens vier Jahre soll sein Vertrag laufen, und eine Greencard hat man ihm dort auch schon angeboten, also wird er wohl ganz dort bleiben.«

Bei Katrins Worten krampfte sich Tessas Magen zusammen. Ihre Hände wurden eiskalt, ihr Herz pochte wie verrückt. »Das kann nicht sein«, stammelte sie. »Du musst dich irren, Katrin!«

»Aber nein, ganz bestimmt nicht«, erwiderte Katrin mit einem feinen, triumphierenden Lächeln. »Ich habe den Vertrag selbst gesehen. Er lag auf Toms Schreibtisch, als ich neulich die Einladungen bei ihm abgeholt habe, um sie zur Post zu bringen.« Sie seufzte bedauernd. »Schade ist es schon, dass er wieder fortgeht, nicht wahr? Er ist so ein guter Trainer. Andererseits – wer will es ihm verdenken? So eine Chance bekommt man bestimmt nicht zweimal im Leben. Ist nur natürlich, dass er da zugreift.« Sie klimperte besorgt mit den Wimpern. »Aber, Schätzchen, was ist denn? Du bist so blass – geht es dir nicht gut?«

Tessa hatte tatsächlich das Gefühl, kaum noch Luft zu bekommen. Nur mit äußerster Anstrengung riss sie sich zusammen. »N … nein, schon gut, Katrin. Ich war nur … so überrascht, das ist alles.« In ihrem Kopf drehte sich alles, und zu dem ersten Schreck gesellte sich nun ein zweites Gefühl: Wut. Sie ging zur Tür. »Entschuldige mich bitte.« Sie rannte fast aus der kleinen Küche und konnte so Katrins schadenfrohes Kichern nicht mehr hören.

Ohne auf die Gäste zu achten, die bereits nach und nach durch den zweiflügligen Eingang in den Saal strömten, stürmte sie hinter die Bühne und blickte sich wild um. »Wo steckt er?«

Hannah drehte sich überrascht zu ihr um. »Wer? Tom? Er ist gerade gekommen und hat sich schon umgezogen. Er hat nach dir gefragt.«

»Das trifft sich gut.« Fuchsteufelswild machte Tessa auf dem Absatz kehrt und schoss wieder zur Tür hinaus. Verblüfft blickte Hannah ihr nach.

Tom war gerade dabei, die Verstärkeranlage für das Mikrofon einzustellen. Dabei hielt er mit einem Auge Ausschau nach Tessa, um sie vor Beginn der Veranstaltung noch einmal kurz abzupassen und sie und Lukas für den morgigen Sonntag zu einem Brunch bei ihm einzuladen. Der Gedanke an seinen Plan ließ ihn ein wenig dümmlich grinsen; am liebsten hätte er ihn sofort in die Tat umgesetzt. Doch hier auf der Weihnachtsfeier – so zwischen Tür und Angel – war ganz sicher nicht der richtige Moment.

Als er Tessa schließlich erblickte, glitt ein Strahlen über sein Gesicht. Rasch zog er den albernen Weihnachtsmannbart herunter, um sie küssen zu können. Bein Anblick ihres kalkweißen Gesichts und ihrer vor Zorn blitzenden Augen verflog sein Lächeln jedoch. »Hallo, Tessa. Ist etwas …«

»Du bist ein Scheusal«, stieß sie mit zitternder Stimme hervor, bemühte sich dann aber, sich unter Kontrolle zu bringen. Sie würde ihm keine Szene machen. »Hast du gedacht, die gute alte Tessa ist ein prima Lückenfüller?« Sie griff sich an den Kopf. »Ich fasse es einfach nicht, dass ich tatsächlich kurz davor war, noch einmal auf dich hereinzufallen.«

Tom starrte sie perplex an. »Wovon redest du eigentlich? Ich verstehe nicht …«

»Nein, da hast du recht«, unterbrach Tessa ihn und legte alle Kälte in ihre Stimme, derer sie fähig war. »Du verstehst überhaupt nichts, du egoistischer Mistkerl. Wann wolltest du es mir denn sagen?« Sie winkte ab. »Gar nicht, vermute ich. Ich hätte es ja auch so früh genug gemerkt.«

»Tessa …« Ratlos trat er einen Schritt auf sie zu, doch sie hielt ihn auf, indem sie gebieterisch die Hand hob.

»O nein, komm mir nicht zu nahe, Thomas Winkmann! Nicht jetzt und auch in Zukunft nie mehr.« Obwohl sie ihre Stimme gesenkt hatte, schnitten ihre Worte wie eine Stahlklinge durch die Luft. »Ich will dich nicht mehr sehen.«

Als er erneut etwas sagen wollte, schüttelte sie den Kopf. »Spar dir die Luft. Ich will deine Ausreden gar nicht hören. Offenbar tat deine Mutter gut daran, mich zu warnen.«

»Meine Mutter?« Nun verstand Tom gar nichts mehr.

»Ich hätte auf sie hören sollen.« Tessa wandte sich ab, drehte sich jedoch gleich noch einmal um. »Halt dich zukünftig von Lukas fern. Ich hätte nie zulassen dürfen, dass er sich so an dich hängt. Er hat seinen Vater vor seiner Geburt verloren. Dabei hätte es bleiben sollen.« Damit drehte sie sich endgültig um und ging hoch erhobenen Hauptes davon.

Tom wollte ihr schon folgen, doch da kam Katrin auf ihn zu und lächelte breit. »Hey, Weihnachtsmann, du bist gleich dran!« Sie deutete auf die Bühne, auf der inzwischen der Vereinsvorsitzende Position bezogen hatte und gerade dabei war, das Mikrofon einzuschalten. Ein Knacken ertönte aus den Lautsprechern.

»Sehr verehrte Damen und Herren, liebe Freunde und ganz besonders liebe Kinder, ich begrüße Sie und Euch ganz herzlich zu unserer diesjährigen Weihnachtsfeier …« Während er sprach, winkte er Tom auffordernd zu. Mit den Augen suchte dieser jedoch den Saal nach Tessa ab und bekam gerade noch mit, dass sie den heftig protestierenden Lukas mit sich aus dem Saal zog. Widerwillig ließ sich Tom von Katrin zur Bühne schieben.

17. Kapitel

»Das ist gemein, Mama!« Lukas rannen Tränen über die Wangen. »Warum können wir nicht auf der Feier bleiben? Ich hab mich so darauf gefreut.«

Tessa hielt krampfhaft das Lenkrad ihres Wagens umfasst und bemühte sich, den Schmerz, der in ihrer Brust wühlte, zu unterdrücken. »Es tut mir leid, Schatz. Ich muss … weg. Und es ist besser, wenn du eine Weile nicht in den Sportverein gehst. Nur bis …« Bis Tom fort war. Krampfhaft schluckte Tessa an dem Kloß, der sich in ihrer Kehle gebildet hatte. Sie war so dumm! Wie hatte sie zweimal den gleichen Fehler machen können? Für ihre Schwäche hätte sie sich verfluchen mögen. Gleich beim ersten Wiedersehen hätte sie Tom in die Wüste schicken sollen. Stattdessen hatte sie sich Honig ums Maul schmieren lassen. Eingewickelt hatte er sie und mit Leichtigkeit noch dazu. Hatte er wirklich geglaubt, er könne die alte Romanze noch einmal auffrischen, um sich die Zeit bis zu seinem erneuten Weggang ein wenig angenehmer zu vertreiben?

»Aber warum denn, Mama? Ich hab doch gar nichts angestellt«, kam es verzweifelt vom Rücksitz. Tessa blinzelte eine Träne fort. Die Enttäuschung, die Lukas nun erleben musste, schnitt ihr tief ins Herz.

Inzwischen hatte sie ihr Haus erreicht. Sie sprang aus dem

Auto und riss die Tür zur Rückbank heftiger als nötig auf. »Komm, mein Schatz. Ich mache es wieder gut, das verspreche ich. Aber wir konnten heute nicht auf der Weihnachtsfeier bleiben.« Sie schnallte Lukas ab und zog ihn dann mit sich ins Haus.

Sophie streckte verwundert den Kopf aus dem Wohnzimmer, als sie die Wohnung betraten. »Nanu, ihr seid ja schon wieder da? Das war aber eine kurze …« Sie brach ab, als sie Tessas Miene und Lukas' verheultes Gesicht erblickte. »O Gott, Tessa, ist etwas passiert? Gab es einen Unfall?«

»Nein, Sophie, nichts. Es ist nur …«

»Mama ist gemein«, schluchzte Lukas. »Ich durfte nicht auf der Feier bleiben, dabei war es so lustig.« Anklagend blickte er Tessa an. »Du bist gemein!«, wiederholte er und verschwand weinend in seinem Zimmer. Die Tür fiel lautstark hinter ihm ins Schloss.

Gequält blickte Tessa ihm nach, beschloss aber, ihn erst einmal zur Ruhe kommen zu lassen.

»Was um alles in der Welt ist passiert?«, wollte Sophie wissen und zog sie resolut ins Wohnzimmer. »Du siehst schrecklich aus!«

Tessa atmete zitternd ein und aus. »Du hattest recht.«

»Womit?«

»Dass ich den Verstand verloren hatte, mich mit Tom einzulassen.«

Sofort hob Sophie alarmiert den Kopf und trat auf sie zu. In ihre Augen trat ein gefährliches Funkeln. »Was hat er getan?«

Tessa verschränkte die Arme vor der Brust. »Nichts. Das heißt, er hielt es nicht für nötig, mir mitzuteilen, dass er im

Januar wieder nach Amerika geht. Und diesmal wahrscheinlich für immer.«

»Wie bitte?« Aus dem Funkeln wurde ein zorniges Glühen. »Er geht wieder weg und sagt es nicht einmal? Und woher weißt du …«

»Katrin.« Tessa schloss kurz die Augen. »Sie erzählte mir vorhin, dass sie neulich zufällig den Vertrag bei ihm gesehen hat. Sie war ganz erstaunt, dass ich nichts davon wusste. Anscheinend ist die Sache sonst überall schon herum.«

»Das …« Sophie schüttelte den Kopf. »Das ist ja unglaublich. Dieser Mistkerl! Uns gegenüber tut er schön und macht einen auf Familie …« Sie unterbrach sich, als sie Tessas Blick auffing. »O Schatz, es tut mir so leid!« Rasch nahm sie ihre Schwester in den Arm. Doch Tessa wehrte sie ab. »Ich bin selbst schuld«, sagte sie. »Wie blöd muss man auch sein, sich gleich zweimal in dieselbe Situation zu bringen? Aber das wird mir nicht noch einmal passieren.« Entschlossen schob sie ihr Kinn vor. »Wenn er erst mal weg ist, haben wir Ruhe. Lukas wird traurig sein, aber er wird darüber wegkommen.«

Sophie legte den Kopf auf die Seite. »Mag sein, aber was ist mit dir?«

»Mir geht es gut.«

»Aber …«

»Ich möchte dich um etwas bitten.«

Sophie blickte Tessa besorgt an. »Alles, was du willst.«

Tessa fuhr sich ordnend durchs Haar. »Ich habe dir doch neulich von dieser Fortbildung erzählt, die kommende Woche in München stattfinden soll.«

»Ich dachte, da wolltest du nicht hin so kurz vor Weihnachten.«

»Wollte ich auch nicht. Aber jetzt …« Angestrengt bemühte Tessa sich, ein Lächeln aufzusetzen. »Ich glaube, es wäre besser, wenn ich mir für ein paar Tage einen Tapetenwechsel gönne. Würdest du dich solange um Lukas kümmern?«

»Natürlich mache ich das.« Vorsichtig legte Sophie Tessa eine Hand auf den Arm. »Bist du wirklich in Ordnung?«

»Nein.« Tessa schüttelte den Kopf. »Aber ich werde es ganz bald wieder sein, das verspreche ich dir. Ich brauche nur ein paar Tage.« Sie hielt inne. »Er wird nicht erfahren, wo ich bin.«

»Darauf kannst du Gift nehmen.« Sophie nickte grimmig. »Er soll es nur wagen, mir noch einmal unter die Augen zu kommen, dann kann er was erleben.«

Tessa seufzte. »Hilfst du mir beim Packen?«

»Das darf doch alles nicht wahr sein!« Aufgebracht lief Tom in Leons und Hannahs Wohnzimmer auf und ab. »Ich habe keine Ahnung, was in sie gefahren ist.«

»Nun beruhige dich erst mal«, sagte Hannah. »Irgendetwas muss schließlich vorgefallen sein. Habt ihr euch gestritten?«

»Nein!« Tom zwang sich, neben Hannah auf der Couch Platz zu nehmen. »Es war alles in Ordnung, bis sie plötzlich auf mich zugeschossen kam und mich ein Scheusal und einen Mistkerl nannte.«

Leon runzelte die Stirn. »Das tun Frauen normalerweise nur, wenn sie einen guten Grund haben.«

»Aber ich weiß wirklich nicht …« Verzagt ließ Tom den Kopf in seine Hände sinken. »Sie behauptet, ich hätte ihr irgendetwas verschwiegen.«

»Und was könnte das sein?«

Tom hob ratlos die Schultern. »Ich muss unbedingt mit ihr sprechen! Vorhin war ich bei ihr. Sie … Ihr Auto ist weg. In der Wohnung brennt zwar Licht, aber es öffnet niemand. Ans Telefon oder Handy geht sie auch nicht.«

»Das ist wirklich äußerst merkwürdig«, befand Hannah. »Vor der Feier hatte ich nicht den Eindruck, dass sie irgendwie verärgert gewesen wäre.« Sie kräuselte die Lippen. »Hat Lukas nicht ein Handy? Vielleicht solltest du versuchen, ihn anzurufen. Bestimmt hat Mario die Nummer.«

»Sie hat mir verboten, noch einmal mit ihm Kontakt aufzunehmen«, murmelte Tom; er starrte auf den Boden.

»Und davon lässt du dich aufhalten?« Leon stieß ihm unsanft die Ellenbogen in die Rippen. »Ich dachte, du liebst die Frau. Dann sieht auch zu, dass du die Sache wieder ins Reine bringst. Ich gehe und frage Mario nach der Nummer.« Leon erhob sich und verließ das Wohnzimmer. Wenig später kam er mit einem Zettel wieder.

Tom nahm ihn an sich und tippte sofort die Nummer in sein Handy ein. Gespannt wartete er, bis er die Stimme des Jungen vernahm. Er räusperte sich. »Lukas? Hier ist Tom. Hör mal …«

»Hey, Tom! Wie geht es Ruprecht?«

»Gut, ähm, sag mal, weißt du, warum deine Mutter böse auf mich ist?«

Lukas schniefte, es war deutlich zu vernehmen, dass er mit den Tränen kämpfte. »Ich darf nicht mehr in den Sportverein. Mama war heute Nachmittag schrecklich böse und gemein. Und geweint hat sie auch, glaube ich. Jetzt ist sie … Hey!«

Im Hintergrund raschelte etwas, dann erklang Sophies barsche Stimme: »Wer ist da?«

Tom atmete auf. »Sophie, ich bin es, Tom. Kannst du mir vielleicht verraten …«

»Hör zu, du mieser Schuft.« Sophies Stimme klang eisig. »Reicht es dir nicht, meiner Schwester zum zweiten Mal das Herz zu brechen? Musst du jetzt unbedingt auch noch Lukas wehtun?«

»Aber was ist denn überhaupt …?«

»Ich warne dich«, zischte Sophie. »Versuch das nicht noch einmal.« Es knackte, die Leitung war unterbrochen.

Wie betäubt starrte Tom einen Moment lang das Mobiltelefon an, bevor er es beiseitelegte.

Hannah und Leon, die alles genau verfolgt hatten, blickten einander an. »Da stimmt etwas nicht«, stellte Hannah schließlich fest. »Da stimmt etwas ganz und gar nicht.«

»Da hast du recht.« Tom stand auf, denn ihm war gerade noch etwas anderes eingefallen. »Entschuldigt mich, ich muss zu meiner Mutter.«

»Zu deiner Mutter?« Erstaunt folgte Leon Tom zur Haustür. »Was hat sie damit zu tun?«

Tom blickte grimmig über die Schulter. »Das werde ich herausfinden.«

18. Kapitel

»Pass auf, Ruprecht«, sagte Elf-Siebzehn zu dem kleinen Hund. »Hör mir gut zu. Du musst alles so machen, wie ich es dir erklärt habe.«

Ruprecht nickte eifrig und schleckte sich über die Schnauze, denn der Elf hielt ein Leckerli in der Hand.

»Wir müssen genau den richtigen Moment abwarten«, fuhr Elf-Siebzehn eindringlich fort. »Sonst funktioniert Santas ausgeklügelter Plan nicht. Er muss aber klappen, denn wir haben nicht mehr viel Zeit bis Weihnachten.«

»Wau«, bestätigte Ruprecht und bohrte seine Nase in die Hand des Elfs, der ihm daraufhin lachend den Hundekuchen gab.

»Also gut, wir verlassen uns auf dich.« Er hob lauschend den Kopf. »Da kommt dein Herrchen; es geht los.« Rasch streichelte der Elf Ruprecht noch einmal über den Kopf, dann verschwand er durch den Kamin nach draußen. Auf dem Dach gab er Elf-Zwei und Elfe-Acht ein kurzes Zeichen, dass alles nach Plan lief, und sogleich schwangen sich die beiden in die Luft, um dem Weihnachtsmann Bericht zu erstatten.

19. Kapitel

Tom wäre beinahe sofort zu seiner Mutter gefahren, doch im letzten Moment fiel ihm ein, dass Ruprecht seit Stunden allein zu Hause war. Da der Hund schon öfters aus diesem Anlass das Haus auf den Kopf gestellt hatte, machte Tom deshalb einen raschen Umweg und registrierte beim Öffnen seiner Haustür erleichtert, dass offenbar noch alle Einrichtungsgegenstände an ihrem Platz standen. Ruprecht schoss freudig bellend auf ihn zu und sprang an ihm hoch.

»Schon gut, mein Freund, nicht so wild.« Tom musterte den Hund. »Woher hast du denn die Krümel an deiner Nase?« Argwöhnisch warf er einen Blick in die Küche, doch offenbar hatte Ruprecht doch nicht herausgefunden, wie man den Futterschrank öffnete. Lediglich in seinem Napf lagen noch zwei weitere Leckerlis. Stirnrunzelnd überlegte Tom, wann er dem Hund davon gegeben hatte, schob den Gedanken jedoch rasch beiseite. Er hatte es eilig. »Komm, Ruprecht, lauf rasch in den Garten. Bestimmt musst du mal dein Bein heben, oder nicht?« Er öffnete die Terrassentür, der Hund rannte hinaus und verschwand hinter einem Busch.

Ungeduldig trat Tom von einem Bein auf das andere; schließlich pfiff er nach dem Hund, der daraufhin brav angetrabt kam. Schnell schloss Tom die Terrassentür wieder. »Tut mir leid, Ruprecht, aber ich muss noch mal weg. Dass du mir keinen Unsinn anstellst!« Er schnappte sich die Autoschlüssel und machte sich auf den Weg zum Seniorenhaus Lichtblick.

»Wir könnten die Wohnung im zweiten Stock mieten«, sagte Heinz-Georg zu Lina. »Sie hat drei Zimmer, so dass wir genügend Platz …« Er unterbrach sich und warf einen Blick aus dem Fenster. »Ich glaube, da kommt dein Sohn. Er wirkt ziemlich aufgebracht.«

»Tatsächlich?« Lina trat ebenfalls ans Fenster, doch da war Tom bereits im Hauseingang verschwunden. Augenblicke später klingelte es an ihrer Tür.

»Hallo, mein Lieber«, begrüßte sie ihn, als er die kleine Wohnung betrat. »Ich hatte ja gar nicht mit dir gerechnet.« Etwas verlegen drehte sie sich zu dem Mann um, der noch immer im Wohnzimmer stand. »Aber wenn du schon hier bist, bringen wir es am besten gleich hinter uns.«

»Mutti …«, setzte Tom an, da jedoch der Nachbar seiner Mutter bereits auf ihn zu trat, verstummte er wieder.

»Heinz-Georg, dies ist mein Sohn Tom«, sagte Lina. »Tom, ich möchte dir Heinz-Georg vorstellen. Er ist …«

»Dein Nachbar. Das hattest du mir doch schon erzählt.«

»Ja, sicher.« Lina errötete. »Da ist allerdings noch etwas …«

Tom hob überrascht die Augenbrauen. »Was denn noch?«

Heinz-Georg räusperte sich umständlich und strich sich fahrig durch sein kurzes, graues Haar. »Es freut mich, Sie kennenzulernen, Tom. Ich hoffe, wir werden gut miteinander auskommen.«

»Sicher, warum auch nicht?« Fragend blickte Tom auf seine Mutter, die verlegen an ihrer Bluse herumzupfte. »Stimmt etwas nicht?«

»Weißt du, Tom«, begann sie schließlich mit einem zarten Lächeln. »Wir waren gerade dabei uns zu überlegen, eine größere Wohnung im zweiten Stock zu mieten.«

»Eine größere Wohnung?«

»Wir möchten zusammenziehen.« Lina atmete hörbar ein und aus. »Und heiraten.« Dann lächelte sie wieder. »Du wirst also tatsächlich bald deinen guten Anzug brauchen.«

»Wie bitte?« Fassungslos blickte Tom zwischen seiner Mutter und Heinz-Georg hin und her.

»Sei mir bitte nicht böse, dass ich nicht schon früher mit dir darüber gesprochen habe.«

»Früher? Ihr kennt euch doch erst seit ein paar Tagen!«

»Wochen«, korrigierte Heinz-Georg lächelnd und trat neben Lina, um ihre Hand zu nehmen. »Es sind schon ein paar Wochen.«

»Und schon wollt ihr heiraten.« Um diese Nachricht zu verdauen, ließ sich Tom erst einmal auf einen Stuhl sinken.

Lina setzte sich ihm gegenüber; Heinz-Georg nahm neben ihr Platz. »Weißt du, Junge, in unserem Alter halten wir es nicht für angebracht, lange zu warten. Bist du sehr verärgert?«

Irritiert schüttelte Tom den Kopf. »Nein, Mama, ich bin nur so überrascht. Ich wäre nie auf die Idee gekommen, dass du …«

»Was? Dass ich mich verlieben könnte?« Lina lachte erheitert. »Dieses Privileg habt ihr jungen Leute nicht allein für euch gepachtet. Abgesehen davon halte ich den Zeitpunkt für wunderbar passend.«

»Ach ja?«

»Ja, denn wenn ich mich nicht sehr täusche, wirst auch du nicht mehr lange allein bleiben. Wenn ich mich nicht mehr ständig um dein fehlendes Privatleben sorgen muss, kann ich mich endlich auch mal auf meines konzentrieren.« Sie kicherte, wurde jedoch sogleich wieder ernst, als sie sah, wie sich Toms Miene verfinsterte. Sie griff nach seiner Hand. »Was ist los, Tom?«

Tom starrte auf die Platte des kleinen Esstischs, dann hob er den Kopf und blickte Lina ernst in die Augen. »Das frage ich dich, Mutter.«

»Oh!« Lina kräuselte die Lippen. »Wenn du mich plötzlich *Mutter* nennst, stehen die Zeichen auf Sturm. Sag schon, was ist los? Was habe ich falsch gemacht?«

»Das wüsste ich gern. Hast du in letzter Zeit mit Tessa gesprochen?«

»Mit Tessa? Nicht, dass ich … Oh, natürlich! Vor einigen Wochen war ich bei ihr im Laden. Nachdem du mir erzählt hattest, dass du sie wiedergesehen hast, war ich doch so neugierig. Ich musste sehen, was aus ihr geworden ist.« Lina hielt kurz inne. »Ich war sehr von ihr beeindruckt. Deshalb hoffe ich ja, dass ihr …«

»Sie behauptet, du habest sie vor mir gewarnt.« In Toms Stimme war eine deutliche Schärfe getreten. »Ist das wahr?«

»Gewarnt?« Verwirrt schüttelte Lina den Kopf. »Wie käme ich denn dazu? Ich habe nur … O je, hat sie das vielleicht in den falschen Hals bekommen?«

Argwöhnisch beugte Tom sich über den Tisch. »Was hast du ihr gesagt?«

»Nichts Schlimmes.« Lina biss sich auf die Lippen. »Das heißt … Herrje, wahrscheinlich hat sie geglaubt …«

»Was?« Toms Stimme klang messerscharf.

Lina zuckte zusammen. »Du weißt, dass ich eurer Beziehung damals sehr skeptisch gegenüberstand. Tessa wusste es natürlich auch. Das war der Hauptgrund, weshalb ich sie aufgesucht habe. Nicht, dass ich deinem Urteil nicht vertraue, Tom, aber als Mutter macht man sich nun mal Sorgen. Ich war sehr erleichtert, als ich erkannte, was für eine Frau sie geworden ist.«

»Deshalb musstest du sie vor mir warnen?«

»Himmel, nein, das habe ich doch gar nicht.« Erregt legte Lina eine Hand an ihre Wange.

»Liebes, du solltest dich nicht so aufregen«, unterbrach Heinz-Georg sie. »Dein Herz …«

»Mit meinem Herzen ist alles in Ordnung«, wehrte Lina ab. »Aber ich fürchte …« Wieder hielt sie inne. »Tom, hat sie es dir mittlerweile gesagt?«

»Was gesagt?« Verwundert legte er den Kopf auf die Seite.

»Ach je, das hatte ich befürchtet.« Unsicher strich sich Lina eine Strähne ihres weißen, welligen Haars hinters Ohr. Dann seufzte sie. »Das wird sie mir jetzt vermutlich sehr übel nehmen.«

»Du sprichst in Rätseln, Mutter.«

Lina hob den Kopf und blickte ihren Sohn eindringlich an. »Hast du nicht bemerkt, dass Lukas dir sehr ähnlich sieht?«

»Lukas?«, fragte Tom verständnislos. »Was hat das mit ihm zu tun?«

Lina seufzte erneut. »Alles, vermute ich. Du magst den Jungen, oder?«

»Ja, natürlich. Er ist …«

»Dein Sohn.«

Tom klappte den Mund zu und schwieg einen Moment. »Woher weißt du das?«

Lina nahm wieder seine Hand. »Abgesehen davon, dass man es kaum übersehen kann, hat Tessa es mir bestätigt.«

»Dir hat sie es also gesagt.«

»Tom, du darfst ihr nicht böse sein, dass sie …«

»Habe ich denn gesagt, dass ich böse bin?«, fuhr Tom sie an.

Dann atmete er tief durch. »Ich hatte es mir schon gedacht. Mir gewünscht«, setzte er hinzu. »Sie hat nicht darüber gesprochen, aber ein bisschen rechnen kann ich auch.« Er fuhr sich erregt durchs Haar.

»Sie wollte dich nicht mit dem Kind belasten«, sagte Lina mit sanfter Stimme. »Das ist bewundernswert … und dumm. Du hättest ein Recht darauf gehabt, es zu wissen.«

»Ich habe sie damals verlassen.«

»Stimmt. Niemand kann heute sagen, ob es etwas geändert hätte, wenn du von dem Kind erfahren hättest. Damals war ich froh, dass du nach Amerika gingst, um deinen Traum zu verwirklichen. Ich weiß nicht, ob ich anders darüber gedacht hätte, wenn ich gewusst hätte … Vielleicht hätte ich sie dafür verurteilt.«

»Glaubst du, sie wollte mir das Kind anhängen, um mich zu halten?« Tom runzelte erbost die Stirn.

»Nein, dass es nicht so gewesen ist, hat sie schließlich bewiesen. Aber natürlich weiß ich auch, dass du sie nur schweren Herzens zurückgelassen hast. Du musstest ihr wehtun, mehr noch, als wir damals geahnt haben. Doch auch sie hat dir Schmerz zugefügt.«

»Mir?«

Lina lachte trocken auf. »Ja, glaubst du denn, ich wüsste nicht, wie sehr du versucht hast, sie nach deiner Rückkehr wiederzufinden?«

Tom schwieg nachdenklich. »Sie wollte nicht gefunden werden.«

»Und hat dich damit verletzt.« Lina stand auf und trat ans Fenster. Ihr Blick schweifte über die winterlich kahlen Äste der Bäume im Stadtpark, in denen die Lämpchen von Lichterketten vorweihnachtliches Licht in den frühen Abend zauberten. »Ich sagte ihr, dass ich mir wünsche, dass ihr einander nicht noch einmal so wehtut. Das muss sie falsch verstanden haben. Ist sie sehr böse auf mich?«

»Das weiß ich nicht. Sie ist weg.«

Überrascht drehte Lina sich um. »Was meinst du mit weg?«

Diesmal war es an Tom zu seufzen. Erschöpft stützte er den Kopf in seine Hände. Dann erzählte er seiner Mutter und Heinz-Georg, was auf der Weihnachtsfeier vorgefallen war.

20. Kapitel

»Pierre, es tut mir leid, dass ich dich so kurz vor Weihnachten mit dem Laden alleingelassen habe.« Tessa wickelte eine Haarsträhne um ihren Finger, während sie sprach. »Aber ich musste einfach raus. Zuhause hätte ich es keinen Moment mehr länger ausgehalten.«

»Ist schon gut, Schatz«, kam Pierres beruhigende Stimme vom anderen Ende der Leitung. »Roland hat Urlaub und hilft mir mit den Auslieferungen. Ich glaube, das macht ihm richtig Spaß. Na ja, ist ja auch was anderes als die trockene Büroarbeit in der Spedition.«

»Ich hätte trotzdem nicht einfach wegfahren dürfen.« Tessa seufzte. »Morgen bin ich wieder zurück. Dann kannst du am Heiligen Abend freimachen.«

»Ach was, vergiss das gleich wieder! Ich werde dich doch an Heiligabend nicht allein im Laden stehenlassen.«

»Das ist nur gerecht. Immerhin hast du jetzt auch alles am Hals.«

»Ich bin gerne für dich da, das weißt du doch.« Pierre schwieg kurz. »Tom war schon zweimal im Laden und hat nach dir gefragt.«

»Ich will nichts davon hören.« Tessas Stimme begann leicht zu zittern.

»Ich habe ihm nicht gesagt, wo du bist.«

»Danke.«

»Sophie hat mir erzählt, was passiert ist. Tessa …«

»Was?«

Pierre druckste ein wenig herum. »Tom sah wirklich verzweifelt aus. Ich kann mir nicht vorstellen, dass er sich dir gegenüber so hinterhältig verhalten haben soll. Ich hatte eher den Eindruck, dass er gar nicht weiß, weshalb du mit ihm Schluss gemacht hast.«

Tessa schnaubte. »Er weiß es ganz genau, glaub mir. Wenn er jetzt das Unschuldslamm spielt oder ein schlechtes Gewissen hat, kann ich es auch nicht ändern.«

»Ich soll dir ausrichten, dass er mit dir reden will.«

»Ich will aber nicht mit ihm reden, Pierre.«

»Schon gut, Tessa.« Pierres Stimme klang besänftigend. »Du musst selbst wissen, was du tust. Aber darf ich dir einen Rat geben?«

»Wenn es sein muss.«

»Es muss sein, jedenfalls glaube ich das.« Pierre hielt kurz inne. »Du solltest noch einmal mit ihm reden. Nein, hör mir zu! Tu es um Lukas willen. Tom hat ein Recht darauf zu erfahren, dass er einen Sohn hat. Und abgesehen davon sollte auch Lukas wissen, dass Tom sein Vater ist.«

Tessa schluckte. »Ich weiß, Pierre. Das wäre nur fair den beiden gegenüber. Doch ich …«

»Dass es dir schwerfällt, ist mir klar. Aber du musst es tun, Tessa. Und bald, wenn Tom wirklich vorhat, im Januar fortzugehen.«

»Ich will nicht, dass er sich zu irgendetwas verpflichtet fühlt. Wir sind die letzten zehn Jahre allein zurechtgekommen und werden es auch in Zukunft.«

»Weißt du was, Tessa, du bist ganz schön verbittert.« Pierres Ton wurde unversehens scharf. »Und du hast Angst. Frag dich mal wovor!«

Verdutzt starrte Tessa ihr Handy an. Pierre hatte einfach aufgelegt.

Erschöpft ließ sie sich auf ihr Hotelbett sinken und blickte sich in dem kleinen, sauberen Zimmerchen um. Plötzlich fragte sie sich, was sie hier zu suchen hatte, einen Tag vor Heiligabend. Pierre hatte recht – sie war verbittert und hatte Angst.

Ihre Finger zuckten, beinahe hätte sie erneut nach ihrem Handy gegriffen. Stattdessen stand sie wieder auf, straffte die Schultern und begann, ihren Koffer zu packen. Eine halbe Stunde später saß sie bereits am Steuer ihres Wagens und lenkte ihn durch die mit unzähligen Sternen und Lichterketten geschmückte Innenstadt Münchens in Richtung Autobahn. Dabei lauschte sie mit einem Ohr dem Wetterbericht im Radio, der für den heutigen Tag heftige Schneefälle meldete.

Tom war noch niemals so froh gewesen, dass die letzte Schulstunde vor den Ferien vorbei war. Er hatte sich kaum noch auf den Unterricht konzentrieren können, denn in seinem Kopf kreiste ständig die Frage, ob er noch einmal versuchen sollte, mit Lukas zu sprechen. Die letzten Tage kamen ihm vor wie die Hölle, weil er zum Warten und Nichtstun verurteilt war. Niemand – weder Sophie noch dieser Pierre aus Tessas Laden – war bereit gewesen, ihm zu sagen, wo Tessa steckte. Er hatte es schließlich sogar bei ihren Eltern versucht, doch die behaupteten, sie wüssten gar nicht, dass ihre Tochter weggefahren sei. Ihre Mutter erschien jedoch zumindest nicht mehr so abweisend wie noch vor fünf Jahren. Vielleicht hatte sie sogar Mitleid mit ihm, denn sie hatte versprochen, bei ihrer Tochter ein gutes Wort für ihn einzulegen. Inzwischen waren jedoch bereits drei Tage vergangen, und er war noch immer vollkommen ratlos.

Als er sein Auto vor seine Garage lenkte, sah er Lukas auf den Stufen zur Haustür sitzen. Der Junge sprang auf und rannte ihm entgegen. »Hallo, Tom!«

Ohne zu zögern, nahm er Lukas in die Arme. »Hey, Sportsfreund. Wo kommst du denn her?« Prüfend sah er dem Jungen in die Augen und erkannte sich selbst darin. Sein Herz machte einen freudigen Satz.

Lukas zuckte mit den Schultern. »Ich bin mit dem Bus hergefahren. Mama will das eigentlich nicht, aber sie ist ja nicht da.«

»Du bist einfach weggelaufen?«

»Nö, gleich von der Schule bin ich hergekommen.« Lukas schniefte ein bisschen und blickte zu Tom auf. »Darf ich mit Ruprecht spielen?«

»Komm erst mal ins Warme.« Tom schloss die Haustür auf. Sogleich stürzte Ruprecht auf Lukas zu und sprang freudig kläffend an ihm hoch. Der Junge lachte und streichelte ihn.

»Hör zu, Lukas.« Tom legte ihm eine Hand auf die Schulter. »Ich muss dich nach Hause bringen. Sophie wird sich Sorgen machen, wenn du nach der Schule nicht heimkommst.«

»Mir doch egal.« Plötzlich lag ein trotziger Zug um Lukas' Mund. »Warum darf ich nicht mehr zu dir und in den Sportverein? Mama und Sophie sind so gemein.«

»Wo ist deine Mutter hingefahren?« Tom führte Lukas in die Küche und hob ihn auf einen der hohen Barhocker am Tresen.

»Auf so eine Fortbildung. Da lernt sie irgendwas über …« Lukas kniff angestrengt die Augen zusammen. »Irgendwas über Marketing. Keine Ahnung, was das ist.«

Tom merkte auf. »Weißt du, wo diese Fortbildung stattfindet?«

»Nein, hat sie mir nicht gesagt. Sonst sagt sie mir immer alles. Aber sie ruft jeden Abend an, und sie hat mir fest versprochen, morgen wieder nach Hause zu kommen, weil doch Weihnachten ist.«

»Weißt du, was auf der Weihnachtsfeier passiert ist?«, fragte Tom eindringlich.

Doch Lukas schüttelte den Kopf. »Als du mich angerufen hast, war Sophie ganz schön sauer. Sie hat mir mein Handy weggenommen. Heute Morgen hat sie es mir dann aber zurückgegeben und gesagt, ich soll nicht mit dir sprechen. Warum nicht, Tom? Du bist doch mein Freund, oder?«

»Natürlich bin ich das.« Zärtlich strich Tom dem Jungen über das blonde Lockenhaar. *Und sogar noch viel mehr*, dachte er bei sich, wusste aber in diesem Moment, dass er es dem Jungen nicht sagen würde. Noch nicht. »Ich verspreche dir, dass ich die Sache mit deiner Mutter klären werde.«

»Ich dachte, ihr habt euch lieb.«

Tom nickte mit ernster Miene. »Stimmt, ich habe deine Mama sehr lieb.«

»Aber sie ist böse auf dich.«

»Ziemlich böse, wie es aussieht. Ich weiß nur noch nicht warum.« Noch einmal strich er Lukas über den Kopf. »Ich muss jetzt Sophie anrufen und ihr sagen, dass du hier bist. Und dann bringe ich dich nach Hause.«

»Aber …«

»Vertrau mir, Lukas. Wir kriegen das schon wieder hin.«

»Okay.« Lukas sah nicht sehr überzeugt aus. »Ich geh solange mit Ruprecht spielen.«

Tom griff nach dem Telefon, wählte und wartete angespannt, bis er Sophies Stimme vernahm.

»Sophie? Hier ist Tom. Leg nicht auf! Ich muss dir …«

»Was willst du, Tom? Ich habe dir gesagt, dass du uns in Ruhe lassen sollst.« Sophie hielt einen kurzen Moment inne. »Ich muss die Leitung freihalten. Lukas ist nach der Schule nicht nach Hause gekommen, deshalb …«

»Er ist hier.«

»Was?«

»Lukas ist bei mir«, erklärte Tom und hörte, wie Sophie aufatmete. Ihre Stimme verriet jedoch nichts von ihrer Erleichterung.

»Schick ihn nach Hause. Tessa will nicht, dass er weiter Kontakt zu dir hat.«

»Er ist zu mir gekommen, Sophie. Hätte ich ihn hinauswerfen sollen?«

»Nein, natürlich nicht. Er hängt an dir, da kann man nichts machen.«

»Ich verstehe nicht, was daran so schlimm sein soll, Sophie.« Tom senkte seine Stimme, weil er nicht genau wusste, wo Lukas sich gerade befand und ob er ihn hören konnte. »Warum sollte Lukas nicht an seinem Vater hängen?«

Am anderen Ende der Leitung wurde es still. Dann hörte er Sophie laut ausatmen. »Seit wann weißt du es?«

»Spielt das eine Rolle?« Tom bemühte sich weiterhin, leise zu sprechen. »Sophie, wo ist Tessa?«

»Sie will nicht, dass ich es dir sage, und ich respektiere ihren Wunsch«, antwortete Sophie spröde. »Und das solltest du auch. Wenn du schon ihre Gefühle mit Füßen trittst, solltest du wenigstens erkennen, wann es genug ist, Tom.«

Tom runzelte die Stirn. »Wovon sprichst du überhaupt, Sophie? Was habe ich Tessa denn so Schlimmes angetan? Aus heiterem Himmel beschimpft sie mich, bricht den Kontakt zu mir ab … Glaubst du nicht, dass ich wenigstens das Recht habe zu erfahren, weshalb ich der Mistkerl bin, als den sie mich bezeichnet hat? Und Lukas hat dieses Recht ebenfalls, will ich hinzufügen. Ist dir eigentlich klar, wie durcheinander er ist?«

Sophie stieß einen empörten Laut aus. »Willst du Lukas jetzt etwa als Druckmittel benutzen?«

Tom schüttelte den Kopf. »Um Himmels willen, Sophie, das ist doch Unsinn. Ich will lediglich …«

»Tom? Tom!« Lukas kam in die Küche gerannt. »Komm schnell, Ruprecht ist weg!«

»Was?« Tom fuhr zu ihm herum. »Wieso weg? – Entschuldige, Sophie …«

»Die Haustür stand ein Stückchen auf«, berichtete Lukas aufgeregt. »Ich hab draußen überall geguckt, aber er ist weg. Wir müssen ihn suchen!«

»Tom?«, kam Sophies Stimme aus dem Telefon. »Was ist los?«

Tom hob beschwichtigend die Hand in Richtung des Jungen. »Sophie, hör zu, ich kann jetzt nicht weiter reden. Anscheinend ist Ruprecht ausgebüxt. Wir müssen ihn suchen.«

»Bring Lukas nach Hause!«, forderte Sophie.

»Verdammt, Sophie, das geht jetzt nicht!« Nun riss auch Toms Geduldsfaden. »Wir suchen jetzt erst mal nach dem Hund. Ich kann ihn ja nicht allein da draußen herumlaufen lassen. Er könnte überfahren werden oder …« Mit einem Blick auf Lukas' entsetztes Gesicht verstummte er. »Du weißt, wie sehr dein Neffe an Ruprecht hängt. Ich bringe Lukas später nach Hause.«

»Aber …« Sophie fluchte leise, doch Tom legte einfach auf.

21. Kapitel

»O je, o je, doch nicht jetzt schon!«, rief der Weihnachtsmann erschrocken und drückte den Alarmknopf, ohne den Blick von Bildschirm neun abzuwenden. »Du hättest doch bis morgen warten sollen, Ruprecht! Wenn du jetzt schon wegläufst …«

»Was ist los, Santa?« Außer Atem kam Elf-Siebzehn ins Büro gerannt; in der Hand hielt er den Pieper, über den ihn der Alarm erreicht hatte. »Gibt es ein Problem?«

»Und was für eins!«, rief Santa Claus und deutete aufgeregt auf den Bildschirm. »Sieh dir das an. Das vereitelt unseren ganzen schönen Plan. Tessa ist doch noch gar nicht von ihrer Reise zurück!«

Der Elf trat an den Bildschirm heran und beobachtete eine Weile, was sich darauf abspielte. »Ruprecht, du Schussel!«, rief er. »So was Ärgerliches. Bestimmt hat er sich im Datum geirrt, Santa. Aber woher soll ein Hund auch wissen, dass Heiligabend erst am 24. Dezember ist?«

»Was machen wir denn jetzt?« Ratlos kratzte sich der Weihnachtsmann am Kopf. »Elf-Dreizehn hat meinen Schlitten schon vorbereitet, und Elf-Zwölf poliert und fettet gerade das Geschirr der Rentiere. Ich habe jetzt keine Zeit mehr, mir einen neuen Plan auszudenken.«

»Ich weiß auch nicht …« Elf-Siebzehn griff nach der Steuertastatur und tippte darauf herum. »Uns muss eben ganz schnell etwas Neues einfallen.« Als eine andere Szene auf dem Bildschirm erschien, stutzte er. »Hey, Santa, schau mal! Da tut sich was …« Strahlend hob der Elf den Kopf. »Vielleicht war Ruprechts Frühstart doch nicht so dumm. Entschuldige, Santa, ich muss los.«

»Was hast du vor?«, rief Santa ihn hinterher.

Schon halb aus dem Büro drehte der Elf sich noch einmal um. »Na was schon? Ich werde versuchen, dem Jungen dort unten das Weihnachtsfest zu retten.«

22. Kapitel

»Ist Sophie böse auf mich?«, wollte Lukas wissen, während er neben Tom über den schmalen Weg in Richtung Wald lief. »Weil ich einfach hierhergekommen bin?«

»Nein, Lukas, ich glaube, sie ist eher sauer auf mich!«, antwortete Tom und blickte sich suchend um. Auf dem asphaltierten Wirtschaftsweg waren keinerlei Spuren zu erkennen. Auch rund ums Haus hatten sie keine Pfotenabdrücke gefunden. Tom konnte sich beim besten Willen nicht vorstellen, wohin Ruprecht verschwunden sein könnte. Dass der Hund überhaupt weggelaufen war, erstaunte ihn. Ruprecht war kein Streuner; auch seiner Mutter war er früher nie ausgebüxt.

»Warum denn auf dich? Du hast doch gar nichts gemacht.« Lukas rannte ein Stückchen voraus bis zum Waldrand. »Ruuupreeecht!«, rief er so laut er konnte, dann lauschte er. Außer dem Krächzen einiger Krähen war jedoch nichts zu hören.

Tom ging nicht auf die Frage des Jungen ein. »Ich glaube nicht, dass er in den Wald gelaufen ist«, sagte er stattdessen. »Wir hätten ihn doch auf dem Weg sehen müssen. So lange ist er noch nicht weg. Vielleicht ist er die Straße entlanggelaufen.«

»Zu Mario und Paula vielleicht?« Hoffnung glomm in Lukas' Augen auf.

Tom nickte. »Das könnte sein. Warte, ich rufe sie an und

frage, ob er bei ihnen ist.« Rasch zog er sein Handy hervor und wählte Leons Nummer.

»Marbach«, meldete sich Hannah.

»Tom hier. Hör mal, ist Ruprecht vielleicht bei euch?«

»Bei uns?«, fragte Hannah erstaunt. »Nicht dass ich wüsste. Warum? Ist er dir weggelaufen?«

»Es sieht so aus.«

»Wann?«

»Noch nicht lange, vielleicht eine Viertelstunde.«

Tom hörte es rascheln, dann leise Stimmen im Hintergrund.

»Tom? Ich habe Mario gefragt. Er hat Ruprecht nirgends gesehen. Sollen wir dir bei der Suche helfen?«

»Nein, lasst nur. Lukas hilft mir. Ich melde mich …«

»Lukas?«, unterbrach Hannah ihn. »Ist er bei dir? Ich dachte, Tessa hat …«

»Jetzt nicht, Hannah.« Tom warf Lukas einen kurzen Blick zu, der konzentriert über die Felder schaute. »Wir suchen weiter.« Er unterbrach die Verbindung und legte Lukas eine Hand auf die Schulter. »Dort ist er nicht«, sagte er. »Ich denke, wir sollten zurückgehen. Vielleicht ist er ja von seinem Ausflug schon zurück und sitzt jetzt vor der Haustür und wartet auf uns.«

Tessa stellte ihren Wagen auf dem kleinen Parkplatz vor ihrem Haus ab und lehnte sich seufzend zurück. Sie hatte die fast fünfstündige Fahrt ohne Pause hinter sich gebracht und war gerade rechtzeitig vor Einsetzen des Schneefalls angekommen. Inzwischen segelten dicke weiße Flocken vom Himmel und legten sich wie Watteflusen auf Straßen, Dächer und Autos. Einen Moment lang schloss sie die Augen, um sich zu sammeln und für das vorzubereiten, was ihr nun bevorstand. Sie musste mit Lukas reden und danach mit Tom. Beides würde nicht einfach werden, aber sie hatte sich die Worte auf der Fahrt genau zurechtgelegt. Sie würde beiden die Wahrheit sagen, wollte aber gleichzeitig klarstellen, dass sie an Tom keinerlei Ansprüche stellte. Sie würde ihm und seinen Träumen nicht im Wege stehen, ebenso wenig wie vor zehn Jahren. Wenn er weiterhin Kontakt zu Lukas wünschte, konnte sie ihm das nicht verwehren, aber sie würde versuchen, ihm klarzumachen, dass sie für Lukas keinen Vater auf Distanz wollte. Mit den richtigen Argumenten würde Tom das sicher verstehen und ihr recht geben. Und danach würden sich ihre Wege endgültig trennen.

Als es laut an der Windschutzscheibe klopfte, schreckte Tessa hoch. Sie erkannte Pierre und stieg eilig aus.

»Tessa, ich dachte, du kommst erst morgen«, begrüßte er sie und gab ihr einen Kuss auf die Wange. »Wie gut, dass du heute schon zurück bist.«

»Gibt es ein Problem im Laden?« Besorgt blickte Tessa zum Haus. »Gib mir zehn Minuten. Ich bringe den Koffer hoch, ziehe mich rasch um, dann bin ich sofort da und helfe dir.«

»Red keinen Unsinn.« Pierre winkte ab. »Du hast eine lange Autofahrt hinter dir. Es gibt aber, glaube ich, ein anderes Problem. Deine Schwester ist vor einer halben Stunde weggefahren, um Lukas abzuholen.«

Tessa wurde blass. »Von wo denn? Ist ihm etwas zugestoßen?«

»Das nicht.« Pierre schüttelte den Kopf. »Er ist bei Tom.«

»Bei Tom?«

»Anscheinend ist er nach der Schule zu ihm gefahren anstatt nach Hause. Sophie war wütend, glaube ich.«

»Wenn sie es war, dann sicher zu recht. Ich habe Tom gesagt, dass er sich von Lukas fernhalten soll.«

»Tessa, bist du wirklich so stur?« Pierres Stimme wurde wieder so scharf wie am Morgen. »Ich hielte es für angebracht, wenn du jetzt ebenfalls zu Tom fahren und endlich mit ihm reden würdest.«

Tessa nickte. »Du hast ja recht, Pierre.«

»Ach ja?« Erfreut hob er den Kopf.

»Ich werde mit Tom reden und die Sache klarstellen. Und in ein paar Wochen ist er dann weg, und wir können unser altes Leben wieder aufnehmen.«

Pierre blitzte sie erbost an. »Interessiert es dich denn gar nicht, warum Lukas zu Tom gegangen ist?«

Tessa hatte sich bereits abgewandt und drehte sich nun abrupt wieder um. »Verdammt, Pierre, ich weiß, dass er an Tom hängt. Was soll ich denn machen? Ich kann ihn ja nicht anbinden.«

»Das sollst du ja auch gar nicht. Im Gegenteil.« Pierre raufte sich die Haare. »Meine Güte, ist dir vielleicht schon mal der Gedanke gekommen, dass du Tom bitten könntest, hierzubleiben? Oder dass ihr auch mit ihm nach Amerika gehen könntet?«

Tessa rang nach Atem und starrte ihn fassungslos an. Langsam ging Pierre auf sie zu und nahm ihre Hände. »Du liebst Tom doch. Warum machst du es dir so schwer? Was macht dir denn solche Angst, Tessa?«

Als sie schwieg, zog er sie einfach an sich und drückte sie kurz. »Bist du wirklich so wütend auf ihn, weil er weggeht, oder fürchtest du dich davor, dass er tatsächlich bleiben könnte, wenn du ihn darum bittest?«

Tessa schluckte krampfhaft. »Er hat es mir verschwiegen, Pierre.«

»Vielleicht hatte er einen guten Grund dafür.«

»Ich kann ihm nicht vertrauen!«

»Du *willst* ihm nicht vertrauen.«

Ehe Tessa noch etwas darauf sagen konnte, schoss Sophies gelber Kleinwagen in die Parklücke neben Tessas Wagen. Sophie stieg aus und rannte fast auf Tessa zu. »Du bist schon zurück? Warum hast du denn nicht angerufen?« Ohne auf eine Antwort zu warten, winkte Sophie ab. »Du musst sofort mitkommen. Ich erwürge ihn, wenn ich ihn finde.«

»Was ist denn los?« Alarmiert blickte Tessa sich um. »Wo ist Lukas? Pierre sagte, du würdest ihn abholen.«

»Das wollte ich auch, aber Tom ist mit ihm verschwunden.«

»Wie bitte?« Pierre riss die Augen auf. »Hat er ihn etwa entführt?«

»Was?« Verblüfft sah Sophie ihn an. »Nein, natürlich nicht. Am Telefon sagte er mir, sein Hund sei ihm weggelaufen und er wolle mit Lukas auf die Suche gehen. Ich bin zu seinem Haus gefahren, aber sie waren schon fort. Danach habe ich die Gegend abgesucht – keine Spur von ihnen.«

Tessa atmete auf, biss sich zugleich aber besorgt auf die Lippen. »Ruprecht ist ausgerissen? Er läuft doch sonst niemals weg.«

Pierre stemmte die Hände in die Seiten. »Vielleicht solltest du ihnen beim Suchen helfen.«

Sie blickte ihn an. »Vielleicht sollte ich das.«

»Du willst bei der Suche helfen?« Verblüfft starrte Sophie sie an. »Warum das denn?«

»Weil das die beste Gelegenheit ist, reinen Tisch zu machen«, erklärte Pierre. »Sie will Tom endlich die Wahrheit sagen.«

»Oh.« Sophie runzelte die Stirn. »Tessa, er weiß es schon.«

Tessa wurde blass. »Woher?«

»Keine Ahnung. Wahrscheinlich hat er einfach zwei und zwei zusammengezählt.«

»Ein Grund mehr, so bald wie möglich mit ihm zu reden«, stellte Pierre fest.

»Ist ja gut.« Unfreundlich funkelte Tessa ihn an. »Du brauchst mich nicht so zu drängen. Ich weiß selbst, was ich tun muss.«

»Na hoffentlich. Dann tu es endlich!«

23. Kapitel

»Da bist du ja, Ruprecht.« Elf-Siebzehn landete vor dem kleinen Hund, der unweit von seinem Zuhause unter einem Busch hockte. Freudig wedelte er dem Elf zu. Dieser setzte sich neben ihn und gab ihm einen Hundekuchen. »Du bist ein Schussel«, sagte er in der Hundesprache. »Morgen hättest du erst weglaufen sollen. Heute ist doch noch gar nicht Heiligabend.«

Ruprecht hob erstaunt den Kopf und klappte die Ohren zur Seite. *Zu früh?*, fragte er.

Elf-Siebzehn tätschelte Ruprechts Kopf. »Schon gut, ist nicht schlimm. Wir mussten nur unsere Pläne ein bisschen ändern. Und vielleicht haben wir jetzt sogar noch mehr Glück. Schau!« Der Elf zog einen kleinen, tragbaren Empfänger aus der Tasche, der mit einem kleinen LCD-Bildschirm versehen war. »Sie sind schon auf dem Weg. Es könnte also klappen.« Er steckte den Empfänger wieder ein und stand auf. »Komm, Ruprecht, ich weiß, was wir jetzt machen.«

Der Hund sprang ebenfalls auf die Füße und folgte dem Elf bereitwillig. *Wohin?*, fragte er.

Elf-Siebzehn grinste. »Wart's ab. Wir müssen nur noch ein bisschen Zeit schinden, damit mein Plan funktioniert.« Er griff wieder in eine seiner Taschen und zog ein Handy daraus hervor. Rasch wählte er eine Nummer. »Elfe-Drei? Seid ihr bereit? Okay, ich weiß jetzt, wie wir es machen. Kannst du ein paar Störsignale ins Handynetz einspeisen?«

24. Kapitel

Tom und Lukas waren fast eine Stunde lang die Straßen am Stadtrand abgelaufen, hatten Passanten befragt und in jeden Winkel geschaut, doch Ruprecht blieb verschwunden. Schließlich hatten sie die Suche mit dem Auto fortgesetzt, jedoch noch immer keinen Erfolg gehabt. Zu allem Überfluss hatte es auch noch angefangen, heftig zu schneien. Die Temperatur lag knapp unter dem Gefrierpunkt, so dass die weiße Pracht liegenblieb und Tom schließlich umkehren musste.

»Ich will aber weitersuchen«, beharrte Lukas und rieb sich die verheulten Augen. »Vielleicht erfriert er, wenn er so lange draußen bleibt.«

»Lukas, ich kann jetzt nicht mehr weiterfahren«, widersprach Tom. »Das ist viel zu gefährlich. Die Straßen sind spiegelglatt. Wir müssen warten, bis die Räumfahrzeuge den Schnee weggeschoben und Salz gestreut haben.«

»Aber …«

»Vielleicht ist Ruprecht ja längst wieder zu Hause.«

»Das hast du vorhin auch schon gesagt, und er war nicht da.« Lukas schniefte und schluchzte leise. »Warum ist er überhaupt weggelaufen? Das macht er doch sonst nicht.«

»Ich weiß es auch nicht.« Ratlos hob Tom die Schultern und lenkte seinen Wagen vorsichtig in die Straße, die zu einem Haus führte. »Vielleicht ist irgendwo eine Hündin läufig.«

»Und wenn er wirklich erfriert?«

»So schnell erfriert ein Hund nicht.«

»Oder überfahren wird?«

Darauf wusste Tom keine Antwort. »Komm, lass uns erst mal reingehen. Ich muss auch unbedingt Sophie anrufen. Es wundert mich, dass sie mir noch nicht die Bude eingerannt hat.« Er stellte seinen Wagen in die Garage, stieg aus und griff gleichzeitig nach seinem Handy. »Merkwürdig«, murmelte er. »Da geht nur die Mailbox ran.«

Er versuchte es in Tessas Wohnung, ließ es lange klingeln, doch niemand hob ab.

Lukas war inzwischen auch aus dem Auto geklettert und hinter das Haus gerannt. Tom hörte ihn nach Ruprecht rufen, jedoch erklang auch diesmal kein freudiges Begrüßungsgebell.

Tom ging auf die Haustür zu, als er hinter sich das Geräusch eines Motors vernahm. Ein Auto hielt in der Auffahrt. Noch ehe er schalten konnte, rannte Lukas mit einem freudigen Schrei an ihm vorbei. »Mama!«

»Lukas!« Tessa sprang aus dem Wagen und eilte auf den Jungen zu. Fest zog sie ihn an sich. »Liebe Zeit, was machst du denn für Sachen? Du darfst doch nicht einfach weglaufen, ohne Sophie Bescheid zu sagen.«

»Ich bin nicht weggelaufen«, widersprach Lukas. »Ich wollte zu Tom und zu Ruprecht – und der ist jetzt weg. Wir müssen ihn suchen.«

»Also habt ihr ihn noch nicht gefunden?«

»Nein. Bestimmt hat er sich verlaufen und findet nicht

mehr nach Hause. Und jetzt schneit es, und dann erfriert er!« Der Junge brach erneut in Tränen aus und lief wieder um das Haus in den Garten.

Tessa blickte ihm kurz nach, bevor sie sich Tom zuwandte, der langsam auf sie zu kam und dann abwartend vor ihr stehenblieb. »Hallo, Tessa.«

»Tom.« Wie immer, wenn sie ihm so nahe war, machte ihr Herz einen Sprung. Sie bemühte sich um eine ruhige Stimme. »Ich muss mit dir reden.«

»Gut.« Er nickte. »Komm rein.« Rasch schloss er die Haustür auf und ließ Tessa den Vortritt. Während sie ihren Mantel auszog, ging Tom rasch zur Terrassentür und öffnete sie, damit Lukas ebenfalls hereinkommen konnte. Der Junge lief jedoch noch immer am Gartenzaun auf und ab und rief ein ums andere Mal nach Ruprecht.

»Also gut.« Tom drehte sich wieder zu Tessa um. »Sagst du mir jetzt endlich, was ich verbrochen habe?«

Tessa spürte, wie sich ihre Kehle zuschnürte. »Das weißt du doch selbst am besten, Tom. Tu nicht so, als ob …«

»Himmelherrgott noch mal! Jetzt reicht es mir langsam.« Zornig trat Tom auf sie zu und schüttelte sie leicht. »Soll ich es dir vielleicht schriftlich geben? Ich habe keine Ahnung, was los ist. Seit Samstag versuche ich, mit dir zu reden, aber du hast es ja vorgezogen, dich irgendwo zu verstecken. Du und Sophie, ihr behandelt mich wie einen Schwerverbrecher. Gib mir endlich eine Erklärung dafür!«

Tessa schluckte hart und suchte nach Worten, aber all ihre sorgsam zurechtgelegten Sätze waren plötzlich wie weggefegt. Schließlich machte sie eine ausholende Geste. »Wirst du es verkaufen oder vermieten?«

»Was bitte?« Verblüfft starrte Tom sie an.

»Wenn du ausziehst«, präzisierte sie ihre Frage. »Wirst du das Haus dann verkaufen oder vermieten?«

»Warum sollte ich ausziehen?«

»Du ziehst weg?« Lukas stand plötzlich neben ihm und sah ihn mit großen Augen an. »Wohin denn?«

»Nein, ich …« Irritiert blickte Tom von Lukas zu Tessa. »Wer behauptet denn, dass ich wegziehen will?«

Tessa zog die Stirn kraus und blickte ihn prüfend an.

»Wer?«, drängte er.

»Katrin. Sie …« Tessa stockte. »Auf der Weihnachtsfeier.« Für einen Moment schloss sie die Augen, um sich zu sammeln, dann sah sie ihm wieder ins Gesicht. »Warum hast du es mir verschwiegen?«

»Katrin?« Tom fuhr sich durch die Haare. »Sie hat das behauptet?«

Tessa nickte. »Sie hat mir von dem Vertrag erzählt.«

»Was für ein Vertrag? Ich … Himmel!« Tom fasste sich entsetzt an den Kopf. »Das darf doch wohl nicht wahr sein! Komm mal mit.« Er fasste sie am Arm und zog sie einfach mit sich in sein Arbeitszimmer. Dort ging er zum Schreibtisch und wühlte in einigen Papieren herum, die dort verteilt lagen. »Meinst du vielleicht diesen Vertrag?« Er hielt ihr ein Blatt Papier unter die Nase, auf dem oben in großen Lettern das englische Wort »Contract« prangte. »Oder vielleicht … diesen?« Er hatte aus einem Papierstapel ein zweites Schreiben gezogen, das dem ersten sehr ähnelte. Mit gerunzelter Stirn trat er an den Papierkorb und zog ein drittes Blatt daraus hervor. »Oder möglicherweise auch diesen hier.«

Verblüfft starrte Tessa auf die drei Verträge. »Ich verstehe nicht …«

»Aber ich verstehe so langsam.« Achtlos warf Tom alle drei Verträge in den Papierkorb. »Katrin hat also behauptet, ich hätte diesen – einen dieser Verträge – angenommen und würde demnächst wieder nach Amerika gehen. Ist es so?«

Tessa nickte beklommen.

»Und du bist ihr voll auf den Leim gegangen, was«, er hob abwehrend die Hand, als Tessa den Mund öffnete, »ich dir gar nicht zum Vorwurf machen will.«

»Nicht?«

»Tessa.« Tom setzte sich auf den Rand des Schreibtischs. »Hör zu! Glaubst du, ich weiß nicht, dass dein Vertrauen in mich auf verdammt wackeligen Beinen steht? Da ich jetzt weiß, was los ist, ist mir vollkommen klar, dass du ausgeflippt bist, als Katrin dir davon erzählt hat. Aber hättest du mir Gelegenheit dazu gegeben, dann hätte ich dir gleich sagen können, dass ich abgelehnt habe. Und die Absage habe ich übrigens am Samstag vor der Weihnachtsfeier zur Post gegeben.«

Tessa rang nach Atem. »Du hattest also nicht vor, wieder nach Amerika zu gehen?«

Tom lächelte. »Glaub mir, nichts liegt mir ferner. Wozu hätte ich mir hier dieses Haus bauen sollen, wenn ich es nicht bewohnen wollte? Diese Verträge«, er wies mit dem Kinn in Richtung des Papierkorbs, »schickt mir mein ehemaliger Manager seit Jahren mit schöner Regelmäßigkeit. Ich könnte inzwischen die Wände damit tapezieren.«

»O Gott. Es tut mir leid, Tom.« Tessa schlug die Hände vor den Mund und stöhnte auf. »Es tut mir leid, dass ich … Es tut mir leid.« Sie trat auf ihn zu. »Ich muss mich bei dir entschuldigen, weil ich … Ich habe wohl überreagiert.« Sie seufzte. »Ich hoffe, du kannst mir verzeihen, vor allem im Hinblick auf Lukas. Ich weiß, ich hätte es dir von Anfang an sagen sollen, aber …« Erschrocken verstummte sie, weil ihr bewusst wurde, dass Lukas mittlerweile ebenfalls im Arbeitszimmer stand und ihnen neugierig lauschte.

Tom sah ihr eindringlich in die Augen. »Du bist überhaupt nicht auf die Idee gekommen, dass Katrin sich geirrt haben könnte.«

Tessa spürte erneut, wie sich ihre Kehle verengte. »Wie du schon sagtest, mit meinem Vertrauen dir gegenüber ist es nicht weit her. Ich kann einfach nicht … *will* nicht …«

»Ein Risiko eingehen?« Tom musterte sie weiterhin mit ernster Miene. »Du hättest mich bitten können zu bleiben.«

»Nein.« Tessa schüttelte den Kopf. »Ich konnte dich damals nicht halten und …«

»Und du glaubst, du kannst es auch heute nicht.« Tom schüttelte den Kopf. »Und jetzt willst du mir sagen, dass es aus ist, weil du dich zu sehr fürchtest, mir zu vertrauen.«

Tessa presste kurz die Lippen zusammen und kämpfte gegen ihre Gefühle an. »Tom, ich …«

»Aber das werde ich nicht zulassen«, fuhr Tom fort, ohne auf ihren Einwand zu achten. »Du kannst dich meinetwegen dagegen wehren, aber ich werde nicht weggehen, Tessa. Diesen Fehler habe ich einmal gemacht und ihn lange bereut. Lukas …«

»Er ist dein Sohn«, sagte Tessa mit zittriger Stimme. »Natürlich darfst du ihn sehen, wann immer du …«

»Verdammt! Hörst du mir eigentlich zu?« Mit einem Ruck zog Tom sie an sich und schlang seine Arme um sie. »Ich will dich! Dich und Lukas. Ich liebe dich! Geht das endlich in deinen Kopf?«

»Nun glaub es ihm schon, Tessa«, kam eine amüsierte Stimme von der Tür her. »Wie lange soll er denn noch vor dir auf den Knien herumrutschen?«

Tom und Tessa fuhren erschrocken herum und starrten auf Lina, die lächelnd im Türrahmen stand. »Deine Terrassentür stand sperrangelweit offen«, erklärte sie. »Heinz-Georg hat ...«

»Ruprecht!«, schrie Lukas und rannte durch den kleinen Flur ins Wohnzimmer. »Du bist wieder da! Tom, Ruprecht ist wieder da!«

Der Hund bellte vergnügt und tobte wie ein Derwisch um Lukas herum. Lina warf ihnen einen kurzen Blick zu und winkte dann Heinz-Georg einladend zu, der ebenfalls im Wohnzimmer aufgetaucht war. Dann wandte sie sich wieder an Tom. »Hast du nicht gemerkt, dass Ruprecht weg war?«

»Wie bitte?« Tom schüttelte den Kopf. »Wir haben den ganzen Nachmittag nach ihm gesucht!«

»Tatsächlich?« Lina blinzelte erstaunt. »Er tauchte plötzlich vor dem Seniorenhaus auf und bellte wie verrückt, bis ich ihn bemerkte. Keine Ahnung, wie er mich dort gefunden hat. Ich habe zwei Stunden lang versucht, dich zu erreichen, Tom. Aber anscheinend sind die Handynetze gestört oder überlastet.« Sie hob die Schultern. »Also hat Heinz-Georg uns hierher gebracht. Anscheinend haben wir euch bei etwas unterbrochen.«

Tom lächelte. »Das hast du tatsächlich, aber wahrscheinlich ist das ganz gut so. Dann habe ich wenigstens ein paar Zeugen. Ich möchte nämlich …«

»Es geht ihm gut«, jubelte Lukas und kam mit Ruprecht im Schlepptau zurück ins Arbeitszimmer. »Aber bestimmt hat er jetzt Hunger. Darf ich ihm was zu fressen geben … Papa?« Er zögerte und legte den Kopf auf die Seite. »Du bist doch mein richtiger Papa, das hat Mama eben gesagt.«

Tom nickte lächelnd und ging auf Lukas zu. »Das bin ich. Wie findest du das?«

Anstelle einer Antwort schlang Lukas einfach seine Arme um Tom und drückte sich fest an ihn.

Tessa schluckte vernehmlich und kämpfte mit den Tränen. »Es tut mir so leid, Lukas.«

Der Junge drehte den Kopf und blickte sie erstaunt an. »Warum denn, Mama? Ich hab Tom doch lieb. Ich bin froh, dass er mein Papa ist.«

Lina kicherte, und auch Tessas Mundwinkel zuckten. »Das meine ich doch nicht, Schatz. Es tut mir leid, dass ich es dir nicht gleich gesagt habe.«

»Ach so.« Lukas winkte großzügig ab. »Ist doch egal. Hauptsache, er bleibt jetzt bei uns.« Etwas ängstlich schaute er zu Tom hoch. »Du bleibst doch bei uns, oder?«

»Ich möchte es gerne, Lukas. Aber das muss deine Mutter entscheiden.« Tom löste sich sanft von Lukas und ging zu seinem Schreibtisch zurück. »Eigentlich hatte ich das schon am Samstag vor.« Tom zog eine Schreibtischschublade auf und griff hinein. »Deswegen bin ich ja auch fast zu spät zur Weihnachtsfeier gekommen.« Er drehte sich wieder um; in der Hand hielt er eine kleine Schachtel mit dem Aufdruck des örtlichen Juweliers. »Tessa, ich wusste von Anfang an, dass du mehr brauchst als schöne Worte, um mir zu glauben, dass es mir diesmal ernst ist. Und der einzige Weg, der mir vielversprechend erscheint, ist …« Mit einem leisen Schnippen ließ er den Deckel des Kästchens aufspringen.

»Oh! O mein Gott.« Lina schlug eine Hand vor den Mund.

»Cool!« Lukas schoss auf Tom zu und zog seine Hand mit dem Kästchen ein Stückchen zu sich herab, um den Inhalt besser sehen zu können. Rasch trat Lina dazu und zog Lukas mit sich. »Komm, mein Junge, wir kümmern uns mal schnell um Ruprechts Futter.«

»Aber ich will …«

»Später, Schatz, später. Wir lassen die beiden jetzt mal kurz allein.«

Tessa starrte unverwandt auf den goldenen Ring mit dem glitzernden Brillanten. Ihr Herz schlug so heftig gegen ihre Rippen, dass sie glaubte, es müsse ihr aus der Brust springen. Kurz hob sie eine Hand, ließ sie jedoch gleich wieder sinken.

Tom trat nah an sie heran und strich ihr eine Haarsträhne hinter das Ohr. »Na, was sagst du?«, fragte er leise. Er nahm ihre Hand und schob ihr den Ring vorsichtig auf den Ringfinger. »Ist dir das Versicherung genug?« Sanft hob er ihr Kinn ein wenig an, da sie noch immer auf den Ring starrte und kein Wort herausbrachte.

»Du willst mich heiraten?«, fragte sie schließlich mit schwankender Stimme.

Tom küsste sie zärtlich auf die Lippen. »Wenn du mich lässt. Sag ja, Tessa.«

Wieder blinzelte Tessa die aufsteigenden Tränen weg, doch sie lächelte dabei. »Also gut, dann: ja.«

»Endlich«, murmelte Lina, die vom Wohnzimmer heimlich alles verfolgt hatte. Auch sie tupfte sich eine Träne aus den Augenwinkeln, dann lehnte sie sich an Heinz-Georg, der ihr daraufhin einen Arm um die Schultern legte.

»Darf ich jetzt wieder zu meinen Eltern?«, fragte Lukas mit einem breiten Grinsen.

25. Kapitel – Nachspiel

Lieber Weihnachtsmann,

ich weiß, heute ist der erste Weihnachtstag, und da schreibt man ja eigentlich keine Wunschzettel mehr. Und das hier ist auch gar keiner. Ich wollte Dir nur schnell Danke sagen, dass du mir dieses Jahr alle meine Wünsche erfüllt hat. Das ist echt cool von Dir. Sogar an die Fußballschuhe und das neue Bundesliga-Jahrbuch hast Du gedacht. Am allerbesten ist aber, dass ich jetzt einen richtigen, echten Papa habe. Mama und er wollen ganz bald heiraten, und Mama hat mir erklärt, dass ich, wenn ich will, dann auch Papas Nachnamen annehmen kann. Ein bisschen komisch wird das schon, wenn ich plötzlich Lukas Winkmann heiße und nicht mehr Lamberti. Aber cool ist es irgendwie schon.

Und einen Hund hab ich jetzt auch endlich! Papa sagt, ich muss mich ab sofort jeden Tag um Ruprecht kümmern und aufpassen, dass er nicht wieder die Klopapierrollen klaut. Das hat er gestern nämlich gemacht, als wir draußen waren, um schnell noch einen Weihnachtsbaum zu besorgen. Marios Papa, den ich jetzt Leon nennen darf, weil wir ja verwandt sind, hat uns gezeigt, wo wir noch einen finden. Danach haben wir ihn alle zusammen geschmückt. Das war sooo toll! Ruprecht hat eine der Krippenfiguren geklaut. Ich glaube, es war der heilige Josef. Wir konnten ihn aber gerade noch retten, bevor Ruprecht ihm den Kopf abgebissen hat. Und dann gab es nachmittags eine riesige Aufregung, weil Marios Mama ins Krankenhaus kam und ihr Kind gekriegt hat. Es ist ein Junge, und er soll Christian heißen. Wir waren heute Morgen zu Besuch im Krankenhaus. Mann, so ein Baby ist vielleicht winzig klein!

Jetzt muss ich aber mit Schreiben aufhören, weil gleich Oma und Opa kommen und Oma-Lina und Opa Heinz-Georg und Sophie.

Also danke noch mal für alles. Ich hoffe, die Plätzchen, die ich Dir gestern hingestellt habe, haben Dir geschmeckt.

Wenn ich's mir so überlege, hätte ich doch noch einen Wunsch. Der hat aber Zeit bis zum nächsten Jahr. Aber vielleicht kannst du ihn Dir schon mal vormerken. Ich hätte gerne auch einen kleinen Bruder. Meinst Du, das geht? Ich versuche auch weiterhin, ganz brav zu sein und immer mein Zimmer aufzuräumen und beim Fußball so gut zu werden wie mein Papa. Mama sagt, das werde ich bestimmt, das liegt nämlich in der Familie.

Es grüßt Dich
Dein Lukas

P. S. Eine kleine Schwester wäre auch okay.